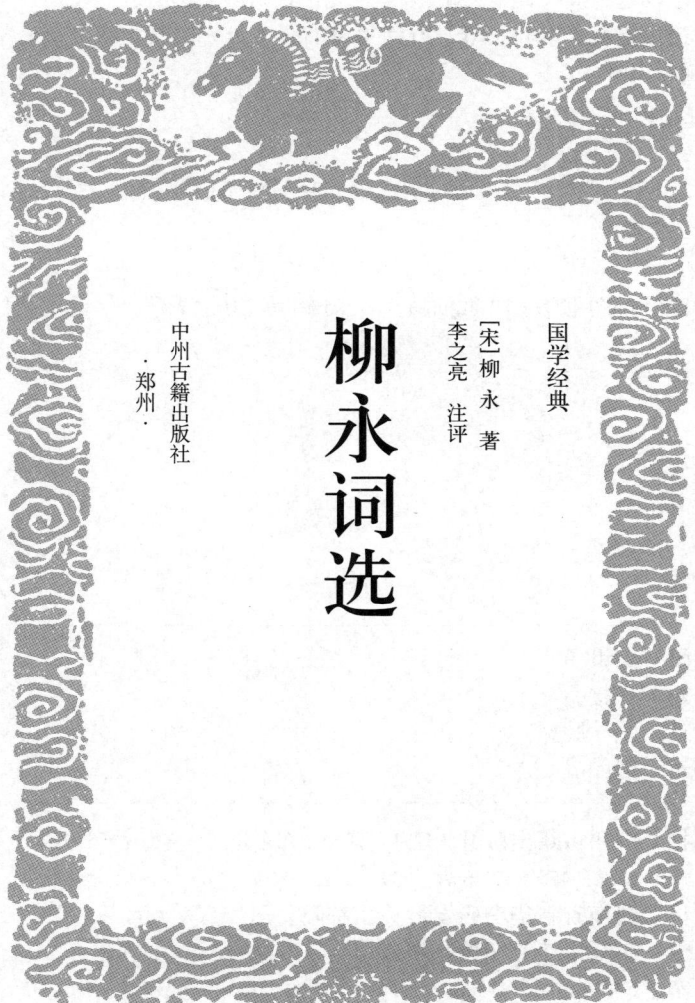

国学经典

柳永词选

[宋]柳永 著
李之亮 注评

中州古籍出版社
·郑州·

图书在版编目(CIP)数据

柳永词选 /（宋）柳永著；李之亮注评．—郑州：
中州古籍出版社，2011.10（2022.2重印）
（国学经典）
ISBN 978-7-5348-3687-9

Ⅰ.①柳… Ⅱ.①柳…②李… Ⅲ.①宋词–选集
Ⅳ.① I222.844

中国版本图书馆 CIP 数据核字（2011）第 210317 号

LIUYONG CIXUAN
柳永词选

责任编辑	闵世勇
责任校对	李接力
装帧设计	张　胜
美术编辑	曾晶晶

出 版 社	中州古籍出版社（地址：郑州市郑东新区祥盛街27号6层 邮编：450016　电话：0371-65723280）
发行单位	河南省新华书店发行集团有限公司
承印单位	辉县市伟业印务有限公司
开　　本	640 mm × 960 mm　1/16
印　　张	14.5
字　　数	190 千字
印　　数	19 001—22 000 册
版　　次	2011 年 10 月第 1 版
印　　次	2022 年 2 月第 5 次印刷
定　　价	20.00 元

本书如有印装质量问题，请与出版社调换。

前　言

　　柳永原名柳三变，字景庄。后改名永，字耆卿。因排行第七，人称"柳七"，崇安（今福建武夷山市）人。因为他一生官职卑微，《宋史》、《东都事略》都没有给他立传，连清人陆心源作的《宋史翼》都没有关注到此人，所以关于他的生卒年，便成了学界争论不休的问题。一直作为大学文科教材的《中国文学史》（人民文学出版社 1979 年 11 月版）说他约生于 987 年（宋太宗雍熙四年），约卒于 1053 年（宋仁宗皇祐五年）。如果此说大致符合史实，柳永大概活了六十六七岁，在那个时代，算是得终天年了。何况他的《望海潮·东南形胜》、《早梅芳·海霞红》等词若真是投献给孙沔的，那么他至少应该活到嘉祐元年（1056），到了"古来稀"的年龄。他父亲叫柳宜，五代十国时曾为官于南唐，入宋后，终官工部侍郎。柳宜共有三个儿子，老大名叫三复，老二名叫三接，三变是柳宜最小的儿子。柳永虽然是福建人，但从小跟着父亲在北方长大，所以广义来说，他算是个北方人。叶梦得《避暑录话》卷三说他"为举子时，多游狭邪，善为歌辞。教坊乐工每得新腔，必求永为辞，始行于世，于是声传一时"。这说明柳永年轻时，音乐造诣就已经很高，以至在教坊乐工那里都挂了号，用现在的话说，他年轻时就是"大腕儿"级人物。此人聪明绝顶，对词曲乐律又有着先天的敏感和超乎寻常的造诣，所以很快在这方面走红，也在情理之中。

柳永是北宋第一位大量创作词的人。翻开唐圭璋辑的《全宋词》可以发现，在柳永之前或同时期写词的人本身就很少（17人），每个人留下的作品多则四首（寇准、范仲淹），少则一首，都算不上"词人"。从这一点上说，柳永在宋词的创作和发展史上，起到了倡扬和推动的重要作用。"词"的起源，可以分为广义和狭义两个概念。广义的词最早可以追溯到《诗经》。因为《诗经》中的"国风"部分，实际上就是些民间歌曲，是老百姓自吟自唱抒发情感的民歌小调儿。狭义的"词"，则可以追溯到唐朝。我们可以发现，唐代不少诗人，一旦与底层百姓融合在一起，很自然地被当时当地的民间歌曲所吸引，创作出有别于"诗"的、更贴近百姓情感和生活的"俚曲"，李白的《菩萨蛮》、白居易的《忆江南》、刘禹锡的《竹枝词》等，至今依旧脍炙人口。这些作品之所以能流传至今，一是由于这些作者本身都是大名鼎鼎的大诗人，"人要文传，文要人传"，所以能拥有最庞大的读者群，同时也拥有代代相传的声望基础。实际上，唐代的"词"决不仅仅是这么几首，翻开崔令钦的《教坊记》，可以发现当时教坊中的"词"已经达到三百二十五种之多，宋词中很多常见词牌，早在唐代就在教坊中广泛地使用和演唱了。举例来看，《乌夜啼》、《浣溪沙》、《西江月》、《虞美人》、《菩萨蛮》、《临江仙》、《木兰花》、《诉衷情》、《苏幕遮》、《生查子》、《南乡子》、《雨霖铃》、《河满子》、《洞仙歌》、《浪淘沙》、《清平乐》等，都不是宋朝人的创造，只是宋朝人的继承而已。由于这些词当时只在宫廷或很小范围内演唱，没有形成普遍而广泛的文化现象，所以随着唐末长期的战乱而黯然退出文学和音乐的舞台，以致很多人误以为"词"的"专利"属于宋朝，这实在是唐代词曲家们的极大悲哀。其实五代时期南唐李璟、李煜二主，都是填词的高手；后蜀的一些大臣，也留下了相当数量的词作，这足以说明，唐代的词历经五代，并没有彻底断绝，北宋中期开始大量出现词人，直到南宋之末依旧不衰，于是形成了一代文学的标签式体裁。

五代本身就有五个朝代（梁、唐、晋、汉、周），再加上十余个"偏国"，为什么只有南唐和后蜀两国君臣对填词情有独钟呢？这和"词"本身的特点密切相关，换言之，"词"所歌咏的，大多是人们的切身生活感受。从南北朝以来，宫廷中的"生活"无非是君王与嫔妃之间的男欢女爱，民间的"生活"则必须有读书人的参与才能形成"词"。而集读书人与"民"为一体的地方，莫过于秦楼楚馆，所以"词"在很长一段时期内作为一种享乐消遣的载体，承载的也大多是士子们享乐消遣时所产生的种种情感。可以说，"词"的兴盛，必须具备两个条件：一是国力相对富足，国势相对稳定，君臣大多安于富足和享乐；二是有一批卓有文采的士子投身其中参与创作。五代十国时期能满足这两个条件的国家，只有南唐和后蜀。为什么宋朝前期"词"的创作尚显萧条呢？这不难解释，一是因为北宋开国的最初几十年，一直处在南征北讨收复偏国的半战争状态和稳定中央政权的政治斗争氛围；二是因为北宋确立了文人治国的基本国策，读书人不再仅充当权门花草，而是担当起强国富民重任的社会主角。宋朝初期的士子，大都能以天下为己任，所思所想，都是苍生社稷的大事。那时的读书人如果仅以闲情逸致为最高境界和准则，会遭到朝廷乃至大多数士子的蔑视，所以尽管北宋初期李煜、孟昶及其属下把"词"带到了中原，却并没有在短时期内成为文学创作的主要形式。这就不难理解柳永的出现并走红，正是宋朝初现升平气象，进而与北方强敌契丹签订了"澶渊之盟"之后，真宗大事封禅以粉饰太平，宋朝历史上最仁义的帝王仁宗在位的那段时间。国家走上正轨，朝野一片祥和，歌咏升平气象已经成了读书人写作的基调。于是柳永、张先、晏殊率先沉迷于词的创作，欧阳修等继其后，北宋词的创作才慢慢繁荣起来。

对柳永词的评论，历来有很多不同的声音，甚至在当朝，就有批评和肯定两种截然相反的评价。持批评态度的为首者是宋仁宗。《诗话总龟》后集卷三十二引《艺苑雌黄》说："（柳）永字耆卿。喜作小词，然薄于操行。当时有荐其才者，上曰：'得非填词柳三变乎？'曰：'然。'上曰：'且去填词。'由是不得志，日与儇子纵游倡馆酒楼间，无复检率，自称云'奉圣旨填词柳三变'。乌乎，小有才而无德以将之，亦士君子之所宜戒也。"皇帝带头不待见他，批评他的人自然不在少数。但也有很喜欢柳词的，如吴曾《能改斋漫录》卷十六引晁补之语云："世言柳耆卿曲俗，非也。如《八声甘州》云：'渐霜风凄紧，关河冷落，残照当楼。'此真唐人语，不减高处矣。"（按：此语当是苏轼所说，见本人所著《苏轼文集编年笺注》卷七五）张端义《贵耳集》引项平斋的话说："诗当学杜诗，词当学柳词。杜诗、柳词皆无表德，只是直说。"此人甚至把柳词与杜诗相提并论了。《魏庆之词话》引李清照的话说："逮至本朝，礼乐文武大备，又涵养百年，始有柳屯田永者，变旧声作新声，出《乐章集》，大得声称于世。"既然是"大得声称于世"，足以说明当时喜欢柳词的人是何等之多，乃至当时有"凡有井水处，皆能歌柳词"的说法。《贵耳集》又说："盖词本管弦冶荡之音，而永所作，旖旎近情，故使人易入。虽颇以俗为病，然好之者，终不绝也。"可见当时的世态之下，柳词是很受人追捧的。客观地说，张端义的话说到了根本上：词原本就是"管弦冶荡之音"，柳永的词恰恰最符合这个"标准"，难怪有那么多人喜欢。到了后世，不少评论者都喜欢拿他的词与苏轼、周邦彦、李清照等人的词相比，进而得出"俗"、"艳"等结论。这样的看法没有太多可辩驳的，只是文学评论者应该把眼光放得更宽些，或者说应该把柳词放在真宗末、仁宗初那个大背景下去评论，也许会更客观些。依我看，柳词的特点主要表现在以下几个方面：

一、有话直说。柳永用毫无遮拦的言语和词作，把自己的性情和心思和盘托出，给后世留下了一个真实的柳永。他狂放不羁，举止行为不够检点，喜欢美女，对床帏之事也津津乐道。他完全可以还是那个柳永，唯独不写词，那样的话，大概上自仁宗，下到历代评论家，都不会把他看得如此不堪。宋朝是个相对尊重人性的朝代，士子与妓女交往，不但不会受到非议，反而被看成是风流韵事。我们熟悉的宋朝名人，几乎没有一个不与妓女往来甚密。《钱氏私志》载：欧阳修任河南推官时亲近一妓。时河南留守钱惟演设宴，官员们都已到位，唯"欧与妓俱不至，移时方来"，于是发生了后面不少故事。宋朝还有蓄养家妓的风气，这些妓女在地位上与其他妓女并无二致，不同的是，她们只服务于一个主人。当主人不再需要她们时，可以随意将她们转让或遣散。比如苏轼"乌台诗案"连累了王巩，王巩被贬谪到广南宾州（今广西宾州）。苏轼在给他的信中写道："粉白黛绿者，俱是火宅中狐狸、射干之流，愿深以道眼看破。"意在劝王巩远离妓女，不要多养家妓，那都是些"狐狸精"，会把贵体淘空的！（见拙著《苏轼文集编年笺注》卷五十二）苏轼本人在杭州所收的小女朝云，当时才十二三岁，是个歌妓。只因后来她给苏轼生了儿子苏遁，才被主人"破格提升"为妾，而苏轼南迁时，除了带上朝云，其余家妓都遣散了。狎妓在宋朝本不是什么大不了的事，更谈不上道德品质问题，在宋朝，比柳永"花"得多的人比比皆是，为什么唯独柳永受到当时、后世人们的纷纷诟病？根本原因是因为他那支破笔没好好用在求取功名上。如果他再虚伪一点儿，内敛一点儿，对狎妓的事不那么津津乐道，啥毛病都没了。

二、善于铺排。这本小书所选的不少篇柳词，都明显地体现出这一特色。由于本人已经在具体词章的"评析"部分都做了相应的分析，这里仅举一例，供读者体会。《竹马子·登孤垒荒凉》词："登孤垒荒凉，危亭旷望，静临烟渚。对雌霓挂雨，雄风拂槛，微收烦暑。渐觉一叶惊秋，残蝉噪晚，素商时序。览景想前欢，指神京，非雾非烟深处。　向此成追感，新愁易积，故人难聚。凭高尽日凝伫。赢得消魂无语。极目霁霭霏微，暝鸦零乱，萧索江城暮。南楼画角，又送残阳去。"这是一首描写羁旅行愁的词。上阕从荒凉的孤垒、平静的烟渚、高挂的虹霓、拂槛的秋风，一直写到聒噪的鸣蝉，极力铺排自夏入秋的种种景致，直到最后一句，作者才点破主题：原来是触景生情，想起了远在京城的佳丽。下阕直抒愁怀。由于"新愁易积，故人难聚"，所以尽管终日伫立，也不可能解开满怀的愁思。至于众所周知的《望海潮·东南形胜》，把个杭州美景铺排得淋漓尽致。似此之类，不但能调动读者的阅读意愿，还能给读者一种深沉凝重、丰富多彩的艺术感觉。这堪称是柳词一绝，其后很多作者从他的词中受到启发，才最终蔚成风气。甚至出现了"七宝楼台"和"清空"等不同的风格。广义来看，其实都是铺排，不同的是如何铺排才更加别致。

三、多用俗语。柳词中相当一部分都属于市井词，而不能算是文人词，故而他的词中大量使用当时的俗语，这也是"凡有井水处，皆能歌柳词"很重要的原因之一。他很懂得，词就是俚俗小唱，属于俗文学范畴，只要合于音律，词语应该是越浅近越好——卖弄才学，不应该在这上头。如果我们留意的话，可以发现，无论是白居易的《忆江南》，还是刘禹锡的《竹枝词》，用语都明白如话，接近于当时的口语。在这一方面，柳词实际上是忠实继承了词的固有传统。像"趁"、"恁"、"都"、"伊"、"刚"、"怎生"、"甚么"、"人人"、"孤负"、"争奈"等，均不是传统文言中使用的词语。这些当时人们经常说到的"土词儿"，并没有减弱柳词的文学性,反而更加接近一般人的欣赏水平,尤其是他接触甚多的妓女,哪里有多少"文化"水儿?指望她们学富五车,那可能吗?当然,在写给某些达官显贵的投献词或赠别词中,他也毫不示弱,成串的典故信手拈来。本书所选的数首投献赠别词,就属于这一类,读者自可欣赏。

由于柳永仕途蹭蹬,做人又颇为"另类",史籍中关于他的生平记载十分欠缺。在很长时间里,人们更多关注的是他的词本身,对于他的仕履、交游甚至生卒年都很少在意。清代词学研究兴起之后(因为"词"属于俗文学,很长时间里不能进入传统文人研究的视野),人们才对这位词人进行了越来越深入的研究。到今天为止,对柳永方方面面的研究逐渐多起来。他的词集《乐章集》也有学者进行了认真的研究和整理笺注。其论文数量,在宋代词人中也算比较多的。如果有读者喜欢更多地了解柳永的传奇一生,这些论文论著都可以参考。不过我在这里还是想说几句扫兴话,就我见到的部分关于柳永的论文论著,或多或少都存在一些瑕疵和不尽人意之处,这些问题大多集中在对人物的考证失当和对当时典章制度的理解偏差上。当此小书交稿之际,略举数例,以证研究古籍之艰难。中华书局出版的《乐章集校注》一书,是迄今为止最为成形的古籍整理著作。能看出作者是花费了很大工夫的。其间也不乏真知灼见,比如在柳永卒年的考证上,对以唐圭璋为代表的说法(卒于皇祐五年前后)进行了反驳,认为柳永不可能那么早就去世。我同意柳永不卒于皇祐五年的说法,但也不同意该书作者把柳永的卒年下推到嘉祐三年之后。作者薛瑞生先生认为,《临江仙·鸣珂碎撼都门晓》一词是投献给扬州知州刘敞的。其主要根据是词中有"荆王魂梦"四字,并认为此"荆王"乃西汉荆王刘贾,而非楚顷襄王,于是得出结论,认为此词的被投献者必是"姓刘而又有知扬仕履者"。进而推断此人为嘉祐三年扬州知州刘敞,再进而得出柳永或卒于嘉祐三年之后，对唐圭璋所论柳永卒于皇祐五年之说提出质疑。实际上，此种考据过于拘泥，"荆王魂梦"就是宋玉所谓"楚顷襄王梦巫山神女"之事，薛先生把弯子绕得太大了。据本人考证分析，此扬州知州乃是盛度，词的写作时间在宝元二年（1039）年末。具体的论证，请读者参读本书此词的"评析"部分。还有一首《如鱼水·轻霭浮空》词，薛先生考据认为是投献给吕夷简的作品，这就更加令人无法苟同。糟糕的是，由于作者认为所投献者为吕夷简，进而生硬地把吕夷简确定在颍州，又确定柳永曾经去过颍州，这就形成了"链条式"的非单一性错误。像柳永这样的无名鼠辈，无论如何都不可能与当时的权相吕夷简拉上关系。（具体请看该词"评析"部分）《乐章集校注》中投献词究竟投献给何人这一点上，问题是很多的。但因此书印量较大，以之为据生发出来的一些论文论著，则往往以讹传讹，越说越离谱儿。本书将柳永投献词悉数收录并加以剖析辨正，目的之一也是希望对《乐章集校注》中的问题加以廓清。再如刘天文所撰《柳永年谱稿》，称柳永曾到过成都，大概也是受了《乐章集校注》的影响。实际上，《一寸金·井络天开》词仅仅是一首送行词，并不能证明柳永写了一首送成都知府的词，就断定他当时一定待在成都。如果照此理论，那么范仲淹写《岳阳楼记》也必须亲自到岳州去实地"体验生活"了？古人送行词写所送之人抵达之地的景物是寻常之事，况且成都这样的繁华都市，那点历史典故对于当时的读书人来说，根本算不得什么学问。我们理解古人，如此拘泥，实际上是贬低了古人的智商。又如吴熊和所撰《从宋代官制考证柳永的生平仕履》一文，出发点是很高明的，但其中的一些说法，也存在问题。文中说："《宋故郎中柳公墓志》谓柳永改官后，'召见仁庙'，'授西京灵台令'……宋时西京所属实无灵台县。《元丰九域志》卷一西京河南府河南郡，所属河南、永安、偃师、巩、登封、密、新安、渑池、永宁、长水、寿安、伊阳、河清等十三个县，内中并无灵台县……《元丰九域志》卷三陕西路华阴郡，下属郑、下邽、蒲城、华阴、渭南五县。华阴与渭南二县相邻，一东一西。渭南县下有注曰：'有灵台山。'故或可以'灵台'代称渭南。《宋故郎中柳公墓志》谓柳永'授西京灵台令'，'西京'乃依汉唐旧称，实指长安；而'灵台令'，其或指柳永尝宰渭南、华阴欤？"吴先生绕了这么大的一个圈子，甚至不惜让宋朝的西京洛阳硬性回到汉、唐时的西京长安，实在是讲不通的。实际上吴先生把"灵台"理解错了。《宋史·职官志》中有"灵台郎"一职，乃是负责天文历象的小业务官，"灵台令"实即"灵台郎"，与"县"的概念马牛其风。宋代西京河南府的官位设置与东京开封府大致相仿，故西京亦设灵台之官。此可谓一念之错，谬之千里。以上所说，并没有否定学者孜孜研究的甘苦，只是想说明，宋代文学的研究，不少论文论著都存在着类似的问题。就连最权威的大学文科教材《中国文学史》，在谈到词人张先的仕履时，都不免出现张先曾担任"开封府通判"这样的错误，究其原因，是因为编者误将"京兆府"理解成了开封府。实际上，宋朝的京兆府还是指西北的长安（今陕西西安）。且宋朝中等以上的州府都设通判，唯独开封府不设此官。关于这一点，编者大概也不清楚。宋朝的典章制度非常复杂，我们研读宋朝文献，实在需要慎之又慎才是。

　　柳永的词现存二百一十多首，我们选取了其中的一百四十五首，已是全集之大半，应该涵盖了柳词各类题材的作品。这个选本主要依据中华书局出版的《全宋词》，也参考了部分今人的论述。中州古籍出版社在其"国学经典"丛书中选入这部《柳永词选》，我认为是很有见地的。出版者深知，尽管柳永其人的历史评价毁誉参半，但他是宋朝词史上具有开辟之功的先驱作者，仅就这一点，将其词列入"国学经典"就不为不妥。编辑室主任卢欣欣女士向我约稿时，我二话没说便答应了。这并不说明我对柳永有多深的研究，而是出于对该社的敬意，报然从命而已。为了便于读者阅读，我在难字后面都加了注音。编校过程中，责任编辑闵世勇同志提出了不少有益的建议，在此一并表示感谢。书中注释与评析难免有不妥或谬误之处，诚恳希望读者批评指正。

李之亮

2011 年 5 月 15 日

目　录

黄莺儿(园林晴昼春谁主) ……………………………… 1
玉女摇仙佩(佳人) ……………………………………… 2
雪梅香(景萧索) ………………………………………… 4
尾犯(夜雨滴空阶) ……………………………………… 6
早梅芳(海霞红) ………………………………………… 7
斗百花(飒飒霜飘鸳瓦) ………………………………… 10
斗百花(煦色韶光明媚) ………………………………… 12
斗百花(满搦宫腰纤细) ………………………………… 14
甘草子(秋暮) …………………………………………… 15
甘草子(秋尽) …………………………………………… 16
送征衣(过韶阳) ………………………………………… 17
昼夜乐(洞房记得初相遇) ……………………………… 20
昼夜乐(秀香家住桃花径) ……………………………… 21
柳腰轻(英英妙舞腰肢软) ……………………………… 22
西江月(凤额绣帘高卷) ………………………………… 24
笛家弄(花发西园) ……………………………………… 25
倾杯乐(皓月初圆) ……………………………………… 27

迎新春(嶰管变青律) ……………………………………… 29

曲玉管(陇首云飞) ……………………………………… 31

满朝欢(花隔铜壶) ……………………………………… 32

梦还京(夜来匆匆饮散) ………………………………… 34

凤衔杯(有美瑶卿能染翰) ……………………………… 35

凤衔杯(追悔当初孤深愿) ……………………………… 36

鹤冲天(闲窗漏永) ……………………………………… 37

受恩深(雅致装庭宇) …………………………………… 39

看花回(屈指劳生百岁期) ……………………………… 40

看花回(玉墄金阶舞舜干) ……………………………… 41

柳初新(东郊向晓星杓亚) ……………………………… 43

两同心(嫩脸修蛾) ……………………………………… 45

两同心(伫立东风) ……………………………………… 46

女冠子(断云残雨) ……………………………………… 47

金蕉叶(厌厌夜饮平阳第) ……………………………… 48

惜春郎(玉肌琼艳新妆饰) ……………………………… 49

雨霖铃(寒蝉凄切) ……………………………………… 50

定风波(伫立长堤) ……………………………………… 51

尉迟杯(宠佳丽) ………………………………………… 52

慢卷䌷(闲窗烛暗) ……………………………………… 54

征部乐(雅欢幽会) ……………………………………… 55

佳人醉(暮景萧萧雨霁) ………………………………… 56

迷仙引(才过笄年) ……………………………………… 57

御街行(前时小饮春庭院) ……………………………… 58

归朝欢(别岸扁舟三两只) ……………………………… 59

采莲令(月华收) ………………………………………… 60

2 柳永词选

秋夜月(当初聚散) 62

巫山一段云(萧氏贤夫妇) 62

婆罗门令(昨宵里、恁和衣睡) 64

法曲献仙音(追想秦楼心事) 65

西平乐(尽日凭高目) 67

凤栖梧(帘下清歌帘外宴) 68

凤栖梧(伫倚危楼风细细) 69

凤栖梧(蜀锦地衣丝步障) 70

法曲第二(青翼传情) 71

愁蕊香引(留不得) 72

一寸金(井络天开) 74

永遇乐(天阁英游) 77

卜算子(江枫渐老) 80

鹊桥仙(届征途) 81

浪淘沙(梦觉、透窗风一线) 82

夏云峰(宴堂深) 83

浪淘沙令(有个人人) 85

荔枝香(甚处寻芳赏翠) 86

古倾杯(冻水消痕) 87

倾杯(离宴殷勤) 88

破阵乐(露花倒影) 89

双声子(晚天萧索) 92

阳台路(楚天晚) 94

内家娇(煦景朝升) 95

二郎神(炎光谢) 96

醉蓬莱(渐亭皋叶下) 98

宣清(残月朦胧) ... 100

定风波(自春来) ... 102

诉衷情近(景阑昼永) ... 103

留客住(偶登眺) ... 104

迎春乐(近来憔悴人惊怪) ... 105

凤归云(恋帝里) ... 106

抛球乐(晓来天气浓淡) ... 108

集贤宾(小楼深巷狂游遍) ... 110

殢人娇(当日相逢) ... 112

应天长(残蝉渐绝) ... 113

合欢带(身材儿、早是妖娆) ... 115

少年游(长安古道马迟迟) ... 116

少年游(参差烟树灞陵桥) ... 117

少年游(层波潋滟远山横) ... 118

少年游(世间尤物意中人) ... 119

少年游(铃斋无讼宴游频) ... 120

少年游(帘垂深院冷萧萧) ... 121

少年游(佳人巧笑值千金) ... 122

长相思(京妓) ... 123

尾犯(晴烟幂幂) ... 124

木兰花(心娘自小能歌舞) ... 126

戚氏(晚秋天) ... 127

轮台子(一枕清宵好梦) ... 129

引驾行(虹收残雨) ... 131

望远行(绣帏睡起) ... 132

彩云归(蘅皋向晚舣轻航) ... 134

离别难（花谢水流倏忽） 135

击梧桐（香靥深深） 137

夜半乐（冻云黯淡天气） 139

过涧歇近（淮楚） 141

安公子（长川波潋滟） 142

菊花新（欲掩香帏论缱绻） 144

望汉月（明月明月明月） 144

燕归梁（织锦裁编写意深） 145

长寿乐（尤红殢翠） 146

望海潮（东南形胜） 148

如鱼水（轻霭浮空） 151

玉蝴蝶（望处雨收云断） 154

玉蝴蝶（渐觉芳郊明媚） 155

玉蝴蝶（误入平康小巷） 157

满江红（暮雨初收） 159

引驾行（红尘紫陌） 161

望远行（长空降瑞） 162

八声甘州（对潇潇、暮雨洒江天） 164

临江仙（梦觉小庭院） 165

竹马子（登孤垒荒凉） 166

小镇西犯（水乡初禁火） 168

迷神引（一叶扁舟轻帆卷） 169

临江仙（鸣珂碎撼都门晓） 170

凤归云（向深秋） 173

木兰花令（有个人人真堪美） 174

甘州令（冻云深） 175

西施(苎萝妖艳世难偕) —————————————— 176
河传(淮岸向晚) ———————————————— 177
透碧霄(月华边) ——————————————— 178
木兰花慢(拆桐花烂漫) ————————————— 180
木兰花慢(古繁华茂苑) ————————————— 182
临江仙引(上国、去客) ————————————— 185
瑞鹧鸪(吴会风流) —————————————— 187
忆帝京(薄衾小枕凉天气) ———————————— 189
塞孤(一声鸡) ———————————————— 190
瑞鹧鸪(天将奇艳与寒梅) ———————————— 191
瑞鹧鸪(全吴嘉会古风流) ———————————— 192
洞仙歌(嘉景) ———————————————— 194
安公子(梦觉清宵半) ————————————— 195
倾杯(金风淡荡) ——————————————— 196
倾杯(鹜落霜洲) ——————————————— 198
鹤冲天(黄金榜上) —————————————— 199
木兰花(杏花) ———————————————— 201
木兰花(柳枝) ———————————————— 202
倾杯乐(楼锁轻烟) —————————————— 203
鹧鸪天(吹破残烟入夜风) ———————————— 204
燕归梁(轻蹑罗鞋掩绛绡) ———————————— 205
爪茉莉(秋夜) ———————————————— 206
女冠子(夏景) ———————————————— 207
十二时(秋夜) ———————————————— 209

黄莺儿（园林晴昼春谁主）

园林晴昼春谁主？暖律潜催①，幽谷暄和②，黄鹂③翩翩，乍迁芳树。观露湿缕金衣④，叶隐如簧语⑤。晓来枝上绵蛮⑥，似把芳心、深意低诉。　　无据⑦。乍出暖烟来，又趁游蜂去⑧。恣狂踪迹，两两相呼，终朝雾吟风舞⑨。当上苑柳䅉⑩时，别馆⑪花深处。此际海燕偏饶，都把韶光与⑫。

[注释]

①暖律潜催：温暖的气候不知不觉来到人间。律，又叫律管，本是古人用竹管或金属管制成的定音仪器，一共十二支，六律六吕，统称十二律，分别代表十二个音阶。古人又用它与一年十二个月相对应，观测季节气候的变化。如《礼记·月令》就说："（孟春之月）律中大蔟。"汉代学者郑玄注解说："律，候气之管，以铜为之。"于是律又表示节气和时令。宋代女子玉英《浪淘沙》词："塞上早春时，暖律犹微。"②幽谷暄和：意谓寒冷的深谷也变得暖和起来。汉人刘向《别录》里有个故事说：邹衍在燕地（今北京一带）时，一个山谷气温很低，以至五谷都无法生长。于是邹衍吹律，而温气至，适合谷类生长了。暄，暖气。③黄鹂：鸟名。身体大部分为黄色，嘴淡红色。又叫鸧鹒或黄莺。杜甫《绝句》之二："两个黄鹂鸣翠柳，一行白鹭上青天。"④露湿缕金衣：朝露打湿了美丽的绣衣。缕金衣，绣有金饰或金线的衣裳。此处用拟人的写法，言黄鹂鸟美丽的羽毛都被露水沾湿了。⑤叶隐如簧语：树叶掩映着动人的叫声。黄鹂的叫声很好听，所以称它们的叫声如同从笙簧中发出一般。⑥绵蛮：鸟叫的声音。《诗经·小雅·绵蛮》："绵蛮黄鸟，止于丘阿。"毛亨解释说：是小黄鸟鸣叫之声。⑦无据：没有落脚之处。此处形容黄鹂鸟不停地飞来飞去，好像找不到歇脚的地方。极言鸟的欢快之态。⑧乍出暖烟来，又趁游蜂去：这两句是承接上面"无据"而言，具体描述黄鹂鸟的动态：刚刚从暖融融的烟云里飞出来，又忙不迭地去追逐蜂儿。趁，追赶。⑨终朝雾吟

风舞:言黄鹂鸟整个早晨一直在烟雾与和风中又飞又舞。⑩上苑:皇家的苑囿。柳秾(nóng):柳荫浓密。秾,指花木茂盛浓密。《诗经·召南·何彼秾矣》:"何彼秾矣,唐棣之华。"朱熹解释说:"秾,盛也。"⑪别馆:指皇家的别殿。唐杜牧的《阿房宫赋》有"离宫别馆,三十六所"二句。此时作者在汴京,所以说到"上苑"和"别馆"。⑫此际海燕偏饶,都把韶光与:意谓此时海燕更懂得一起与黄鹂享受美好的时光。韶光,常指春光而言。

[评析]

　　这是一首描写春光的词,而且是描写帝里神京美好春光的词。作者一开始就强调:这个春天谁是主角?于是主角出现了:黄鹂鸟翩翩飞舞,无拘无束,而且是"两两相呼",尽情地欢乐。那美丽的羽毛,绵蛮的鸣叫,令作者又产生了另外的遐想:这些生命是否在倾吐着一片芳心呢?下阕"上苑柳秾"、"别馆花深"两个短语,道出了作者此时复杂的心态:在这繁华的京城里,尽管黄鹂把"芳心"和"深意"低低倾诉,也绝不会想到他这个从南国海边来到京师的"海燕"。作者是福建人,所以用"海燕"来作比况。他渴望融入这繁华的大都市,直抒胸臆地袒露:京城的无限春光,也应该有他一份。清人黄蓼园说这首词"语意隐有所指",其实只要把"海燕"的谜底揭开,语意也就很明白了。黄蓼园又说此词写得"自然清秀",果然不虚。

玉女摇仙佩（佳人）

　　飞琼伴侣①,偶别珠宫②,未返神仙行缀③。取次④梳妆,寻常言语,有得几多姝丽⑤。拟把名花比⑥。恐旁人笑我,谈何容易。细思算、奇葩艳卉,惟是深红浅白而已。争如这多情⑦,占得人间,千娇百媚。　　须信画堂绣阁,皓月清风,忍把光阴轻弃？自古及今，佳人才子，少得当年双美⑧。且恁⑨相偎倚。未消得⑩、怜我多才多艺。愿奶奶⑪、兰心蕙性⑫，枕前言下，表余深意。为盟誓。今生断不孤鸳被⑬。

[注释]

①飞琼：许飞琼，仙女名，传说为西王母的侍女。《汉武帝内传》说西王母招待武帝时，命"侍女董双成吹云和之笙，石公子击昆庭之金，许飞琼鼓震灵之簧"。此句誉佳人如同仙女的伴侣。②珠宫：神仙所居的宫殿。《云笈七签·天地部》二说中岳昆仑居中国之中央，"上有玄圃七宝珠宫，与天交端，上真飞仙之馆"。此处指仙女所居。③未返神仙行缀（zhuì）：意谓佳人本是仙女，只是偶然下凡，没有回到仙女的行列。行缀，即行列。④取次：草草地，不甚经意地。此词为宋元时期俗语。元稹《使东川·清明日》诗："常年寒食好风轻，触处相随取次行。"⑤姝丽：美丽。《诗经·邶风·静女》："静女其姝，俟我于城隅。"毛亨传云："姝，美色也。"⑥拟把名花比：意谓真想拿名贵的花朵比况这位美女。⑦争如：怎如。这个词也是宋元时期的俗语。这多情：指这位女子不但如鲜花般艳丽，更有一段情韵。⑧少得当年双美：谓自古以来，很少能达到才子配佳人的最佳境界。⑨恁（rèn）：任凭。⑩未消得：宋元时期俗语，相当于今言"怎禁得"、"当不得"之意。⑪奶奶：对老年妇人的敬称。此处指青楼的妈妈，即俗称的老鸨。⑫兰心蕙性：像兰花、蕙草一般的心性。这是作者对老妈妈的献媚之语。蕙，香草名，俗称佩兰。屈原《楚辞·离骚》："余既滋兰之九畹兮，又树蕙之百亩。"⑬不孤：即"不辜"。不辜负。鸳被：绣着鸳鸯的锦被。意谓只要能亲近这位佳人，一定不会辜负美妙的时光。

[评析]

这首词很能代表柳永词作的基本风格。从艺术描写上看，直白而夸张；从情感色彩上看，热烈而坦率。上阕入手便夸赞眼中的美人貌若天仙，甚乃原本就是天仙，只不过不经意间来到人世，没有返回上界而已。接着说：平常人们见到美女，总喜欢把她们比做花儿，比如李贺的名句"小白长红越女腮"，够传神了吧？然而在我看来，再美的花朵也不过红白得体，怎能与眼前这位女子的丰神秀韵相提并论？最令人心醉的是：如此美丽的一位女子，细看去却是"取次梳妆，寻常言语"，一副天然去雕饰的本色美，大约这种美，比粉白黛绿更令人陶醉吧？白居易《长恨歌》里，不是也把杨妃最美的状态定格在"云鬓半偏新睡觉，花冠不整下堂来"之时吗？于是作者想道：天下之美，莫过于良辰美景、才子佳人。我是个多才多艺的大才子，你是个千娇百媚的俏佳人，如何不得相依相偎，尽享情爱之欢呢？下阕里，作者把对美人的追逐写得直截了当，"奶奶"还没传话呢，他已经在脑子里勾画与佳人在一起的旖旎风光了。大凡风尘女子，最恨的是"薄幸郎"。作者深谙此道，所以信誓旦旦地对奶奶说：告诉你家姑娘，我会与她长相厮守，对她万般呵护，一生都不会辜负她的蜜意柔情。您体会看，作者所表达出的情感，是不是热烈而坦率？

雪梅香（景萧索）

景萧索，危楼①独立面晴空。动悲秋情绪，当时宋玉应同②。渔市孤烟袅寒碧③，水村残叶舞愁红。楚天阔，浪浸斜阳，千里溶溶④。　　临风。想佳丽，别后愁颜，镇敛眉峰⑤。可惜当年，顿乖雨迹云踪⑥。雅态妍姿正欢洽，落花流水忽西东。无憀⑦恨、相思意，尽分付征鸿⑧。

[注释]

①危楼：高楼。古人常把高楼叫作"危楼"，以突出其高峻之状。此处指作者旅途中寄宿的客舍。②动悲秋情绪，当时宋玉应同：意谓此刻的心绪颇为悲凉，应该与当年的宋玉相同吧。宋玉，战国时期楚国辞赋家，屈原的弟子。他在《九辩》中说："悲哉，秋之为气也！萧瑟兮，草木摇落而变衰。憭

栗兮,若在远行,登山临水兮,送将归。"后代文人称这种情绪为悲秋。③渔市孤烟袅寒碧:渔市间袅袅青烟一直升入天空。渔市,作者旅途经过的水村集市。寒碧,清冷的天空。④溶溶:水流盛大的样子。刘向《九叹·逢纷》:"扬流波之潢潢兮,体溶溶而东回。"王逸注解说:"溶溶,波貌也。"⑤镇敛眉峰:紧皱着眉头。⑥顿乖:突然乖违。雨迹云踪:指男女相欢之事。宋玉《高唐赋序》说,当年楚襄王与宋玉游于云梦之台,望高唐之观。其上有云气,须臾之间,变化无穷。襄王问宋玉:"此何气也?"宋玉答道:"此所谓朝云者也。"襄王又问:"何谓朝云?"宋玉道:先王曾游高唐,因为困倦而昼寝,梦见一位女子对他说:"妾乃巫山之女,特来侍奉大王。"于是先王行幸了这位女子。临别时,女子告诉先王:"妾在巫山之阳,高丘之阻,旦为朝云,暮为行雨。朝朝暮暮,阳台之下。"李善注解说:"朝云、行雨,神女之美也。"后代文人便将"巫山云雨"作为男女欢会的代称。此句乃作者懊悔当年因赴官匆匆与所爱女子离别,辜负了许多云雨之欢。⑦无憀(liáo):即无聊。指作者此刻灰懒凄凉的情绪。⑧征鸿:高飞的鸿雁。《汉书·苏武传》说,苏武被留匈奴,在北海牧羊。汉朝向匈奴索求苏武,匈奴人称他已经死去。后来汉使到匈奴,对单于说:汉家天子射于上林苑,得雁,雁足有书,知苏武在某泽中。单于无奈,只得将苏武放回。后人遂以"鸿雁"、"雁足"作为书信或消息的代称。此处是指作者希望大雁能把此刻的思念之情捎个信给心爱的女子。

[评析]

这是一首羁旅词,时间在秋天,主人公只有作者一人。全词的基调比较灰暗,句句皆在倾吐路途中的寂寞和无聊。开篇直入主题:景物本已萧瑟,又是独自一人站在高楼之上,很自然引出下句"动悲秋情绪"。接下来的所有描写,都与作者当时的心境相表里:烟是孤的,天是寒的,叶子是飘落的,颜色是惨红的,天又高,水又阔,岂不更增加旅人内心的惆怅?下阕自然而然地想起曾经爱恋的那位女子,如今天各一方,像是落花流水,各自西东,其凄凉滋味,正与"秋"的节令相得益彰。清人邓廷桢《双砚斋词话》说:

"《乐章集》中，冶游之作居其半。……《雪梅香》之'渔市孤烟袅寒碧'，差近风雅。"对此词的写景抒情给予了较高的评价。

尾　犯（夜雨滴空阶）

夜雨滴空阶，孤馆梦回，情绪萧索。一片闲愁，想丹青①难貌。秋渐老、蛩声正苦②，夜将阑、灯花旋落③。最无端④处，总把良宵，只恁孤眠却。　　佳人应怪我，别后寡信轻诺。记得当初，剪香云为约⑤。甚时⑥向、幽闺深处，按新词、流霞⑦共酌。再同欢笑，肯把金玉珠珍博。

[注释]

①丹青：古代作画的两种颜料。《汉书·司马相如传》："其土则丹青赭垩。"颜师古注解说："丹，丹沙（砂）也。青，青䨼也。……丹沙，今之朱沙（砂）也。青䨼，今之空青也。"又指红色和青色，引申为绚丽的图画。②蛩（qióng）声：蟋蟀的鸣声。古代称蟋蟀为蛩。南朝宋鲍照《拟古》诗之七："秋蛩扶户吟，寒妇晨夜织。"此句意谓秋气已深，蟋蟀的叫声显得越来越凄苦。③灯花旋（xuàn）落：灯花不断地掉落下来。古代的照明工具，一是蜡烛，二是油灯，都是用捻子连接可燃物的。当捻子燃烧到一定程度时，顶端部分便会自然脱落。旋，频频，多次。④无端：唐宋时期俗语，表示无奈或事与愿违。唐杨巨源《大堤曲》："无端嫁与五陵少，离别烟波伤玉颜。"⑤剪香云为约：指女子剪下头发作为誓约。古称女子发髻如云，故称香云。⑥甚时：什么时候。⑦流霞：本指仙人所饮的甘露，又用为美酒的代称。唐颜荛《戏张道人不饮酒》诗："吾师不饮人间酒，应待流霞即举杯。"

[评析]

这是一首离别词。时间在深秋，作者则是在孤寂的旅途中。不难想象，作者离开心仪的女郎，独自寄居在异乡陌路，又当秋雨绵绵之际，内心的凄凉是多么难以排遣。全词毫无遮拦地宣泄着这种情绪，又不由自主地勾勒、回味、憧憬着与佳人在一起时的美妙情景。全词的表述，可以前、后两阕作为分隔，上阕主要写眼下的凄苦，"总把良宵，只恁孤眠却"。在柳永的心里，那可是春宵一刻值千金的啊，如今却孤零零地静听着秋雨滴阶。下阕则更多地表现渴望与佳人重新欢会的场景。他想象着：如果能有与佳人重逢之日，一定会再呈新词，清歌之后，对饮琼浆，为了这一刻，哪怕是倾尽金珠宝玉也在所不惜。

早梅芳（海霞红）

海霞红，山烟①翠。故都②风景繁华地。谯门画戟③，下临万井④，金碧楼台相倚。芰荷浦溆⑤，杨柳汀洲⑥，映虹桥⑦倒影，兰舟飞棹⑧，游人聚散，一片湖光⑨里。　　汉元侯⑩，自从破虏征蛮⑪，峻陟枢庭贵⑫。筹帷厌久⑬，盛年昼锦⑭，归来吾乡我里⑮。铃斋少讼⑯，宴馆多欢，未周星⑰，便恐皇家，图任勋贤⑱，又作登庸⑲计。

[注释]

①山烟：山峦间的雾气。②故都：指杭州。此地在五代十国时期曾是吴越国的都城。吴越是杭州人钱镠建立的国家，历三代五王（钱镠、钱元瓘、钱佐、钱倧、钱俶），至宋太宗太平兴国三年（978），吴越末代王钱俶纳土归顺宋朝，国亡。③谯门：建有瞭望楼的城门。《汉书·陈胜传》说陈胜攻陈，"陈守令皆不在，独守丞与战谯门中"。颜师古注解说："谯门，谓门上为高楼以望者耳。"画戟：作为仪仗、图绘彩饰的戟。古代上自天子、下至州县官员，宫殿或衙门前都竖立画戟，以示威严，唯数量多寡不同而已。苏轼《次韵韶守狄大夫见赠》诗之二："森森画戟拥朱轮，坐咏梁公觉有神。"④下临万井：谓官衙之外，乃繁华的市井。周代实行井田制，每井为一里。《汉书·

刑法志》说:"一同百里,提封万井。"秦汉以后废除井田制,所谓"万井",多指广阔或繁华的市井而言。张孝祥《水调歌头·桂林中秋》词:"千里江山如画,万井笙歌不夜。"⑤芰(jì)荷:菱叶与荷叶。罗隐《宿荆州江陵驿》诗:"风动芰荷香四散,月明楼阁影相侵。"浦溆(xù):水边。杜甫《戏题画山水图歌》:"舟人渔子入浦溆,山木尽亚洪涛风。"⑥汀洲:水中的小洲。李商隐《安定城楼》诗:"迢递高城百尺楼,绿杨枝外尽汀洲。"⑦虹桥:弯如彩虹的拱桥。⑧兰舟:木兰舟的简称,古代用木兰制成的小舟。南朝梁任昉《述异记》卷下:"木兰洲在浔阳江中,多木兰树。昔吴王阖闾植木兰于此,用构宫殿也。七里洲中,有鲁般刻木兰为舟,舟至今在洲中。诗家云'木兰舟',出于此。"后亦泛指精美的船只。飞棹(zhào):飞快摇动的船桨。⑨湖光:此处特指杭州的西湖。⑩汉元侯:指后汉邓禹。《后汉书·邓禹传》载,邓禹字仲华,南阳新野人,曾与汉光武帝刘秀同游学于长安。刘秀起兵后,邓禹为将军,屡立战功。建武十三年(37),天下平定,封为高密侯。"显宗即位,以禹先帝元功,拜为太傅,进见东向,甚见尊宠。居岁余,寝疾。……永平元年,年五十七薨,谥曰元侯。"此处以邓禹喻孙沔。⑪破虏征蛮:击败北虏,征讨南蛮。据《名臣碑传琬琰集》毕仲游《孙威敏公沔神道碑》载,西夏元昊侵边时,孙沔曾在西北担任要职。拙撰《宋代职官通考》具体缕述孙沔该时期的职务为:仁宗庆历三年(1043)四月,迁起居舍人,以陕西转运使就除天章阁待制,为都转运使。同年十一月,陕西都转运使、起居舍人、天章阁待制孙沔为礼部郎中、环庆路都部署、知庆州(今甘肃庆阳)。庆历四年五月,知庆州孙沔知渭州(今甘肃平凉)。未久,复知庆州。庆历五年八月,移知陕州(今河南三门峡)。复移河东路转运使。再以龙图阁直学士知庆州。丁忧服除,皇祐三年(1051)五月,再任陕西都转运使。皇祐四年四月,迁右谏议大夫,为秦凤路经略安抚使,兼知秦州(今甘肃天水)。当年八月,广南蛮侬智高反,改官为荆湖南路、江南西路安抚使,前往广西征讨侬智高。行至鼎州(今湖南常德),改命为广南东、西两路安抚使,与名将狄青等共破侬贼。⑫峻陟枢庭:谓高升为枢密副使。宋代制度,设中书省主管全国政务,又设枢密院主管全国军事。枢密院中的最高长官为枢密使,次官为枢密副使,相当于副宰相,故称其官"贵"。⑬筹帷:"运筹帷幄"的省称。厌久:因任官太久而感到厌倦。据《宋史·宰辅表》，孙沔担任枢密副使时间并不是很久。皇祐五年五月丁未，孙沔自枢密直学士、给事中、知杭州除枢密副使。至和元年（1054）二月壬戌，孙沔自枢密副使，以资政殿学士出知杭州。此处言"厌久"，有赞许孙沔不恋高官渴望亲民之意。⑭盛年昼锦：盛壮之年，昼锦归乡。据《孙威敏公沔神道碑》载，孙沔此时五十七岁。古代官员七十致仕，故称五十多岁尚在盛壮之年。又孙沔为会稽（今浙江绍兴）人。绍兴与杭州相隔甚近，故称其"昼锦还乡"。《史记·项羽本纪》中说："富贵不归故乡，如衣锦夜行，谁知之者？"此处反用其意，言白日衣锦还乡，乃是真正的荣归。北宋宰相韩琦晚年回归故乡安阳后，写过一篇《昼锦堂记》，亦取此意。⑮归来吾乡我里：此句为作者以孙沔的口气所言，谓回到自己的家乡故里。⑯铃斋：古代州郡长官办事之处。范仲淹《依韵答贾黯监丞贺雪》诗："铃斋贺客有喜色，饮酣歌作击前筹。"少讼：很少有案件需要审理。意谓治郡有方。⑰周星：本指岁星。亦指一周年。白居易《与刘苏州书》："岁月易得，行复周星。"⑱图任勋贤：指朝廷委任重用勋旧贤人。勋贤，指有功勋有才能的官员。《后汉书·朱景王杜马刘傅坚马列传》论曰："授受惟庸，勋贤皆序。"⑲登庸：选拔任用。《尚书·尧典》："帝曰：畴咨若时登庸。"孔安国解释说："庸，用也。谁能咸熙庶绩，顺是事者，将登用之。"

[评析]

这是一首投献词。据词中所述，当是献给杭州知州孙沔的作品。孙沔字符规，中进士后，曾任监察御史里行（见习监察御史）。仁宗景祐（1034～1038）中，通判潭州（今湖南长沙），知处州（今浙江丽水）。复为监察御史。庆历初年，西夏叛，为陕西转运使、都转运使等职。广南侬智高反，率兵南征。回朝后，担任枢密副使，不久出知杭州。又知青州（今山东青州）、并州（今山西太原）、寿州（今安徽寿县）、楚州（今江苏淮安），提举两浙路刑狱。后因事贬官，以礼部侍郎致仕。此词作于皇祐五年（1053），当时作者亦在杭州，故有此献。柳永很善于描写景色，尤其善于描绘繁华富丽的景色。此词对杭州的刻画虽然稍逊于《望海潮》（见后),也不失为一篇佳作。开篇"海霞红,山烟翠"仅仅六字,便将杭州的特征烘托出来,一"红"一"翠",不但尽见山城秀丽,还将写作的时间做了交代:夏日杭城,繁华风景,谯门画戟,金碧楼台,芰荷浦溆,杨柳汀洲,虹桥倒影,兰舟飞棹,游人聚散,一片湖光。这一连串的描绘,使读者大有目不暇接之感。在淋漓尽致的铺垫之后,下阕笔锋陡转,盛赞此州太守旧日之辉煌,今日之潇洒。这种写法,与《望海潮》中对两浙转运使孙何的赞誉如出一辙。这也是投献之作都要遵守的套路。从这个角度讲,此词更具艺术之美的部分,仅仅在于上阕。

斗百花(飒飒霜飘鸳瓦)

飒飒霜飘鸳瓦①,翠幕轻寒微透。长门②深锁悄悄,满庭秋色将晚。眼看菊蕊,重阳泪落如珠③,长是淹残粉面。鸾辂音尘④远。　　无限幽恨,寄情空殢纨扇⑤。应是帝王,当初怪妾辞辇⑥。陡顿⑦今来,宫中第一妖娆,却道昭阳飞燕⑧。

[注释]

①飒(sà)飒:象声词,表示雨、雪等飘落的声音。《楚辞·九歌·山鬼》:"风飒飒兮木萧萧,思公子兮徒离忧。"鸳瓦:鸳鸯瓦的省称,指成对的琉璃瓦。白居易《长恨歌》:"鸳鸯瓦冷霜华重,翡翠衾寒谁与共?"②长门:汉武帝时,陈皇后因妒遭弃,居于长门宫。司马相如为其写了一篇《长门赋》,借以感动武帝,陈皇后复得幸。《长门赋》言:"孝武皇帝陈皇后时得幸,颇妒。别在长门宫,愁闷悲思。闻蜀郡成都司马相如天下工为文,奉黄金百斤,为相如文君取酒,因于解悲愁之辞。而相如为文以悟主上,陈皇后复得亲幸。其辞曰:夫何一佳人兮,步逍遥以自虞。言我朝往而暮来兮,饮食乐而忘人。心慊移而不省故兮,交得意而相亲。"此处指宫中幽居的嫔妃佳丽。

③重阳：传统民俗节日，在每年阴历的九月初九。此时正是菊花盛开的时节。泪落如珠：指菊蕊上的露珠。作者把露水想象成美人的泪，故下句说"淹残粉面"。④鸾辂（lù）：天子所乘的车驾。《吕氏春秋·孟春纪》："天子居青阳左个，乘鸾辂，驾苍龙。"高诱注解说："辂，车也。鸾鸟在衡，和在轼，鸣相应和。后世不能复致，铸铜为之，饰以金，谓之鸾辂也。"音尘：踪迹。李白《忆秦娥》词："乐游原上清秋节，咸阳古道音尘绝。"⑤寄情空殢（tì）纨扇：把情思完全寄托在手中的扇子上。殢，滞留，困扰。纨扇，细绢制成的团扇。南朝梁江淹《杂体诗·效班婕妤咏扇》："纨扇如团月，出自机中素。"汉班婕妤曾作《怨歌行》，抒发女子一旦失宠后的哀怨，歌词云："新裂齐纨素，鲜洁如霜雪。裁为合欢扇，团团似明月。出入君怀袖，动摇微风发。常恐秋节至，凉飙夺炎热。弃捐箧笥中，恩情中道绝。"此处即取班诗之意。⑥怪妾辞辇：嗔怪臣妾拒绝了与帝王同车出行的意愿。《汉书·外戚传》载，班婕妤曾生一男孩，数月夭亡。汉成帝游于后庭，曾欲与婕妤同车载，婕妤辞道："贤圣之君，皆有名臣在侧，三代末主乃有嬖女。今欲同辇，得无近似之乎？"成帝感其言而止。其后赵飞燕姊妹得宠，班婕妤和许皇后皆失宠，难得进见。鸿嘉三年（前18），赵飞燕诬告许皇后、班婕妤挟媚道诅咒后宫，詈骂天子。许皇后因此坐废，班婕妤退处东宫，作赋自伤。⑦陡顿：宋元时期俗语，意为突然之间。⑧昭阳：汉代宫殿名。《汉书·后妃传》说赵飞燕"居昭阳舍，其中庭彤朱，而殿上髹漆，切皆铜沓，黄金涂，白玉阶，壁带往往为黄金釭，函蓝田璧，明珠、翠羽饰之"。《西京杂记》卷二说："昭阳殿织珠为帘，风至则鸣如珩佩之声。……（殿）中设木画屏风，文如蜘蛛丝缕。玉几、玉床、白象牙簟、绿熊席，席毛长二尺余，人眠而拥毛自闭，望之不能见，坐则没膝。其中杂熏诸香。一坐此席，余香百日不歇。有四玉镇，皆达照无瑕缺。窗扉多是绿琉璃，亦皆达照，毛发不得藏焉。椽桶皆刻作龙蛇，萦绕其间，鳞甲分明，见者莫不兢栗。"飞燕：汉成帝皇后。出生时遭父母遗弃，三日不死。稍长，学习歌舞，入宫后，大得成帝宠幸，贵倾后宫。与其妹专宠十余年。成帝死后自杀而亡。

[评析]

这是一首宫怨词，是作者怜香惜玉的想象之作。上阕中，作者从深宫的"霜飘鸳瓦"、"翠幕轻寒",联想到在这幽深的宫墙之内,一定还有无辜的佳丽受到帝王的冷落,独居在"长门宫"中。深秋时节,露滴菊蕊,就如同美女以泪洗面。下阕全用汉成帝时班婕妤和赵飞燕的故事影射当朝,增强了历史的厚重感。班婕妤本是个十分贤淑的女子,事事遵礼而行。她曾语重心长地劝告成帝说:"臣妾看古代的图画,圣贤之君,都有名臣在侧。三代时期的末代帝王,才会把女色看得比贤臣还重要。如今陛下要与臣妾同车而行,岂不是在效仿荒淫误国之君吗?"这番言语传到太后耳中,太后大为赞赏,称"古有樊姬,今有班婕妤"(樊姬是古代贤女子的代表,时楚王颇好畋猎,樊姬不食禽兽之肉,以此感动楚王)。然而并不是好女子都有好报,自从赵飞燕入宫,一切都改变了。成帝沉迷在美色之中不能自拔,且最终死于赵飞燕为他调制的壮阳毒药。古代的后宫里,虽然美女如云,但是其间的嫉妒与伤害,丝毫不亚于前朝群臣。"女无妍媸,入宫见妒",这是无法回避的现实。那些无端受到伤害的女子,只能在暗无天日的幽居中消磨青春,老死宫墙之内。面对这样残酷的事实,作者只能用"无限幽恨"来表达对她们无比的同情。

斗百花(煦色韶光明媚)

煦色韶光①明媚,轻霭低笼芳树②。池塘浅蘸烟芜,帘幕闲垂风絮。春困厌厌③,抛掷斗草④工夫,冷落踏青心绪。终日扃朱户⑤。　　远恨绵绵,淑景⑥迟迟难度。年少傅粉⑦,依前醉眠何处?深院无人,黄昏乍拆秋千,空锁满庭花雨。

[注释]

①煦(xù)色：暖意融融的春色。扬雄《太玄经·释》："阳气和震圜煦。"范望注云："圜，阳气形势也。煦，暖也。谓阳气温暖。"韶光：美好的春光。②轻霭低笼芳树：谓烟霭在树木间轻柔地飘荡。笼，笼罩。③厌厌：通"恹恹"，倦怠懒散的样子。唐刘兼《春昼醉眠》诗："处处落花春寂寂，时时中酒病恹恹。"④斗草：古代竞采花草、比赛多寡优劣的游戏名。其具体比赛规则，今已不详。南朝梁宗懔《荆楚岁时记》云："五月五日，四民并踏百草，又有斗百草之戏。"唐郑谷《采桑》诗："何如斗百草，赌取凤皇钗。"⑤扃(jiōng)朱户：关上屋门。朱户，红漆涂饰的门。古代左右两扇的门叫门，单扇的门叫户。⑥淑景：美景。淑，本指水面清湛。亦泛指清雅美丽之景。⑦傅粉："傅粉何郎"的省称。三国时何晏面色白皙，人常疑其傅粉。《世说新语·容止》："何平叔美姿仪，面至白。魏明帝疑其傅粉，正夏月，与热汤饼。既啖，大汗出，以朱衣自拭，色转皎然。"此处是作者的自况。

[评析]

这是一首惜春词。作者用上阕的前四句，勾勒出迷人的春色，紧接着转入对人物的描写：在如此美妙的春光中，一位佳人却显得那样莺慵燕懒，既不与同伴斗草消闲，又不与同伴踏青春游，终日闭门，她在做什么呢？下阕给出了答案：原来这位美人在渴思着她心中的情郎——那个忍心将她抛下远走他乡的男子。情思折磨得她百无聊赖，心灰意冷，她甚至感到这春意阑珊的美好时光，都是那样难挨。她无休无止地想念着远去的情郎，不知道面如傅粉的小哥，今天将在何处独眠。深深的庭院内空无一人，越发显得空旷寂寥。直到黄昏，女子才来到院中，却没有荡秋千的雅兴，只把那应该属于两个人的秋千拆下来。读到此处，我们可以想见，当女子重新回到朱门之内时，庭院之中的落英，是不是更像佳人腮间淌下的香泪。全词情致绵绵，作者不写女子的容貌，只用她那与春色极不协调的心境，来表现一对情人间难以压抑的思念，格调凄清婉丽。难怪清人程洪说此词："匀稳工整，在柳词已是上乘。"（《词洁辑评》卷三）

斗百花（满搦宫腰纤细）

满搦宫腰纤细①，年纪方当笄岁②。刚被风流沾惹③，与合垂杨双髻④。初学严妆⑤，如描似削身材，怯雨羞云⑥情意。举措多娇媚。　　争奈心性，未会先怜佳婿⑦。长是夜深，不肯便入鸳被。与解罗裳⑧，盈盈背立银釭⑨，却道你但先睡。

[注释]

①满搦（nuò）：满把去攥。搦，握。宫腰：女子的细腰。《后汉书·马廖传》："楚王好细腰，宫中多饿死。"此句谓眼前的女子腰肢纤细，一把就能握过来。②笄（jī）岁：女子及笄的年龄，即满十五岁。笄意为竹簪。古代男女成人之后，要举行一定的仪式，以确认其可以婚嫁。男子的成人礼叫作冠礼，女子的成人礼叫作笄礼。《仪礼·士昏礼》："女子许嫁，笄而醴之，称字。"郑玄注释说："笄，女之礼，犹冠男也。"③刚被风流沾惹：谓刚刚踏入风流场。风流，此处特指青楼。④与合垂杨双髻：谓女子可以梳状如垂柳的双髻了。古代女子及笄之前，头发梳成左右两个丫角，这也是侍女称为丫鬟的由来。笄礼之后，则须改变发型，将原本翘在两边的丫角改为绾在头后的髻。双髻，表示女子还没有嫁人，一旦嫁人，则又须改为单髻，垂于脑后。垂杨，垂柳的别称，又叫垂杨柳。此处形容女子双髻十分蓬松好看。⑤严妆：经意地梳妆打扮。《玉台新咏·古诗为焦仲卿妻作》："鸡鸣外欲曙，新妇起严妆。"因为女子成年之前的梳妆带有随意性，成年之后，则要刻意地装扮自己，故称刻意装扮为严妆。⑥怯雨羞云：谓女子初涉欢场，对男女欢爱之事感到非常害羞和紧张。⑦未会先怜佳婿：谓女子还不懂得主动与男子亲热。怜，爱。佳婿，指作者自己。⑧罗裳：罗裙。古代女子穿的一种丝锦制成的长裙。李清照《一剪梅》词："红藕香残玉簟秋，轻解罗裳，独上兰舟。"⑨盈盈：指女子轻盈袅娜的体态，此处即指这位女子。背立银釭（gāng）：背朝着灯烛。银釭，银白色的灯盏。南朝梁元帝《草名》诗："金钱买含笑，银釭影梳头。"

[评析]

这是一首恋妓词，作者用近乎白描的手法，把一个初涉欢场未谙世事的小女孩形神毕肖地刻画出来。全词上下阕内容一以贯之，没有太强的节奏感和段落感。作者先写女孩的身段、年岁，又用不少的笔墨专一描绘女子羞怯的神情。在作者看来，女子的举措失当，恰恰是最值得怜爱之处，所以他抱着欣赏的态度，缓缓体会这段少女特有的娇羞，任凭她磨磨蹭蹭。直到他亲手把女子的衣裙解开，女子也不敢"入鸳被"，反而躲到灯烛后面，轻声说道："你先睡吧。"最末两句的传神，就在于它把全词推进到一个不合情理却又甚合情理的状态。

甘草子（秋暮）

秋暮。乱洒衰荷，颗颗真珠雨。雨过月华①生，冷彻鸳鸯浦②。　池上凭阑③愁无侣。奈此个④、单栖情绪。却傍金笼共鹦鹉，念粉郎⑤言语。

[注释]

①月华：皎洁的月色。唐张若虚《春江花月夜》诗："此时相望不相闻，愿逐月华流照君。"②鸳鸯浦：古地名，具体在何处不详。浦，水岸。《汉书·司马相如传上》："出乎椒丘之阙，行乎州淤之浦。"颜师古注云："浦，水涯也。"有学者说此地在湖北慈利县治之北。考柳永仕履行踪，似没有到过慈利。按：此等地名颇具普遍性，恐很难确定在某个地区。③凭阑：又作"凭栏"，靠着栏杆。④奈此个：怎奈眼前这样的。个，宋元时期俗语，相当于今言"样"、"般"。⑤粉郎：俊美的男子。见《斗百花·煦色韶光明媚》注⑦。

[评析]

这是一首恋情词，其背景依旧是独自出京，离开曾经欢爱的女子。上阕开篇点破时间在晚秋，荷花已败，滴滴冷雨击打的，全是衰残的枯叶。雨过天晴，皎月高悬，倒映在水面之上，更增添了寒凉之意。在作者心里，这种寒凉是透心的，无法祛除的。究其原因似乎只有一个，那就是"池上凭阑愁无侣"——异乡孤馆，寂寥索寞，满腔情怀无人与共。"悲莫悲兮生别离"，这是古今一切人共通的情愫。有过这样经历的人，都能体会作者当时的无奈。就这样苦苦地望着深秋季节的荷塘月色，作者不由想道：那个千里之外、曾与自己柔情缱绻的美人，此刻一定站在金笼前与鹦鹉对话，希望从能言的鹦鹉嘴里听到情郎哥讲给她的甜言蜜语。全词意境虽然清冷，但其间表露出来的真情，却很能引起读者的共鸣。清人彭孙遹《金粟词话》称"却傍金笼共鹦鹉，念粉郎言语"二句为"花间之丽句"，颇为中肯。

甘草子（秋尽）

秋尽。叶剪红绡①，砌菊遗金粉②。雁字一行来，还有边庭信③。　　飘散露华清风紧。动翠幕、晓寒犹嫩。中酒残妆慵整顿④，聚两眉离恨。

[注释]

①叶剪红绡：意谓花枝的叶子像剪刀一样，将红花渐次剪断。红绡，红色的丝绢，此处代指花朵。②砌菊遗金粉：台阶旁菊花的花瓣撒在地上。③边庭信：来自边关的消息。此句参看《雪梅香·景萧索》注⑧。④中酒：醉酒。张华《博物志》卷九："人中酒不解，治之以汤，自渍即愈。"慵整顿：意谓懒得梳理散乱的妆容。

[评析]

这是一首怨妇词。上阕"边庭信"三字，决定了该词不是一般意义上的恋情词。怨妇这个题材并不新奇，古往今来，这类作品汗牛充栋，故而很难写出新意。本词上阕用鸿雁传书的典故，也是老生常谈之语。下阕描写怨妇的举止比较激烈，用"中酒"来刻画人物内心的极度烦闷，更能凸显怨妇生不如死的情感呼号。

送征衣（过韶阳）

过韶阳①，璇枢电绕②，华渚虹流③，运应千载会昌④。罄寰宇、荐殊祥⑤。吾皇，诞弥月⑥，瑶图缵庆⑦，玉叶腾芳⑧。并景贶⑨、三灵眷祐⑩，挺英哲、掩前王⑪。遇年年、嘉节清和⑫，颁率土称觞⑬。　无间要荒华夏⑭，尽万里、走梯航⑮。彤庭舜张大乐⑯，禹会群方⑰。鹓行⑱、望上国⑲，山呼鳌抃⑳，遥爇㉑炉香。竟就日㉒、瞻云献寿㉓，指南山㉔、等无疆㉕。愿巍巍、宝历鸿基㉖，齐天地遥长。

[注释]

①韶阳：指明媚的春光。唐皇甫冉《东郊迎春》诗："律向韶阳变，人随草木荣。"此处指过了春季。仁宗的生日在四月十四，在夏季之初，故云"韶阳"已过。②璇枢电绕：泛言符瑞之象。璇枢，指璇玑天枢。《史记·天官书》注引《春秋运斗枢》云："斗（北斗七星），第一天枢，第二旋（璇），第三玑，第四权，第五衡，第六开阳，第七摇光。"电绕，指天体中的异象。《太平御览》卷七引《帝王世纪》云："神农氏之末，少昊氏娶附宝，见大电光绕北斗，枢星照郊，感附宝，孕二十月，生黄帝于寿丘。"此处用少昊之典喻仁宗降诞乃天降神异。陆游《瑞庆节贺表》："虹流电绕，适当圣作之辰。"③华渚虹流：此处依旧用少昊之典。《宋书·符瑞志上》："帝挚少昊氏，母曰女节，见星如虹，下流华渚，既而梦接意感，生少昊。登帝位，有凤皇之瑞。"华渚，传说中的地名，不详在今何处。④运应千载会昌：意谓历经千载，鸿运终于应于会昌之际。会昌，指会当兴盛隆昌。《文选》左思《蜀都

赋》:"天帝运期而会昌,景福肸蚃而兴作。"刘逵注解说:"昌,庆也。言天帝于此会庆建福也。"《乐府诗集·郊庙歌辞十·唐享太庙乐章》:"精感耀魄,时膺会昌。"⑤荐:献。殊祥:特殊的祥瑞。柳宗元《礼部贺白龙并青莲花等表》:"动植思协于殊祥,遐尔毕陈其嘉应。"⑥诞弥月:指"吾皇"仁宗的诞生之月。《诗经·大雅·生民》:"诞弥厥月,先生如达。"郑玄注云:"大矣后稷之在其母,终人道十月而生。生如达之生,言易也。"意谓后稷之母十月而生后稷。后以"诞弥"代指帝王诞生。⑦瑶图:皇图。指大宋社稷。缵(zuǎn)庆:意谓有圣王继统之庆。缵,继承。《诗经·鲁颂·閟宫》:"奄有下土,缵禹之绪。"⑧玉叶腾芳:谓赵氏皇族如金枝玉叶,芬芳腾溢。崔豹《古今注》:"黄帝与蚩尤战于涿鹿之野,常有五色云气,金枝玉叶,止于帝上。"唐萧仿《享太庙乐章·懿宗舞》:"金枝繁茂,玉叶延长。"⑨景贶(kuàng):天之所赐。景,指太阳,亦指上天之瑞。《文选》陆机《长安有狭邪行》:"轻盖承华景,腾步蹑飞尘。"李善注云:"华景,日也。"贶,赐予。《国语·鲁语》下:"君之所以贶使臣。"韦昭注解说:"贶,赐也。"⑩三灵:日、月、星。《汉书·扬雄传上》:"方将上猎三灵之流,下决醴泉之滋。"颜师古注引如淳曰:"三灵,日、月、星垂象之应也。"一说指天、地、人。《文选》班固《典引》:"答三灵之蕃祉。"李善注解说:"三灵,天、地、人也。"眷祐:眷顾保佑。⑪掩前王:谓仁宗睿圣超越前代帝王。⑫嘉节:仁宗的诞节。唐自武则天后,将诞节设为全国性的节日。宋代继承了这一传统,每位帝王即位之后,即将其生日定为诞节,举国同庆,甚至外国都要派使臣前来共庆。《宋史·仁宗纪一》:"(乾兴元年二月)乙丑,以(仁宗)生日为乾元节。"清和:指四月。古时称阴历四月为清和月。《荆楚岁时记》:"四月朔,为清和节。"⑬颁:赏赐。《周礼·天官·宫伯》:"以时颁其衣裘。"孙诒让正义云:"颁为常赐也。"率土:普天之下。称觞(shāng):举酒祝寿。《陈书·侯安都传》:"安都坐于御坐,宾客居群臣位,称觞上寿。"⑭无间:无论。要荒:要服和荒服,古指王畿以外极远之地。亦泛指远方四夷之国。《文选》班固《典引》:"卓荦乎方州,洋溢乎要荒。"李周翰注解说:"要荒,违国也。"即陪邻之国。《后汉书·西羌传》云:"戎狄荒服,蛮夷要服,言其荒忽无常。"华夏:古指中原政权所统辖的地域。⑮梯航:架梯以翻山,乘船以越海。言须梯山航海才能来到的极远之地。唐玄宗《赐新罗王》诗:"玉帛遍天下,梯杭(航)归上都。"⑯彤庭:朝廷。《文选》班固《西都赋》:"玄墀扣砌,玉阶彤庭。"李善注解说:"昭阳舍中庭彤朱,而殿上髹漆。"谓大殿的楹柱皆涂以朱漆,故称彤庭。舜张大乐:虞舜大奏音乐。舜时的大乐名韶。《尚书·益稷》:"箫韶九成,凤皇来仪。"孔安国注解说:"韶,舜乐名。"《论语·述而》:"子在齐闻韶,三月不知肉味。"⑰禹会群方:指大禹会见万国诸侯。《太平御览》卷八十二引《春秋传》云:"禹会诸侯于涂山,执玉帛者万国。"此处代指仁宗皇帝受万国朝贺。⑱鹓(yuān)行(háng):百官的行列。因朝官上朝如鹓鹭一般整齐有序,故以喻之。唐温庭筠《病中书怀呈友人》诗:"凤阙分班立,鹓行竦剑趋。"⑲上国:宗主之国。亦指大国之京城。《资治通鉴·唐德宗建中二年》:"今海内无事,自上国来者,皆言天子聪明英武。"胡三省注解说:"时藩镇窃据,自比古诸侯,谓京师为上国。"⑳山呼:叩头高呼"万岁"三次,称为山呼。鳌抃(biàn):谓巨鳌戴山而舞,形容欢欣鼓舞之貌。抃,鼓掌。《楚辞·天问》:"鳌戴山抃,何以安之?"陆游《瑞庆节贺表》:"鳌抃嵩呼,共效寿祺之祝。"㉑爇(ruò):点燃,燃烧。㉒就日:朝着太阳。喻对天子的崇仰。《史记·五帝本纪》:"帝尧者放勋。其仁如天,其知(智)如神。就之如日,望之如云。"司马贞索隐云:"如日之照临,人咸依就之,若葵藿倾心以向日也。"㉓瞻云:瞻望云表。亦有崇仰天子之意。㉔南山:祝福长寿的吉语。《诗经·小雅·天保》:"如月之恒,如日之升,如南山之寿,不骞不崩。"今言"寿比南山",即由此而来。㉕等无疆:与无疆之寿等同。《诗经·豳风·七月》:"称彼兕觥,万寿无疆。"㉖宝历:指国祚或皇位。《乐府诗集·燕射歌辞三·晋朝飨乐章》:"椒觞再献,宝历万年。"唐欧阳詹《回鸾赋》:"应千年之宝历,承八圣之重光。"鸿基:帝王的基业。范仲淹《圣人大宝曰位赋》:"固此鸿基,方君临于万国。"

[评析]

这是一首贺寿词,所贺为仁宗皇帝的诞辰。具体写于何时很难考证,但根据宋朝士子的习惯,此类作品一定出于官吏之手,布衣为皇帝祝寿,似乎还不够资格。柳永中进士已经是五十岁前后,故此词当作于柳永晚年。据"遥爇炉香"一句,基本可以断定,此词不会作于京城，应该是担任外藩幕僚时所作，甚至可能是代其长官捉刀之作。作者前半生流连于花街柳巷，后半生仕途也困顿不前。此词如果是以作者的名义自作的，则很可能是他意识到来日无多，于是用许多华丽的辞藻，肉麻地颂扬当时的皇帝，以求得到朝廷的关注，向更高一层的仕阶迈进。一般来说，贺寿词，尤其是为帝王而作的贺寿词，大都用词典雅，表面看起来罄竭臣子之忠心，实则内容往往苍白，没有情致，更没有生命力，完全属于实用性文字。本词也不例外，唯一值得称道的是：作者运用典故的技巧相当娴熟，每个典故都用得恰如其分，显示出作者深厚的语言文字修养。此词不能说是此类文字中的上品，却也不能算是下乘之作。

昼夜乐（洞房记得初相遇）

洞房记得初相遇。便只合、长相聚。何期①小会幽欢，变作离情别绪。况值阑珊②春色暮。对满目、乱花狂絮。直恐好风光，尽随伊归去③。　　一场寂寞凭谁诉？算前言、总轻负。早知恁地难拚④，悔不当时留住。其奈风流端正⑤外，更别有，系人心处⑥。一日不思量，也攒眉⑦千度。

[注释]

①何期：宋元时期俗语，相当于今言"怎料"。②阑珊：衰败。白居易《偶作》诗："阑珊花落后，寂寞酒醒时。"③直恐好风光，尽随伊归去：意谓真担心这美好的春光，都跟随你一同离去。④拚（pàn）：割断。李清照《怨王孙》词："多情自是多沾惹，难拚舍，又是寒食也。"⑤其奈：怎奈。杨万里《乙酉社日偶题》诗："也思散策郊行去，其奈缘溪路未干。"风流端正：意态风流，仪容端庄。⑥更别有，系人心处：还有更能打动人心的方面。⑦攒（cuán）眉：皱眉。

[评析]

这是一首恋妓词,不过总体以情为主,不涉淫亵,写作角度显得颇为新巧:上阕以回忆的方式记录与女子不期的相遇、短暂的相会以及很快发生的离别,叙述当中,又含有对此次离别深深的懊悔。春色将阑,作者巧妙地联系到,佳人的离去,会不会把春色一同带走?下阕把离别的苦痛归结到自己身上:当初与女子分别时,没想到会如此记怀,无法割舍。早知如此,还不如就留在她的身边。最末几句,构思新奇,作者没有刻画女子的容貌,只是以回味的笔触侧面告诉读者:那个美人,除了寻常美貌之外,更有一段难以言表的动人神韵,让人无法忘怀。一天不想她,就会皱眉千回,这分明给读者留下猜想的余地,究竟是怎样的一位女子,任由读者去勾画了。

昼夜乐(秀香家住桃花径)

秀香家住桃花径①。算神仙、才堪并②。层波细剪明眸,腻玉圆搓素颈。爱把歌喉当筵逞。遏天边,乱云愁凝③。言语似娇莺,一声声堪听。　　洞房饮散帘帏静。拥香衾、欢心称。金炉麝袅青烟④,凤帐烛摇红影。无限狂心乘酒兴。这欢娱、渐入嘉境⑤。犹自怨邻鸡⑥,道秋宵不永。

[注释]

①秀香:作者迷恋的歌妓名。桃花径:长满桃花的香径。此为虚构的名称,带有世外桃源的意味,并非实地。②算神仙、才堪并:意谓秀香长相娇美,只有天上仙女才能与她媲美。③遏天边,乱云愁凝:谓秀香的歌声非常悦耳。《列子·汤问》载:"薛谭学讴于秦青,未穷青之技,自谓尽之,遂辞归。秦青弗止,饯于郊衢,抚节悲歌,声振林木,响遏行云。薛谭乃谢求反,终身

不敢言归。"后代作家遂用"响遏行云"来形容歌声的嘹亮婉转。④金炉：金属制成的香炉。麝袅青烟：谓含有麝的香烟袅袅升腾。古代香中的"麝"并非指中药麝脐香，而是指一种叫麝香草的植物，其学名叫紫述香。任昉《述异记》卷下："紫述香，一名红兰香，一名金桂香，亦名麝香草，出苍梧桂林上郡界。今吴中有麝香草，香似红蓝，而甚芳香。"⑤渐入嘉境：又作"渐入佳境"。晋代名士顾恺之吃甘蔗，没有按照常规从根部向上吃，而是自梢部往下吃。有人给他纠正，他却狡辩说："你不懂，这叫作渐入佳境。"后以越到后来越精彩的过程叫渐入佳境。⑥怨邻鸡：埋怨邻家的公鸡打鸣太早，搅扰了绣帷春梦。

[评析]

这是一首恋妓词，采用的是接近自然的素描手法。上阕先告诉读者：美女秀香貌若天仙，明眸宛如细细裁剪的秋波，脖颈好似润泽的美玉。且最擅唱歌，一曲清歌，响遏行云。寻常言语，也婉转动听，令人如沁心脾。通过这些描述，读者已经能够想象出这位女子的楚楚动人。这段描写很直白，从女子宛如仙境的住处，到女子的明眸皓齿、粉白脖颈，都照顾到了，大有"手如柔荑，肤如凝脂。领如蝤蛴，齿如瓠犀。螓首蛾眉，巧笑倩兮，美目盼兮"（《诗经·卫风·硕人》）的意味，却比《硕人》又增添了"言语似娇莺"的声音动感。下阕直入主题，描绘秋宵帐暖的情景，而且用了"渐入嘉境"来形容鱼水之欢，这也是柳词惯用的手法。

柳腰轻（英英妙舞腰肢软）

英英①妙舞腰肢软。章台柳②、昭阳燕③。锦衣冠盖④，绮堂⑤筵会，是处千金争选⑥。顾香砌⑦、丝管⑧初调，倚轻风、佩环微颤。　　乍入《霓裳》促遍⑨，逗盈盈⑩、渐催檀板⑪。慢垂霞袖，急趋莲步⑫，进退奇容千变。算何止、倾国倾城⑬，暂回眸、万人肠断⑭。

[注释]

①英英：作者流连的妓女名。据此词，知此女最善舞蹈。②章台柳：唐许尧佐《柳氏传》载，韩翃得到美妓柳氏后，被淄青节度使侯希逸聘为幕僚，因世事纷扰，没敢带柳氏同行。三年后，寄以锦囊，题诗云："章台柳，章台柳，往日青青今在否？纵使长条似旧垂，亦应攀折他人手。"柳氏复诗曰："杨柳枝，芳菲节，可恨年年赠离别。一叶随风忽报秋，纵使君来岂堪折！"后世作家遂以"章台柳"代指美艳的女子。③昭阳燕：住在昭阳宫里的赵飞燕。参看《斗百花·飒飒霜飘鸳瓦》注⑧。《飞燕外传》说她身体轻盈，柔若无骨，妙于舞蹈。故作者以赵飞燕比况英英。④锦衣：穿戴锦绮的贵族。冠盖：达官显贵。冠指官吏所戴的礼帽，盖指官吏所乘车上遮挡日晒或雨雪的大伞。班固《西都赋》："冠盖如云，七相五公。"杜甫《梦李白》诗之二："冠盖满京华，斯人独憔悴。"⑤绮（qǐ）堂：有彩绘雕花门窗的厅堂。苏轼《水调歌头·丙辰中秋欢饮达旦大醉作此篇兼怀子由》词："转朱阁，低绮户，照无眠。"绮户单指门户而言，意与绮堂相近。⑥是处：处处，到处。以上三句谓达官显贵府上只要有宴会，都不惜一掷千金点名请英英前来助兴。⑦香砌：散发幽香的台阶。砌，指富贵人家堂前的石阶。南朝齐谢朓《直中书省》诗："红药当阶翻，苍苔依砌上。"⑧丝管：弦乐器与管乐器。泛指乐器或音乐。杜甫《赠花卿》诗："锦城丝管日纷纷，半入江风半入云。"⑨《霓裳》：唐代著名法曲《霓裳羽衣曲》，开元中，河西节度使杨敬忠所献。初名《婆罗门曲》。经唐玄宗润色并制歌词，改用今名。白居易《长恨歌》："渔阳鼙鼓动地来，惊破《霓裳羽衣曲》。"促遍：均为古代音乐范畴的专用术语。促指促拍，节奏急促的乐曲。宋张表臣《珊瑚钩诗话》卷二："乐部中有促拍催酒，谓之《三台》。"遍指舞曲的遍数。《新唐书·礼乐志》云："河西节度使杨敬忠献《霓裳羽衣曲》十二遍。"⑩逞：显露。盈盈：轻盈曼妙的身材。《文选·古诗十九首·青青河畔草》："盈盈楼上女，皎皎当窗牖。"⑪檀板：檀木制的拍板，唐代始有的一种乐器，多用于击打节拍。王灼《碧鸡漫志》载："上（玄宗）乘照夜白，太真妃以步辇从。李龟年手捧檀板，押众乐前，将欲歌之。"

⑫莲步：形容女子步履的轻盈美妙。《南史·齐废帝纪》云："又凿金为莲华以帖地，令潘妃行其上，曰：'此步步生莲华也。'"⑬倾国倾城：极言女子美貌倾倒京城之人，倾倒全国之人。《汉书·外戚·孝武李夫人传》："夫人兄延年性知音，善歌舞，武帝爱之。每为新声变曲，闻者莫不感动。延年侍上起舞，歌曰：'北方有佳人，绝世而独立，一顾倾人城，再顾倾人国。宁不知倾城与倾国，佳人难再得！'"⑭万人肠断：意谓英英回眸一笑，竟能使所有坐客为之倾倒。肠断在此处不能理解为肝肠寸断的悲切，而是指人们因英英的美貌而神魂颠倒。

[评析]

　　这是一首歌咏舞妓的小词，主人公是擅长舞蹈的美女英英。全词围绕着她而展开，作者本人并没有融入进去。上阕从女子轻柔的身姿写到她的声望，这与作者大量的恋妓词有明显的区别——作者很多词都是只有他本人与所恋女子两个角色，而这首词则是将舞女英英置于达官贵人之中，并用"万人肠断"来衬托英英绝妙的舞姿，虽仍未脱脂粉之气，毕竟显得大气了些。作者没有嵌入非非之想，唯极力赞美女子绝妙的身段和高超的表演技巧。读者随着他的描绘，仿佛也进入了纯艺术的欣赏之中。作者在词中大量运用动词，使全词充满动感，这与主人公的身份是舞女恰能相得益彰。比如丝管初"调"，佩环微"颤"，恰当而不动声色地将英英的"职业特征"和"相貌特质"表现出来。又如"逞"盈盈、"催"檀板、"垂"霞袖、"趋"莲步，不但使读者有"渐入佳境"的美感，更有疾徐快慢的对比，使全词的"动"有张有弛，活泼轻快。催檀板是渐渐地催，垂霞袖是慢慢地垂；等到该上场时，则是"急趋"莲步，千态万变，表现出作者对人与事观察和体味的准确与生动。

西江月 (凤额绣帘高卷)

　　凤额绣帘①高卷，兽环②朱户频摇。两竿红日上花梢，春睡厌厌难觉③。　　好梦狂随飞絮，闲愁浓胜香醪④。不成雨暮与云朝⑤，又是韶光⑥过了。

[注释]

①凤额绣帘：上端绣着凤凰图案的锦帘。②兽环：打造成瑞兽形的金属门环。古代大家门户的中部嵌有门环，一是作为装饰之用，二是用来推拉门户。门环大都造成兽形，如龙头、虎头等形状，故称兽环。唐赵光远《题妓莱儿壁》诗："鱼钥兽环斜掩门，萋萋芳草忆王孙。"③厌厌难觉（jiào）：意谓好梦连连，竟然难以睡醒。"觉"在这里读仄声，表示清醒。④香醪（láo）：美酒。醪本指汁渣混合的酒，又称浊酒，即今之所谓"醪糟"。后亦泛指香酒。⑤雨暮与云朝：即"朝云暮雨"的倒装，喻男女欢爱之事。参看《雪梅香·景萧索》注⑥。⑥韶光：美好的春光。王勃《梓州郪县兜率寺浮图碑》："韶光照野，爽霭晴遥。"

[评析]

这是一首描写女子春睡的写意小词，词中没有作者的影子，只有作者的观察与想象：看到女子庭院门户的兽环在不停地摇动，又看见香闺的绣帘高高卷起，已经是日上两竿的时分，却见不到女子的身影，于是乎联想到女子一定还在春梦之中。下阕紧接自己的想象——既然还在春梦之中，那梦的美妙，一定比美酒还醉人，否则早就该醒了，作者进一步想入非非，竟然怜惜起女子来了：梦虽然醉人，可惜没有真真切切的云雨绸缪，岂不是白白错过了大好的春光？整首词始终处在亦真亦幻的情境当中，令人啼笑皆非的同时，还令人或多或少感受到作者的天真与顽皮。这恰恰说明此词的确重在"写意"，而不是"写实"。

笛家弄（花发西园）

花发西园，草薰南陌①，韶光明媚，乍晴轻暖清明后。水嬉舟动，禊饮②筵开，银塘似染，金堤如绣。是处王孙，几多游妓，往往携纤手。遣离人③、对嘉景，触目伤怀，尽成感旧。

别久。帝城当日，兰堂④夜烛，百万呼卢⑤，画阁春风，十千沽酒⑥。未省⑦、宴处能忘管弦，醉里不寻花柳。岂知秦楼⑧，玉箫声断⑨，前事难重偶。空遗恨，望仙乡⑩，一饷消凝⑪，泪沾襟袖。

[注释]

①草薰：指春日里芳草萋萋。欧阳修《踏莎行》词："候馆梅残，溪桥柳细。草薰风暖摇征辔。"南陌：南面的道路。唐沈佺期《李舍人山园送庞邵》诗："东邻借山水，南陌驻骖騑。"②禊（xì）饮：古代农历三月上巳日之宴饮。南朝齐王融《三月三日曲水诗》序："惟暮之春，同律克和，树草自乐。禊饮之日在兹，风舞之情咸荡。"③遣：使得。离人：此处指作者自己。据本词"银塘似染，金堤如绣"、"别久。帝城当日"可知，此时作者当在浙中一带做官。④兰堂：芳香雅洁的厅堂。《文选》张衡《南都赋》："揖让而升，宴于兰堂。"吕延济注解说："兰者，取其芬芳也。"⑤呼卢：古代赌博术语。当时的博戏叫作樗蒲，以五木为子，故此戏又叫五木。其彩分为枭、卢、雉、犊、塞，并以此决定胜负。掷五子全黑者称为"卢"，得彩十六，为头彩。故赌博者掷木之后，往往大声呼喊："卢！卢！"《晋书·刘毅传》云："（刘毅）接五木久之，曰：'老兄试为卿答。'既而四子俱黑，其一子转跃未定，（刘）裕厉声喝之，即成卢焉。"李白《少年行》之三："呼卢百万终不惜，报仇千里如咫尺。"晏几道《浣溪沙》词："户外绿杨春系马，床前红烛夜呼卢。"⑥十千沽酒：不惜代价地打酒。李白《行路难》："金樽清酒斗十千，玉盘珍羞直万钱。"⑦未省（xǐng）：不晓得。⑧秦楼：本春秋时秦穆公为其女弄玉所建楼名，此处作为妓院的代称。李煜《谢新恩》词："秦楼不见吹箫女，空余上苑风光。"⑨玉箫声断：刘向《列仙传》："萧史者，秦穆公时人也。善吹箫，能致孔雀白鹤于庭。穆公有女，字弄玉，好之，公遂以女妻焉。日教弄玉作凤鸣，居数年，吹似凤声，凤凰来止其屋。公为作凤台，夫妇止其上，不下数年。一旦，皆随凤凰飞去。"此处暗喻当年相恋的女子如今已经离

开了人世。⑩仙乡：仙界。南唐李中《思简寂观旧游寄重道者》诗："闲忆当年游物外，羽人曾许驻仙乡。"此处指所恋女子已经飞升仙界。⑪消凝：因伤感而凝神。宋徐介《耒阳杜工部祠堂》诗："消凝伤往事，斜日隐颓垣。"

[评析]

　　这是一首比较松散的言情词，其中既有对自己身世不偶的感慨，又有对曾经爱恋过的女子香消玉殒的深深悼念。上阕先点明时间：清明之后，祓禊之时——一年当中最美好的时节；随后点明地点：杭州西湖之畔。这样的季节，这样的城市，景致自然非寻常可比，西园里百花盛开，南陌上春草如毯，湖塘像染上了色彩，金堤如同刺绣佳作。到处是公子王孙携妓清游。眼前这一切，搅动着作者原本脆弱的心绪，他不由得触景生情，想起当年在京都日下的多彩生活。下阕的前两个字非常重要，可谓是画龙点睛之笔。作者深深慨叹：离开京城太久太久了！接下来的文字，完全回到了旧日的场景，那时候少年风流，占尽帝京春色。一掷千金的博戏、畅快淋漓的饮宴，处处笙歌，时时花柳，就算是神仙上界，也无法与之相比！如今虽然有了官身，反而感到味同嚼蜡。更令人伤感的是，曾经深深爱恋的女子骤然辞世，就算是回到京都，也无缘再与她鸳梦重温，这实在是人生中天大的遗憾。词的结尾，情绪更加低沉，可以想见，作者看着眼前的王孙美妓尽享风流，而自己的恋人却到了仙乡，情到最纠结处，似乎除了酸楚的泪水之外，什么都没有了！

倾杯乐（皓月初圆）

　　皓月初圆，暮云飘散，分明夜色如晴昼。渐消尽、醺醺残酒。危阁迥、凉生襟袖。追旧事、一饷凭阑久。如何媚容艳态，抵死孤欢偶①。朝思暮想，自家空恁添清瘦。　　看到头、谁与伸剖②？向道我别来，为伊牵系，度岁经年，偷眼觑、也不忍觑花柳③。可惜恁、好景良宵，不曾略展双眉暂开口。问甚时与你，深怜痛惜还依旧。

[注释]

①抵死：宁可死。孤欢偶：放弃寻欢的客人。孤，通"辜"。②伸剖：表白袒露心迹。③不忍觑花柳：意谓怀思全在"伊"身上，不思心撩惹此处的妓女，辜负了她的深情。

[评析]

这首词的主题仍是写作者与所恋妓女间的情感纠葛，但内容别具一格。作者没有用多少笔墨形容女子的容颜歌舞，而是着意刻画女子对他的一往情深，以致为了他而拒绝再与其他客人应酬，其执著乃至刚烈，活脱脱跃然纸上，令人对这位风尘女子顿生敬意。开篇"皓月初圆，暮云飘散，分明夜色如晴昼"两句，虽然也在写暮色，写秋凉，但明显感到作者的情绪并不像其他词作那样悲凉和落寞，这就给读者一个悬念：究竟是什么缘故，让作者在与以往相同的景物中换了心情？往下看，他的酒意刚刚退去，又是"凭阑久"，但答案还没有揭晓。直到接下来四句，我们才恍然大悟，原来女子自打与作者分别后，一颗心全都扑在离人身上，宁可荒废如花的容颜，也拒不接待其他客人。她朝思暮想的，只有那个曾经给予她无限真情与怜爱的柳七郎！相思使她日渐消瘦，乃至于作者在千里之外想象到女子茶饭无心的病态，都感到非常心痛。下阕表白自己：自从与你分别后，至今已经一年之久，我的心也只在你一人之身，再没有寻花问柳。看来作者对这位女子是动了真情的，如果柳永的其他相关词作有可信度，那就可以相信：他的确没有在美女如云的杭州真正喜欢过哪个女子。才子慕佳人，佳人恋才子，尽管隔着红楼一层帷幕，还是让读者感受到爱情的美好。不过这种美好必须具有三要素：才子、美人、双方的真情。

迎新春（嶰管变青律）

嶰管变青律①，帝里阳和新布②。晴景回轻煦③。庆嘉节、当三五④。列华灯、千门万户。遍九陌⑤、罗绮香风微度。十里然绛树⑥。鳌山⑦耸、喧天箫鼓。　　渐天如水，素月当午⑧。香径里、绝缨掷果无数⑨。更阑烛影花阴下，少年人、往往奇遇。太平时、朝野多欢民康阜。随分良聚⑩。堪对此景，争忍⑪独醒归去。

[注释]

①嶰（xiè）管：古代观测气候变化的律管。古人以竹制成十二支长短不等的管，内藏葭灰，每到节令之交，相应的竹管内葭灰飞动。《汉书·律历志》云："黄帝使泠纶，自大夏之西，昆仑之阴，取竹之解（嶰）谷生，其窍厚均者，断两节间而吹之，以为黄钟之宫。制十二筒以听凤之鸣，其雄鸣为六，雌鸣亦六，比黄钟之宫，而皆可以生之，是为律本。至治之世，天地之气合以生风；天地之风气正，十二律定。"变青律：谓节令到了春季。青律，青帝所司之律。指春天。《后汉书·祭祀志》中："立春之日，迎春于东郊，祭青帝句芒。"②帝里：帝京，指北宋都城汴京。阳和：春天和暖之气。《史记·秦始皇本纪》："时在中春，阳和方起。"古称季节气候的变化为天神布气，故云"阳和新布"。③晴景回轻煦（xù）：意谓晴朗和暖的气候，唤回了轻柔的暖意。煦，温暖。扬雄《太玄经·释》："阳气和震圜煦。"范望注解说："圜，阳气形势也。煦，暖也。谓阳气温暖。"④三五：十五。此处指正月十五元宵节。宋晁元礼《金人捧露盘》词："三五庆元宵，扫春寒、花外蕙风轻扇。"⑤九陌：指都城的大道及繁华闹市。汉代长安城中有九条大道，称为九陌。《三辅黄图》卷二云："长安城中，八街九陌。"骆宾王《帝京篇》："三条九陌丽城隅，万户千门平旦开。"⑥然："燃"的本字，点燃。绛树：传说中的仙树。《淮南子·墬形训》说昆仑山"珠树、玉树、璇树、不死树在其西，

沙棠、琅玕在其东,绛树在其南,碧树、瑶树在其北"。此处指十里长街上成片的灯笼。⑦鳌山:堆成巨鳌形状的灯山。宋周密《乾淳岁时记》:"元夕二鼓,上(皇帝)乘小辇,幸宣德门观鳌山。擎辇者皆倒行,以便观赏。山灯凡数千百种。"宋代元宵节是一年中最盛大的节日,京城大街上扎起灯山,气势相当壮观。⑧素月:皓月。传说月中有嫦娥,又叫素娥,故称明月为素月。陶渊明《杂诗》之二:"白日沦西阿,素月出东岭。"当午:当空。⑨绝缨:刘向《说苑·复恩》篇:"楚庄王赐群臣酒,日暮酒酣,灯烛灭,乃有人引美人之衣者,美人援绝其冠缨,告王曰:'今者烛灭,有引妾衣者,妾援得其冠缨持之,趣火来上,视绝缨者。'王曰:'赐人酒,使醉失礼,奈何欲显妇人之节而辱士乎?'乃命左右曰:'今日与寡人饮,不绝冠缨者不欢。'群臣百有余人,皆绝去其冠缨而上火,卒尽欢而罢。居三年,晋与楚战,有一臣常在前,五合五奋,首却敌,卒得胜之,庄王怪而问曰:'寡人德薄,又未尝异子,子何故出死不疑如是?'对曰:'臣当死,往者醉失礼,王隐忍不加诛也;臣终不敢以荫蔽之德而不显报王也,常愿肝脑涂地,用颈血湔敌久矣,臣乃夜绝缨者。'"掷果:《世说新语·容止》注引《语林》:"安仁(晋潘岳的字)至美,每行,老妪以果掷之满车。"绝缨掷果无数,言节日之夜,男女之间挑逗寻欢乃寻常之事,到处都可以碰到。⑩随分:宋元时期俗语,相当于今言"随意"、"随便"。良聚:男女欢会。⑪争忍:宋元时期俗语,相当于今言"怎么忍心"、"怎么舍得"。

[评析]

　　此词写京城元宵佳节时的情景,是一首格调轻快热烈的纪事词。上阕尽力渲染佳节的气氛,从千门万户张挂花灯,到大街小巷香风四溢,写到通往宣德门的十里御街,灯笼火把塞街填路,灯山高耸,锣鼓喧天,一副盛世繁华的景象。可以说,上阕全部文字,都用在"大处",作者有意将帝里神京的宏大气象展示出来。到了下阕,则进入"细处"的描述:享乐惯了的京城男女,逢到此时,绝不会错过寻欢作乐的机会,所以条条小巷恣游的男女彼此传情,遇到两情相悦者,便会相携而去。在作者看来,这是太平盛世应有的气象，不会有人为此感到奇怪。作者当时的身份是"汴飘儿"，游荡在如此醉人的香风花雨之中，当然也渴望出现"奇遇"。全词语意欢快，写景写人细大兼备，具有很强的生活气息和无时不在的动感，把大都市的喧阗和康阜表达得淋漓尽致，是一篇很适合市井歌咏的作品。

曲玉管（陇首云飞）

陇首①云飞，江边日晚，烟波满目凭阑久。立望关河萧索，千里清秋，忍凝眸。杳杳神京，盈盈仙子，别来锦字终难偶②。断雁无凭③，冉冉飞下汀洲④。思悠悠。　　暗想当初，有多少、幽欢佳会。岂知聚散难期，翻成雨恨云愁⑤。阻追游。每登山临水⑥，惹起平生心事，一场消黯⑦，永日无言，却下层楼。

[注释]

①陇首：即陇头，指西北陇山一带，亦代指西北边地。苏轼《行香子》词："别来相忆，知有何人？有湖中月，江边柳，陇头云。"②锦字：锦字书，前秦苏蕙寄给丈夫的织锦回文诗。《晋书·列女列传·窦滔妻苏氏传》："窦滔妻苏氏，始平人也，名蕙，字若兰。善属文。滔，苻坚时为秦州刺史，被徙流沙，苏氏思之，织锦为回文旋图诗对赠滔。宛转循环以读之，词甚凄惋。"难偶：难以得到。③断雁无凭：孤雁难以寄托。古称大雁可以为人传递书信，参《雪梅香·景萧索》注⑧。④汀洲：水中的小洲。李商隐《安定城楼》诗："迢递高城百尺楼，绿杨枝外尽汀洲。"⑤翻成：反而成为。雨恨云愁：谓难以与爱恋的女子成其欢好之事。雨、云均指男女欢爱，恨、愁指无法得到。⑥登山临水：用潘岳《秋兴赋》句，感慨秋天里的孤独。《秋兴赋》云："悲哉秋之为气也！萧瑟兮，草木摇落而变衰。憭栗兮若在远行，登山临水送将归。"⑦消黯：指情绪牢落灰暗。南朝梁江淹《别赋》："黯然销魂者，唯别而已矣。"

[评析]

　　这是一首怀人词,所怀之人是作者在京城时爱恋的女子。上阕开篇便将自己远离京城,"立望关河"的所在做了交代,又不失时机地说明是在千里萧索的"清秋",这是个最令人感到凄凉落寞的季节。作者孤独地回忆着京城那位"盈盈仙子",渴望能得到她近来的消息。然而眼前所见却是孤雁飞下汀洲,全然理解不了天涯游客那份切盼音讯的焦灼。下阕回到柳词的套路,他自然而然地把思绪拽回"当初",那妙不可言的"当初"时光,他和他的盈盈仙子有过多少绸缪缱绻,有过多少佳会幽欢!可惜人生聚散无常,当宦途将相恋的男女生生拆开后,两个人都必须承受心灵的煎熬和饥渴般的相思,因为曾经的云情雨意,已经真真切切地不属于他们了,即便是"登山临水",也全然无济于事。"永日无言,却下层楼",其实也是自欺欺人,因为下了楼,等待他的依然是"思悠悠"。这真是:欢然聚首,"为伊消得人憔悴";两地相思,同样也"为伊消得人憔悴"!

满朝欢（花隔铜壶）

　　花隔铜壶①,露晞金掌②,都门十二③清晓。帝里风光烂漫,偏爱春杪④。烟轻昼永,引莺啭上林⑤,鱼游灵沼⑥。巷陌乍晴,香尘染惹,垂杨芳草。　　因念秦楼彩凤⑦,楚观朝云⑧,往昔曾迷歌笑。别来岁久,偶忆欢盟重到。人面桃花,未知何处⑨,但掩朱扉悄悄⑩。尽日伫立无言,赢得凄凉怀抱。

[注释]

　　①铜壶:古代铜制壶形的定时器,又称为铜壶滴漏。唐顾况《乐府》诗:"玉醴随觞至,铜壶逐漏行。"此句意谓百花虽与铜壶远远相隔,依旧按

照时令盛开。②露晞(xī)金掌：谓露水在金掌中逐渐晾干。晞，干。《诗经·秦风·蒹葭》："蒹葭萋萋，白露未晞。"毛亨注解说："晞，干也。"金掌，仙人承露盘，又叫仙人掌。汉武帝时造。《三辅黄图》卷三："神明台，武帝造，祭仙人处。上有承露盘，有铜仙人，舒掌捧铜盘玉杯，以承云表之露，以露和玉屑服之，以求仙道。《长安记》：'仙人掌大七围，以铜为之。'《长安志》引《三辅故事》：'承露盘二十七丈，大七围。'"按：仙人掌在长安故城之西，北宋汴京并没有此物。这里是作者使用典故以比都城。③都门十二：这也是借用汉代长安十二门的典故来形容汴京。《三辅黄图》卷一："长安城方六十三里，经纬各长十五里，一十二门。"北宋汴京的情况比较复杂，首先是分为内城和外城，内外各有相应的城门。内城共十门：南北城各三门，东西城各二门。其次是外城虽然总数为十二门，但并不像长安城那样四面各开三门，而是北面四门，南、西两面各三门，东面则只有二门。④春杪：暮春三月。杪，表示末端。⑤莺啭(zhuàn)：黄莺的啼鸣。啭，鸟鸣。温庭筠《题柳》诗："羌管一声何处曲？流莺百啭最高枝。"上林：上林苑，秦代始建的皇家园苑，汉武帝时加以增广，周回三百里。《三辅黄图》卷四："汉上林苑，即秦之旧苑也。……《汉旧仪》云：'上林苑方三百里，苑中养百兽，天子秋冬射猎取之。'帝初修上林苑，群臣远方，各献名果异卉三千余种植其中。"后泛指皇家的禁苑。⑥灵沼：周代开凿的池沼，故址在今陕西西安郊区。《诗经·大雅·灵台》："王在灵沼，于牣鱼跃。"此处泛指京城的池塘。⑦秦楼彩凤：青楼中的彩凤。秦楼，见《笛家弄·花发西园》注⑧。彩凤，当是作者所恋妓女的艺名。⑧楚观：当作"楚馆"，亦妓院的代称。朝云：亦是作者所恋妓女艺名。⑨人面桃花，未知何处：孟棨《本事诗》载，清明日，崔护游于城南，得居人庄，见树树桃花盛开。因口渴叩门求浆水，一女子开门，赠以杯水，四目传情。次年同日，崔护再游其庄，门墙虽然依旧，而大门却已锁住。崔护怅然题诗于门云："去年今日此门中，人面桃花相映红。人面只今何处去？桃花依旧笑春风。"后数日复寻之，听到附近有哭声。崔护前往，有父老出门对他说："吾女自去年以来，神思恍惚，若有所失。老父与之出，见门上有诗，读之入门而病，遂绝食数日而死。"崔护大为感动，请入哭之，以手扶其头，说道："某在斯！"女子遂复生。父老大喜，遂将女子嫁与崔护。

⑩朱扉(fēi):朱红色的门。扉,本指一扇门。亦泛指门。悄悄:谓彩凤、朝云所居庭院大门紧闭,悄无人声。

[评析]

这是一首恋情词,不过写得比较曲折。上阕情绪欢快,写自己从外地回到阔别的都城,心情甚佳。尤其是见到暮春时节的灵沼游鱼、垂杨芳草,听到林间的黄莺百啭娇啼,心中愉悦,自不待言。下阕由景致带来的好心情转到对旧情的渴望——"别来岁久",为了欢盟,重新回到了秦楼和楚馆。然而令他失望的是,那曾经多么熟悉的庭院和朱扉,如今却显得十分冷清,大有"人面桃花"之慨。全词情致起伏跌宕,读起来又有如泣如诉的感觉。在柳词中,当属比较健康的作品。

梦还京(夜来匆匆饮散)

夜来匆匆饮散,欹枕①背灯睡。酒力全轻,醉魂易醒,风揭帘栊②,梦断披衣重起。悄无寐。　　追悔当初,绣阁话别太容易。日许时③、犹阻归计。甚况味④!旅馆虚度残岁。想娇媚,那里独守鸳帏静。永漏⑤迢迢,也应暗同此意。

[注释]

①欹(qī)枕:斜靠在枕头上。欹,倾侧。②风揭帘栊:谓风把帘子吹起来。揭,掀起。帘栊,本指窗帘和窗牖,也泛指门窗的帘子。南朝梁江淹《杂体诗·效张华离情》:"秋月映帘笼,悬光入丹墀。"③日许时:日子过了那么久。许时,几许时日,言时间之久。④甚况味:什么滋味。况味,景况和情味。范仲淹《与工部同年书》:"工部同年,近日况味如何?"⑤永漏:漫长的时间,即长夜漫漫之意。王安石《梦长》诗:"梦长随永漏,吟苦杂疏钟。"

[评析]

这是一首怀人词。上阕写作者饮宴后不胜酒力,灯也没熄便靠在枕上睡去。直到夜风作响，吹动帘栊，才把他从梦中唤醒。此时酒力已消，披衣重起，方知已是深夜。下阕旧事重提，想起当初与恋人轻易话别，不料过了如此之久，依旧没有归京的消息，那份牵肠挂肚的思念，时时搅动着作者的内心。他静静地忍受着"旅馆虚度残岁"的煎熬，又想象京城里的女郎，此时此刻，她的心绪也应该是"日日思君不见君"吧！全词贯穿始终的是一个"想"字："想当初"与她分别太过轻易；"想归计"却身不由己；"想女子娇媚的容貌"，"想女子孤寂无聊"的独守。可以断定，他这一想，今夜必定又是个不眠之夜。一个"想"字，把作者凄惘惆怅的人生况味体现得入木三分。

凤衔杯（有美瑶卿能染翰）

有美瑶卿能染翰①。千里寄、小诗长简②。想初襞苔笺③，旋挥翠管④红窗畔。渐玉箸、银钩满⑤。　锦囊收⑥，犀轴⑦卷。常珍重、小斋吟玩。更宝若珠玑，置之怀袖时时看⑧。似频见、千娇面⑨。

[注释]

①有美瑶卿：美丽的瑶卿姑娘。有美，即美人。"有"字为词前缀，无义。这是古人的一种习惯性用语。《楚辞》宋玉《九辩》："悲忧穷戚兮独处廓，有美一人兮心不绎。"能染翰：意谓瑶卿姑娘能写诗作文。翰，指笔。南朝宋谢惠连《秋怀》诗："宾至可命觞，朋来当染翰。"②千里寄、小诗长简：谓瑶卿姑娘从千里之外给自己寄来了小诗和长信。简，书简。③襞（bì）：折叠。苔笺：古代一种纸的名称。王嘉《拾遗记·晋时事》："南人以海苔为纸，其理纵横斜侧。"李肇《唐国史补》卷下："纸则有越之剡藤苔笺，蜀之麻面、屑末、滑石、金花、长麻、鱼子、十色笺。"④旋挥翠管：意谓很快地挥毫写

字。这是作者的想象之词。翠管，翠玉制成的笔管，代指笔。⑤渐玉箸、银钩满：意谓渐渐地写了满满一张纸。玉箸、银钩，均为古代书体名。玉箸指李斯所创的小篆。唐李绰《尚书故实》引张怀瓘《书断》："如科斗、玉箸、偃波之类，诸家共五十二般。"银钩指草书。《法书要录》卷一："索氏（晋书法家索靖）自谓其书银钩虿尾。"⑥锦囊收：谓将写好的书信用锦囊装好。⑦犀轴：用犀牛角制的书画卷轴。⑧置之怀袖：此乃作者自谓，将瑶卿寄来的诗书放在怀袖之内。表示非常珍视。清陈锐《袌碧斋词话》说："'置之怀袖时时看'，此从古乐府出。"意思是说柳永此句是袭用古乐府的成句。陈锐所谓的"古乐府"，当指班婕妤《怨歌行》"出入君怀袖，动摇微风发"二句。⑨似频见、千娇面：意谓每当看到瑶卿的字迹，就如同见到了她千娇百媚的容貌。

[评析]

这是一首叙事词，写作者在千里之外，忽然收到了相恋女子寄来的诗与长信，使他格外高兴。作者是位诗词老手，并不在意女子的诗写得如何，他更看重的是那个慧心女子对他的一片情意。在惬意甚至是陶醉中，他开始想象瑶卿姑娘怎样折叠着信笺，怎样蘸墨挥毫，怎样一字一字将信笺写得满满的，又怎样小心翼翼地将锦囊封好，画轴卷起——这一切作者并没有看到，所以更显得虚实相间，扩展了作品的表现时空。下阕的后半部分完全写实，且没有更多的新意，唯最后两句"置之怀袖时时看。似频见、千娇面"，颇显作者的痴情。

凤衔杯（追悔当初孤深愿）

追悔当初孤深愿①。经年价②、两成幽怨。任越水吴山③，似屏如障堪游玩。奈独自、慵抬眼④。　　赏烟花，听弦管。图欢笑、转加肠断。更时展丹青⑤，强拈书信频频看。又争似⑥、亲相见。

[注释]

①孤深愿：辜负了女子深深的爱恋。"孤"字在古语中表示辜负之意。②经年价：一年之中。价，宋元时期俗语，属于虚字范畴，大致相当于今言"个"、"里"之类的词尾意义。③越水吴山：此为互文修辞法，泛指吴越之地的佳美山水。古以苏州为中心的地区为吴，以杭州为中心的地区为越。即今长江下游一带，因为这一带山光水色十分秀丽，故称"越水吴山"。④奈独自、慵抬眼：意谓吴山越水虽然很美，没有恋人相伴，便连眼都懒得抬。慵，慵懒无绪。⑤时展丹青：时不时展开图画仔细欣赏。丹青，朱砂和青臒，古代作画的两种颜料，亦代指图画。⑥争似：怎如，怎比。

[评析]

这首小词与上一首是相连贯的：上一首说到瑶卿从京城给作者寄来了诗文书信。这一首则是说，自己独自一人在杭州为官，没有瑶卿的陪伴，时时觉得百无聊赖。唯一的排遣是打开瑶卿的书信反复观览。细细体会，此词言情比前一首显得更加深沉。可以看出，作者对瑶卿的感情是相当真挚的，离开瑶卿已经一年，却没有因为可以在异乡寻逐新欢而将旧人忘掉。"经年价、两成幽怨"七字，足可为证。从这一点上说，把柳永说成浪子稍嫌委屈了些。下阕更突出了作者对旧情的怀恋：就算是"见字如面"，然而二者毕竟大不相同，纵然把书画看穿，也不如与心爱的女子"亲相见"来得惬意啊！

鹤冲天（闲窗漏永）

闲窗漏永，月冷霜华堕。悄悄下帘幕，残灯火。再三追往事，离魂乱、愁肠锁。无语沉吟坐。好天好景，未省展眉则个①。　从前早是多成破②。何况经岁月,相抛挅③。假使重相见,还得似、旧时么?悔恨无计那④。迢迢良夜,自家只恁摧挫⑤。

[注释]

①未省:不明白。展眉:舒展眉头,谓心情欢悦。则个:宋元时期俗语,表示的意义比较复杂。张相《诗词曲语词汇释》云:"则个,表示动作进行时之语助词,近于'着'或'者'。"然本句中则表示疑问语态。全句连释,意谓(纵然有好天气好景色)也不知道舒展眉头去欣赏它有什么好处。②从前早是多成破:意谓以前与女子的欢情或许早就破灭了。③抛挅(duǒ):抛闪,委顿。挅,下垂之貌。④无计那(nuó):没有良策。那,语助词,无实意。⑤自家:自己。摧挫:摧折,损害。欧阳修《苏氏文集序》:"故方其摈斥摧挫,流离穷厄之时。"

[评析]

这首词与前两首还是相连贯的。"再三追往事",还是与瑶卿相恋的旧事。此词中表现出的失落情绪,明显比前两首要沉重得多,作者想的也比此前要复杂得多,堪称是"愁肠百转"。随着与女子离别时间越来越久,好梦还能否重圆的担心也越来越重,由此而产生的内心煎熬和咬啮也就更加挥之不去。此时此刻,作者的"离魂"已经乱了,"愁肠"也已不是百结,而是干脆死锁。好天气好景致对于他来说,早已一文不值,他甚至像个精神病人似的念念有词地问自己:分别如此之久,就算是能有再见的那一天,姑娘还能像从前那样对我一往情深吗?越想越怕,越怕越想。他其实很明白:就是把心想碎,也只是自己折磨自己罢了!从作者所表现出的纠结来看,这首词在言情方面是相当成功的,成功就在于能使读者如见其人,如闻其声。

受恩深（雅致装庭宇）

雅致装庭宇，黄花开淡泞[①]。细香明艳尽天与[②]。助秀色堪餐[③]，向晓自有真珠露。刚被金钱妒[④]。拟买断秋天，容易独步[⑤]。　　粉蝶无情蜂已去[⑥]。要上金尊，惟有诗人曾许[⑦]。待宴赏重阳[⑧]，恁时尽把芳心吐。陶令[⑨]轻回顾。免憔悴东篱[⑩]，冷烟寒雨。

[注释]

①淡泞（zhù）：清新明净之貌。②细香明艳：细细的幽香、美艳的姿色。天与：上天的赐予。③秀色堪餐：秀丽的姿色如同美食令人贪馋。《文选》卷二八古乐府《日出东南隅行》："鲜肤一何润，秀色若可餐。"④刚：宋元时期俗语，相当于今言"偏"、"恰"。五代前蜀贯休《桐江闲居》诗："拟归仙掌去，刚被谢公留。"金钱：金钱花，又名旋覆花。段成式《酉阳杂俎·草篇》："金钱花，一云本出外国，梁大同二年进来中土。梁时荆州掾属双陆赌金钱，钱尽，以金钱花相足。"《本草纲目·草四·旋覆花》注引苏颂云："六月开花如菊花，小铜钱大，深黄色。上党田野人呼为金钱花，七八月采花。"白居易《牡丹芳》诗："石竹金钱何细碎，芙蓉芍药苦寻常。"⑤拟：打算。买断秋天，容易独步：秋季之后，百花大都凋落，此时恰值菊花盛开，故云菊花独步于秋，没有哪种花能与之相抗。⑥粉蝶无情蜂已去：谓蝴蝶没有了沾花的情致，蜜蜂也早已归去。⑦要上金尊，惟有诗人曾许：谓菊花酿酒，只有诗人才可以领略其芳香醇美。许，认可。⑧宴赏重阳：古代有重阳节饮菊花酒的习俗。《西京杂记》卷三："九月九日，佩茱萸，食蓬饵，饮菊华酒，令人长寿。菊华舒时，并采茎叶，杂黍米酿之，至来年九月九日始熟，就饮焉，故谓之菊华酒。"⑨陶令：指晋代诗人陶渊明。因其曾做过彭泽县令，并由此辞官归隐，故后世称之为陶令。⑩东篱：陶渊明《饮酒》诗："采菊东篱下，悠然见南山。"

[评析]

这是一首咏物词,所咏之物为菊花,然全词八十六个字,却没有出现"菊"字,显示出作者运用词汇的高超能力。柳词很少使用典故,即使使用,一般都是熟典。这并不说明柳永学问浅薄,而是他深知,若想掉书袋,万不可在这种体裁的作品中炫耀,因为"词"本身属于俗文学,是供大众诵读歌唱的。这首词里,也只用了陶渊明"采菊东篱"一个人人尽知的典故而已。全词的色彩恬淡,与金菊的色彩及雅韵也很契合,这是就字面而言。一般说来,咏物词往往都不是单纯"咏物",其间必然蕴涵作者自身的某些感慨或情愫。从此词的字里行间体会,作者似乎在吐露自己不合时宜的牢骚。"刚被金钱妒"一句,便是宣泄不为俗世所容的愤懑。下阕结句又说菊花虽然具有天赋的"雅致"与"细香",也难免憔悴在冷烟寒雨的东篱之下。这只是笔者的一己之见,不知是否真与作者的内心相符。

看花回(屈指劳生百岁期)

屈指劳生百岁期①,荣瘁相随②。利牵名惹逡巡③过,奈两轮④、玉走金飞⑤。红颜成白发,极品何为⑥。　　尘事常多雅会稀⑦。忍不开眉。画堂歌管深深处,难忘酒盏花枝⑧。醉乡⑨风景好,携手同归。

[注释]

①劳生:劳碌的一生。《庄子·大宗师》:"夫大块载我以形,劳我以生,佚我以老,息我以死。"百岁期:古人称人的一生为"百年"。②荣瘁(cuì)相随:指人的一生很快度过,青春年少与暮年衰老紧紧相接。瘁,衰败枯槁。葛洪《抱朴子·畅玄》:"与之不荣,夺之不瘁。"③逡(qūn)巡:顷刻,谓

极短的时间。唐张祜《偶作》诗:"遍识青霄路上人,相逢只是语逡巡。"④两轮:指日、月。王安石《客至当饮酒》诗之二:"天提两轮光,环我屋角走。"⑤玉走金飞:玉指月,金指日。玉走金飞,言光阴过得飞快。古代传说月中有玉兔。晋傅咸《拟天问》:"月中何有?玉兔捣药。"又传说太阳中有三足乌。汉刘桢《清虑赋》:"玉树翠叶,上栖金乌。"唐韩琮《春愁》诗:"金乌长飞玉兔走,青鬓长青古无有。"⑥极品何为:意谓即使做到极品的高官,又有何用。⑦尘事常多雅会稀:谓尘俗之事太多,雅兴之会太少。尘事,指官场中例行的公事。雅会,指性情中的欢会。⑧花枝:喻美人。宋张景修《虞美人》词:"旁人应笑髯公老,独爱花枝好。"⑨醉乡:醉酒后超脱人世的境界。唐王绩曾写过一篇《醉乡记》,描述饮者进入大醉状态的逍遥适意。

[评析]

这首词抒写的是作者晚年对人生的感悟。作者五十岁前后才中进士,其后长期担任地方幕僚,官场可谓蹭蹬不前。"四十而不惑,五十而知天命",在经历了味同嚼蜡的数年官场生涯之后,作者深感人生百年,不过如白驹过隙,名纲利索,到头来只是逡巡而过的泡影而已。按说很多古人到了老年,都有很多感悟,什么名利,什么美色,统统都是过眼烟云。可这位柳才子却别有一番体味,他认为人生最大的享乐有两条,一是大醉酕醄,二是坐拥美人。他追求的最佳境界,是痛饮美酒之后,再一头扎进芙蓉帐里。人生各有况味,或许柳永的生命践履,也未必有多少的不对吧。

看花回(玉城金阶舞舜干)

玉城金阶舞舜干①,朝野多欢。九衢三市②风光丽,正万家、急管繁弦。凤楼临绮陌③,嘉气非烟④。　　雅俗熙熙⑤物态妍,忍负芳年。笑筵歌席连昏昼,任旗亭⑥、斗酒十千。赏心何处好，惟有尊前。

[注释]

①玉城（cè）：玉砌的台阶。舞舜干：指朝廷偃武修文，喻和乐祥瑞之象。《尚书·大禹谟》："帝乃诞敷文德，舞干羽于两阶。七旬，有苗格。"孔安国注解说："干，盾；羽，翳也。皆舞者所执。修阐文教，舞文舞于宾主阶间，抑武事。"②九衢（qú）：纵横交叉的大道。《楚辞·天问》："靡蓱九衢，枲华安居。"王逸注解说："九交道曰衢。"三市：泛指闹市。唐韦庄《洛阳吟》诗："宫官试马游三市，舞女乘舟上九天。"九衢、三市也常连用，极言都城之繁华壮美。张孝祥《水调歌头·桂林集句》词："繁会九衢三市，缥缈层楼杰观。"③凤楼：女子居住的楼阁。南朝梁江淹《征怨》诗："荡子从征久，凤楼箫管闲。"隋江总《箫史曲》诗："来时兔月满，去后凤楼空。"绮陌：指繁华的街道。唐刘沧《及第后宴曲江》诗："归时不省花间醉，绮陌香车似水流。"④嘉气非烟：此句当理解为"嘉气乃古人所谓非烟之气"。非烟，谓祥瑞的嘉气。《史记·天官书》："若烟非烟，若云非云，郁郁纷纷，萧索轮囷，是谓卿云。卿云见，喜气也。"⑤熙熙：和乐之貌。《汉书·礼乐志》："众庶熙熙，施及天胎。"颜师古注解说："熙熙，和乐貌也。"⑥旗亭：张挂旗子的市楼。其旗子相当于今之商业招牌。《文选》张衡《西京赋》："旗亭五重，俯察百隧。"注云："旗亭，市楼也。"

[评析]

这首词作于作者在京城时。上阕开篇言"玉城金阶舞舜干"，当是指庆历初年朝廷与西夏主元昊讲和罢兵之事。由于接连几年的对夏作战终于结束，故而"朝野多欢"是理所当然的；千家万户"急管繁弦"，也真实反映出京城居民的喜庆之情。下阕由都城的大背景拉近到作者本身：面对着"雅俗熙熙"的妍丽景物，想到个人的仕途却困顿不前，作者的内心是十分复杂的，他甚至不明白自己究竟应该振奋还是继续落拓不羁。此时的他，只能追逐世俗，追欢买笑，不计昼夜，见到酒旗，只管径醉。全词用语虽然张扬热烈，但字里行间散发出来的情绪，总是令人感到作者所谓的"赏心"，属于"痛并快乐着"的"苦恼人的笑"。

柳初新（东郊向晓星杓亚）

东郊向晓星杓亚①。报帝里②，春来也。柳抬烟眼，花匀露脸，渐觉绿娇红姹。妆点层台芳榭。运神功、丹青无价③。

别有尧阶试罢④。新郎君、成行如画⑤。杏园⑥风细，桃花浪暖⑦，竞喜羽迁鳞化⑧。遍九陌、相将游冶⑨。聚香尘、宝鞍骄马。

[注释]

①向晓：将近拂晓时分。星杓（biāo）：北斗七星的勺柄部分。杓，勺子柄。《说文解字》："杓，枓柄也。"段玉裁注解说："枓柄者，勺柄也。勺谓之枓，勺柄谓之杓。"《史记·天官书》："北斗七星，所谓'旋、玑、玉衡，以齐七政'。杓携龙角，衡殷南斗，魁枕参首。"司马贞索隐云："斗，第一天枢，第二旋，第三玑，第四权，第五衡，第六开阳，第七摇光。第一至第四为魁，第五至第七为标（杓），合而为斗。"亚：低垂。按：古代先民观测季节，除日、月及岁星之外，北斗七星的斗柄变化是非常重要的依据。北斗的斗柄在一年之内旋转一周，柄端指向不同的方向，分别代表不同的季节。本句"星杓亚"，即言斗柄不再向上翘，已经开始下垂。古人认为此时已是春季之始。②帝里：帝都。《晋书·王导传》："建康，古之金陵，旧为帝里。"此处指北宋都城汴京。③运神功、丹青无价：意谓此时节百花盛开，姹紫嫣红，这幅美景图乃是上天的杰作，花多少钱也买不来的。④尧阶：帝尧殿前的土阶，代指殿庭。《子华子·晏子问党》："(晏) 婴闻之，尧不以土阶为陋。"试罢：指科举考试的殿试已经完毕。北宋前期科举会试虽然名义上每年一次，但执行起来很不正常，经常因故停举。直到宋神宗即位之后，才最终确定每三年举行一次。这种制度一直持续到晚清宣统时最后一次会试，没有任何改变。宋代的科举，分为乡试、会试和殿试，即初级筛选、国家组织的大考和由天子主持的终极考试。乡试一般

在会试前一年,由各地方州郡组织考试,中举者由地方解送到京师,参加次年正月在汴京举行的统考。统考合格,即成为进士,有了官身。紧随其后举行的殿试,由当朝皇帝亲自考试新进士,这次考试不再淘汰考生,只是由天子定下最终的名次。据专家考证,柳永中进士是在仁宗景祐元年(1034)。据《汴京遗迹志》卷十二载,这一科共有四百九十九人进士及第。⑤新郎君、成行如画:谓新科进士排列成行,美如图画中人。唐宋时期,新科进士唱名之后,须排成数列向天子及主考官谢恩,这一仪式举行时,新进士都已经换上官服,故称"成行如画"。王定保《唐摭言》卷三:"(薛逢入朝)值新进士榜下,缀行而出。……前导曰:'回避新郎君!'"⑥杏园:唐代京城长安有花园名杏园。每年新进士放榜,正是杏园杏花开得最盛之时,为了庆贺及第,该榜最年轻的两人须前往杏园,寻找花开最繁茂处安排宴会,称为"杏园宴"。其安排宴会的两人则称为"探花郎"。宋代京师在汴京,并没有杏园,这里是借用唐朝的典故,代指新进士的庆贺活动。⑦桃花浪暖:新进士殿试过后的金榜,在每年三月始放。此时汴京桃花盛开,风吹如浪。杜甫《春水》诗:"三月桃花浪,江流复旧痕。"⑧竞喜:谓新进士一个比一个欣喜。羽迁鳞化:喻原本的布衣贱民,如今脱胎换骨,成为朝廷的命官。羽迁,谓经此洗礼,羽化而成为仙官。鳞化,谓原来的鲤鱼跃过龙门,则变成了龙。《艺文类聚》卷九六引辛氏《三秦记》:"河津一名龙门,大鱼集龙门下数千,不得上,上者为龙。"⑨相将(jiāng):相携。将,扶持。《诗经·周南·樛木》:"乐只君子,福履将之。"郑玄注解说:"将,犹扶助也。"游冶:冶游,任性游玩。

[评析]

这首词记录的是作者登进士第时的情景。隋唐以后,一个读书人中了进士,标志着他的一生发生了根本性的变化,因为科举制几乎成为士子踏入官场的唯一途径。故而每个士子中了进士,都不可能不激动万分。唐诗中有不少写进士及第的诗作,最有代表性的,莫过于孟郊那句"春风得意马蹄疾,一日看尽长安花"了。此词同样把作者喜悦的心情表现得非常充分。作者调动了他能想到、看到、听到、感受到的一切元素,把这个非同寻常的日子装扮得美不胜收。"向晓",意味着天还没亮,斗柄的下垂明明白白地告诉人们:春天到了!这个春天,既表示自然界的新春,更表示新进士人的新春!柳叶如媚眼睁开,鲜花如香腮滴露,杏园里薰风细细,郊野间桃花灿灿,一切都是那么欣欣向荣,那么懂得作者的心!词的结尾虽然不像孟郊那么激荡狂野,然宝马雕鞍,香尘骤起,别有一番"自得其乐"的兴味。

两同心（嫩脸修蛾）

嫩脸修蛾①,淡匀轻扫②。最爱学、宫体梳妆③,偏能做、文人谈笑④。绮筵前,舞燕歌云⑤,别有轻妙。　　饮散玉炉烟袅,洞房悄悄。锦帐里、低语偏浓,银烛下、细看俱好。那人人⑥,昨夜分明,许伊偕老⑦。

[注释]

①修蛾：女子修长的蛾眉。美女的眉毛像新蚕之蛾,故称蛾眉。《诗经·卫风·硕人》："螓首蛾眉,巧笑倩兮。"②淡匀轻扫：淡匀,指在脸上淡淡地抹匀香粉。轻扫,指轻轻地描画秀眉。《全唐诗》张祜《集灵台》诗之二："虢国夫人承主恩,平明骑马入宫门。却嫌脂粉污颜色,淡扫蛾眉朝至尊。"③宫体梳妆：宫中嫔妃梳妆的式样。言此女的审美情趣与众不同。④文人谈笑：指吟诗填词之类的谈吐。⑤舞燕歌云：谓此女起舞如赵飞燕一般轻盈曼妙（见《斗百花·飒飒霜飘鸳瓦》注⑧）；歌声如秦青般响遏行云（见《昼夜乐·秀香家住桃花径》注③）。⑥那人人：犹言"那位美人儿"。人人,宋元时期俗语,对所爱女子的昵称。⑦许伊偕老：以心相许,与子偕老。这是女子对作者表达的信誓。伊,第二人称代词,相当于今言"你"或"您"。

[评析]

这是一首恋妓小词,但格调清新,重在刻画女子可爱的方方面面，却没有直接描写亲昵之态。作者笔下的少女虽然都是风尘中人，但最爱学的是"宫体梳妆"，与众不同的是"能做文人谈笑"，读者读到此处，会很自然对她刮目相看。更可人意的是，这位风尘女子还很懂得情意，她喜爱的不是金钱，而是士人的才情。作者传达出的是：即便是青楼红粉，也不全是火宅狐媚。对此，作者的感受是真切而强烈的，所以在情最浓处，用"许伊偕老"四个字作结。

两同心（伫立东风）

伫立东风，断魂南国。花光媚、春醉琼楼①，蟾彩②回、夜游香陌。忆当时、酒恋花迷，役损词客③。　　别有眼长腰搦④。痛怜深惜。鸳会阻⑤、夕雨凄飞，锦书断、暮云凝碧。想别来，好景良时，也应相忆。

[注释]

①琼楼：华美的楼台。唐皮日休《腊后送内大德从勖游天台》诗："梦入琼楼寒有月，行过石树冻无烟。"②蟾彩：月光。俗传月中有蟾蜍，故称月为蟾月，月光为蟾彩。韦庄《天仙子》词："蟾彩霜华夜不分，天外鸿声枕上闻。"③役损词客：谓方才的酒宴上忙于填词，如同劳役。词客，作者自指。④眼长腰搦（nuò）：眼睛细长，腰肢纤细。搦，一握，极言腰细之态。⑤鸳会阻：鸳鸯之会被阻隔。此特指在京城所恋的女子。

[评析]

这是一首怀妓小词，语句不多，但充满着寄居远方的人对曾经相恋的京城女子真切的情意，尤其是"好景良时"，即使收不到她的书信，也不能截断对她的绵绵情思。全词字里行间的确透出对心爱女子的"痛怜深惜"，以至来到南国已经很久，也无法截断对她的相思和相忆。

女冠子（断云残雨）

断云残雨。洒微凉、生轩户①。动清籁②、萧萧庭树。银河浓淡，华星明灭，轻云时度。莎阶③寂静无睹。幽蛩切切④秋吟苦。疏篁⑤一径，流萤几点，飞来又去。　　对月临风，空恁无眠耿耿⑥，暗想旧日牵情处。绮罗丛里⑦，有人人、那回饮散，略曾谐鸳侣。因循忍便睽阻⑧。相思不得长相聚。好天良夜，无端惹起，千愁万绪。

[注释]

①轩户：窗户和门。高适《和窦侍御登凉州七级浮图之作》诗："空色在轩户，边声连鼓鼙。"②清籁：宁静中发出的声音。籁，本指从孔穴里发出的声音，亦泛指一般的声响。《庄子·齐物论》："地籁则众窍是已，人籁则比竹是已，敢问天籁。"③莎（suō）阶：长满莎草的台阶。莎草为多年生草本植物，多生于潮湿处或河边沙地。茎直，叶细长，深绿色，夏季开穗状赤褐色小花，块茎名香附子，可入药。④幽蛩（qióng）：躲藏在墙根的蟋蟀。蛩，蟋蟀的别名。南朝宋鲍照《拟古》诗之七："秋蛩扶户吟，寒妇晨夜织。"切切：低而凄切的啼叫声。⑤疏篁（huáng）：稀疏的丛竹。篁，竹丛。《文选》谢庄《月赋》："若乃凉夜自凄，风篁成韵。"李善注解说："篁，竹丛生也。"⑥耿耿：指由于心事重重而导致的烦躁不安。《诗经·邶风·柏舟》："耿耿不寐，如有隐忧。"⑦绮（qǐ）罗丛里：妓女群中。绮罗，女子所穿的锦绣衣裙。⑧因循：流连徘徊。唐姚合《武功县中作》诗之二二："门外青山路，因循自不归。"睽（kuí）阻：分隔间阻。王安石《谢徐秘校启》："甫荷眷存之深，遽伤睽隔之远。"

[评析]

这是一首怀妓词，此时作者在外藩任幕僚，与京城相恋的女子天各一方。此词与柳永其他词作风格相同，都是在上阕铺陈景物，衬托心情，下阕进入主题，出现人物的影像。词的开篇，作者一连用了"微凉"、"清籁"、"萧萧"、蟋蟀的"苦吟"、流萤的"来去"极尽渲染秋之萧瑟和凄凉，为下阕抒写悲情愁绪奠定了充分的基础。整个上阕的描写，给人的感觉是旷然虚廓，先是"清籁"二字定下调子，在这样的大背景下，一切都显得十分宁谧，甚至让人感到肃穆。仰观天空，银河或浓或淡，群星忽明忽灭，寥廓高远，不可琢磨。俯视眼前，莎草寂静，竹丛扶疏，此二者为静物；蟋蟀哀啼，流萤来去，声亦凄清，色亦凄清，此二者为动态。这么一幅图画，可能令人眉头舒展，笑逐颜开吗？于是下阕写到自己：临风对月，耿耿无眠。为什么无眠？当然是为情所困，惹出万绪千愁。好一缕相思离愁，害得人剪不断，理还乱，好天良夜，全都失去了色彩！

金蕉叶（厌厌夜饮平阳第）

厌厌夜饮平阳第①。添银烛、旋呼佳丽。巧笑②难禁，艳歌无间③声相继。准拟幕天席地④。　　金蕉叶泛金波⑤齐，未更阑、已尽狂醉。就中有个风流，暗向灯光底，恼遍两行珠翠⑥。

[注释]

①厌厌夜饮：《诗经·小雅·湛露》："厌厌夜饮，不醉无归。"毛亨注释说："厌厌，安也。夜饮，私燕也。"平阳第：平阳主的私第。《汉书·外戚传》："孝武卫皇后字子夫……为平阳主讴者。"此处代指豪贵之家。②巧笑：女子甜美的笑容。《诗经·卫风·硕人》："巧笑倩兮，美目盼兮。"③艳歌无间：艳歌一首接一首从不间断。艳歌，指以男女艳情为主要内容的歌曲。白居易《长安道》诗："花枝缺处青楼开，艳歌一曲酒一杯。"④准拟：料想。《敦煌曲子词·送征衣》："今世共你如鱼水，是前世因缘，两情准拟过千年。"幕

天席地：以天为幕，以地为席。形容行为放旷。宋沈瀛《念奴娇》词："六代当日繁华，幕天席地，醉拍江流窄。"⑤金蕉叶：古代一种浅底的小酒杯，状如芭蕉叶，故名。《苕溪渔隐丛话后集·回仙》引陆元光《回仙录》："饮器中，惟钟鼎为大，屈卮螺杯次之，而梨花蕉叶最小。"泛：斟得满满的。金波：酒名。朱弁《曲洧旧闻》卷七："（张次贤）尝记天下酒名，今著于此：后妃家……河间府金波。"⑥恼遍两行珠翠：谓向两排美女眉目传情。恼，撩拨。珠翠，喻美人。

[评析]

这首词写赴宴的情景。作者不知受到哪位贵人之邀，见到人家府第中如云的美女，一个接一个地舒展歌喉，为客人佐酒。俗话说"酒是色媒人"。三杯下肚，再看佳丽们的巧笑，欣赏她们美妙的歌声，纵情尽兴，好不欢快。下阕写作者饮到大醉时，仍不忘"暗向灯光底"，向美人们偷偷送上爱慕之情。这种情景本不为奇，奇的是作者巧妙的描写：大醉诸客中，有自己这么个最懂风情的风流才子，趁着灯光闪烁之际，不失时机地朝佳丽传递过爱的信息。这种写法十分尖新，又不失俏皮，读来别有一番意趣。

惜春郎（玉肌琼艳新妆饰）

玉肌琼艳①新妆饰。好壮观歌席。潘妃宝钏②，阿娇金屋③，应也消得④。　　属和新词多俊格⑤。敢共我勍敌⑥。恨少年、枉费疏狂⑦，不早与伊相识。

[注释]

①玉肌琼艳：美玉般润泽的肌肤，琼花般艳丽的面容。琼花又名玉蕊花，是一种十分名贵的花，色微黄而芳香。李白《秦女休行》："西门秦氏女，秀色如琼花。"②潘妃：南朝齐东昏侯的贵妃。《南史·齐本纪》下："别为潘妃起神仙、永寿、玉寿三殿，皆匝饰以金璧。其玉寿中作飞仙帐，四面绣绮，

窗间尽画神仙。又作七贤，皆以美女侍侧。凿金银为书字，灵兽、神禽、风云、华炬，为之玩饰。……潘氏服御，极选珍宝，主衣库旧物，不复周用，贵市人间金银宝物，价皆数倍。虎珀钏一只，直百七十万"。宝钏：即上云琥珀钏。钏即镯子。③阿娇金屋：即"金屋藏娇"的典故。《汉武故事》："帝以乙酉年七月七日生于猗兰殿。年四岁，立为胶东王。数岁，长公主嫖抱置膝上，问曰：'儿欲得妇不？'胶东王曰：'欲得妇。'长主指左右长御百余人，皆云不用。末指其女，问曰：'阿娇好不？'于是乃笑对曰：'好！若得阿娇作妇，当作金屋贮之也。'"④消得：谓消受得，配得上。⑤属和新词多俊格：意谓女子唱和的新词大多格调雅致清新，十分喜人。⑥勍（qíng）敌：强敌。此句意谓女子的新词堪与自己匹敌。⑦恨少年、枉费疏狂：意谓悔恨自己少年时节白白耗费了许多光阴。少年，这里是作者自谓之辞。

[评析]

　　这首词也是宴会上的作品，"好壮观歌席"，说明不是与女子独处的状态。开篇便见一位装扮时新、玉肌琼艳的美女"闪亮登场"，为酒宴顿增壮观。作者没有具体写此女的相貌，只用潘妃、阿娇两位古代美女比况，读者便可以想象她是如何美艳了。下阕写女子的才情非同寻常，竟然能与作者属和新词，而且并不输给大名鼎鼎的柳七郎，这就令作者油然生出万分的爱怜：如此颖慧的才女，以前怎么没有碰上？早知有此尤物，何必再向他处"枉费疏狂"？此词虽然仍属于"艳词"，但艳得饶有情趣，把作者爱美人更爱美人才情的雅兴表达得十分充分。全词在写作上大有"渐入佳境"的技巧，读者最先感受到的，只是一位美女；接着是一位善歌舞的美女；最后才是既会唱歌又会跳舞，还能与文人雅士诗词唱和的美女。

雨霖铃（寒蝉凄切）

　　寒蝉凄切。对长亭①晚，骤雨初歇。都门帐饮②无绪，留恋处、兰舟③催发。执手相看泪眼,竟无语凝噎④。念去去、千里烟波,暮霭沉沉楚天⑤阔。　　多情自古伤离别⑥。更那堪、冷落清秋节⑦。今宵酒醒何处,杨柳岸、晓风残月。此去经年,应是良辰、好景虚设。便纵有、千种风情,更与何人说?

[注释]

①长亭:古代供人送别时休息的简易驿馆。十里有一长亭,五里有一短亭。北周庾信《哀江南赋》:"十里五里,长亭短亭。"②都门:都城的门。古代送别往往出城而止。帐饮:设帐而饮。《海录碎事》卷六:"野次无宫室,故曰帐饮。"③兰舟:木兰舟的简称,古代用木兰木制成的小舟。古代诗词中多用之,都是对所乘船只的美称。④凝噎(yē):谓因过度伤感而气息阻塞,说不出话。⑤楚天:南方楚地的天空。杜甫《暮春》诗:"楚天不断四时雨,巫峡常吹万里风。"此处指作者将要去的荆楚之地。⑥多情自古伤离别:《楚辞》屈原《少司命》:"悲莫悲兮生别离,乐莫乐兮新相知。"⑦清秋节:农历九月九日重阳节。李白《忆秦娥》词:"乐游原上清秋节,咸阳古道音尘绝。"

[评析]

这是一首赠别词,也是古代文人墨客常常涉及的题材。这首词在柳永全部词作中属上上之乘,甚至有人说此词在全部宋词中也算上佳名篇,古往今来的宋词选本,几乎无一例外地都要选它。细细读过,这就不难理解了,词作的字里行间,处处迸溅着真挚而浓烈的情感,读得遍数多了,几乎会令读者产生一种代入的恍惚感,足见其艺术感染力之深。

定风波（伫立长堤）

伫立长堤,淡荡晚风起。骤雨歇,极目萧疏,塞柳万株,掩映箭波①千里。走舟车向此,人人奔名竞利。念荡子、终日驱驱②,争觉乡关转迢递。　　何意,绣阁轻抛,锦字难逢③,等闲度岁。奈泛泛旅迹,厌厌病绪,迩来谙尽,宦游滋味。此情怀、纵写香笺,凭谁与寄?算孟光④、争得知我,继日添憔悴。

[注释]

①箭波:流动迅速有如飞箭的水波。周邦彦《还京乐·春景》词:"望箭波无际,迎风漾日黄云委。"②驱驱:奔走辛劳之貌。《敦煌变文集·父母恩重经讲经文》:"回干就湿最艰难,终日驱驱更不闲。"③锦字:锦字书。前秦苏蕙寄给丈夫的织锦回文诗。《晋书·列女列传·窦滔妻苏氏传》说,窦滔,苻坚时为秦州刺史,因罪被徙流沙,妻苏若兰思念他,织锦为回文旋图诗寄窦滔。滔宛转循环读之,词甚凄惋。李白《久别离》诗:"况有锦字书,开缄使人嗟。"④孟光:后汉梁鸿的妻子,长相黑丑,然与梁鸿举案齐眉,传为美谈。

[评析]

这是一首怀人词,所怀仍是京城热恋的女子。傍晚时分,大雨方停,作者信步来到长堤之上,伫立凝神,看着杨柳掩映的河里,舟船争渡,哪个不是在追名逐利?触景生情,作者不由想到自己的行踪:原本在京城里偎红倚翠,天上人间,却为了一个小小的官职,来到千里以外的南国江乡,且终日被束缚在簿书丛委之中,何其无聊!对宦途的失意,更增加了对往日繁华的留恋,越是留恋京都纷华,就越是无心于仕宦。这对矛盾在他心里纠结,已经成为无法摆脱的梦魇:他这边舍不得维系体面的官身,那边又舍不得曾经令他魂飞魄散的美人,也就只能哀叹"无人能会"了。

尉迟杯(宠佳丽)

宠佳丽①,算九衢红粉②皆难比。天然嫩脸修蛾③,不假施朱描翠。盈盈秋水④，恣雅态、欲语先娇媚。每相逢、月夕花朝，自有怜才深意。　　绸缪凤枕鸳被，深深处、琼枝玉树⑤相倚。困极欢余，芙蓉帐暖，别是恼人情味⑥。风流事、难逢双美⑦。况已断、香云为盟誓⑧。且相将、共乐平生，未肯轻分连理⑨。

[注释]

①宠佳丽：值得人宠爱的美人。②九衢：纵横交叉的大道。此处代指都城汴京。红粉：青楼女子。③修蛾：修长的蛾眉。④盈盈秋水：指女子明如秋水的眼波。白居易《如梦令》："鬓髻鲜轻松，凝了一双秋水。"⑤琼枝玉树：喻女子润泽的肌肤和柔美的身材。秦观《虞美人》词："琼枝玉树频相见，只是离人远。"⑥恼人情味：撩拨人的情味。五代后蜀欧阳炯《菩萨蛮》词之一："斜卧脸波春，玉郎休恼人。"⑦风流事、难逢双美：谓男女风流之事，很难有郎才女貌的完美。⑧况已断、香云为盟誓：更何况已经剪下乌发作为定情的誓约。⑨连理：喻男女不可分开。白居易《长恨歌》："在天愿作比翼鸟，在地愿为连理枝。"

[评析]

这是一首恋情词，写作者与青楼女子如胶似漆的情爱，写作手法上依然是近乎白描的铺叙。这个女子大概是作者在京城所恋最久、感情最深的那一位，开篇定下调子：走遍八街九陌，汴京所有红粉当中，没有谁比这位女子更加可人。她不施粉黛，天然一副嫩脸修眉，顾盼含情，楚楚动人。下阕进入具体的描绘，作者不惜直接叙述鸳鸯被底的旖旎风光，乃至将云收雨散之后的懒散之态都摹状出来。令他非常得意的是：他之所以能尽享欢愉，是因为与这位女子之间真正具备了郎才女貌的"双美"。以上描摹并没有脱出柳词一贯形成的窠臼，倒是最后一句，颇显得有情有义：既然两情相悦，何不发下誓愿，永远相爱，永不分开。

慢卷䌷（闲窗烛暗）

闲窗烛暗，孤帏夜永，欹枕难成寐。细屈指寻思，旧事前欢，都来①未尽，平生深意。到得如今，万般追悔。空只添憔悴。对好景良辰，皱着眉儿，成甚滋味。　　红茵②翠被。当时事、一一堪垂泪。怎生得依前，似恁偎香倚暖，抱着日高犹睡。算得伊家，也应随分③，烦恼心儿里。又争似从前，淡淡相看，免恁牵系。

[注释]

①都来：宋元时期俗语，相当于今言"算来"，"细想起来"。《诗词曲语词汇释》："都来，犹云统统也，不过也，算来也。"②红茵：红色的褥子。茵本指车厢里的垫子，亦代指床上的褥子。③随分：宋元时期俗语，相当于今言"照样"、"如是"。《诗词曲语词汇释》："随分，犹云照样也，照例或应景也。……柳永《慢卷䌷》词：'算得伊家，也应随分，烦恼心儿里。'言照样烦恼也。"

[评析]

这首词写的是与相恋妓女分别后的心情。作者离开京城到南方做官，没给他带来多少快意，反倒使他终日因思念旧人而愁肠百结，写下了相当数量的怀妓词。上阕写难眠之夜，独自寻思，只因为与女子有平生之缘，所以这份情是想了都了不断的。早知今日，何必当初！要知道离开她如此煎熬，还不如和她厮守着，不到南方来呢。面对着良辰美景，却只有孤零零一人，这滋味，"怎一个愁字了得"！下阕将心比心，自作多情地想象：京城的美人，此刻一定和我一样没情没绪，满心烦闷吧。词虽然写得稍嫌外露，但情感的真切，还是能让人感受到的。

征部乐（雅欢幽会）

雅欢幽会，良辰可惜虚抛掷。每追念、狂踪旧迹。长祇恁①、愁闷朝夕。凭谁去、花衢觅，细说此中端的②。道向我、转觉厌厌，役梦劳魂苦相忆。　　须知最有，风前月下，心事始终难得。但愿我、虫虫③心下，把人看待，长似初相识。况渐逢春色。便是有、举场消息④。待这回、好好怜伊，更不轻离拆。

[注释]

①长祇恁：宋元时期俗语，相当于今言"经常只是"之意。②端的：宋元时期俗语，相当于今言"原委"、"实情"之意。《诗词曲语词汇释》："端的，犹云真个或究竟也；情节或事实也。"③虫虫：作者交往的妓女艺名。④便是有，举场消息：宋代的朝廷会试在正月初举行。会试结束后，紧接着举行殿试，殿试结束后即很快放榜，大约在当年的三月间，故云逢到春色，便快有科举消息了。

[评析]

这是一首恋妓词，是作者在京师参加科举考试后不久写的。唐宋时期的科举，像柳永描述的这种情况十分普遍，因为考试之后，举子们需要耐心等待最终消息，不可能返回家乡。而这段时间是他们最凄惶、最难熬、最无所事事的时光，青楼妓馆便成为他们不得不去的场所。不过大部分举子狎妓仅仅是为消磨时光，像作者这样认真且信誓旦旦的人未必很多，这又是作者与其他举子的不同之处。词很像在给虫虫作解释，而且不是亲自登门，是请人前往虫虫院里去作解释：千万不要怪我多日不来与你亲近，实在是迫于大考，不得不如此！大概作者写这首词时，所托之人尚未从虫虫家里出来，故而作者满怀忐忑：但愿我的虫虫不要多心，一定要把我当有情人看待，就如同我们最初相识时一样。他甚至痴人说梦般地暗自向虫虫保证：这回中了黄榜，有了官身，我会加倍地给你轻怜痛惜，永远不说分离！这份痴情如果是别人，颇值得怀疑，出在柳永之口，虫虫真该百分之百地相信他！

佳人醉（暮景萧萧雨霁）

暮景萧萧雨霁，云淡天高风细。正月华如水①，金波银汉②，潋滟③无际。冷浸书帷④梦断，却披衣重起，临轩砌⑤。　　素光⑥遥指。因念翠蛾⑦，杳隔音尘何处，相望同千里。尽凝睇⑧，厌厌无寐。渐晓雕阑独倚。

[注释]

①月华如水：谓皎月之清光如水般清澈。张若虚《春江花月夜》诗："此时相望不相闻，愿逐月华流照君。"②金波：谓月光。《汉书·礼乐志》："月穆穆以金波，日华耀以宣明。"颜师古注云："言月光穆穆，若金之波流也。"银汉：银河。苏轼《阳关词·中秋月》："暮云收尽溢清寒，银汉无声转玉盘。"③潋滟（liàn yàn）：水波荡漾之貌。唐方干《题应天寺上方兼呈谦上人》诗："势横绿野苍茫外，影落平湖潋滟间。"④书帷：书斋的帷帐，代指书斋。《玉台新咏序》："永对玩于书帷，长循环于纤手。"⑤轩砌：屋室前的台阶。⑥素光：洁白明亮的光。此处仍指月光。晋左思《杂诗》："明月出云崖，皦皦流素光。"⑦翠蛾：翠黛佳人。⑧凝睇（dì）：注目而视。睇，斜视之貌。

[评析]

这是一首怀人词，一个天高云淡月华如水的秋暮，作者从书房披衣走出，仰视高天，情思绵绵。他离开心爱的人已经太久，以至不知道那位佳人如今的景况如何，唯一坚信的是，那个对他一往情深的女子,此刻也一定有着与他相同的心情、相同的感受、相同的思念!他伫倚雕栏,心潮汹涌,夜不能寐,直到东方欲晓,竟然还在栏边!世间一个"情"字,是如此地折磨人。作者南行赴官途中,就曾有过返回京师、抛弃功名之想,然而毕竟没有付诸实施。惟其寡断,扯不断名纲利索,随之而来的,便是这日日夜夜咬啮内心的相思。此词无疑是作者当时状态的真实写照,尽管他所恋的是妓女而并非良人,毕竟用情太苦,也很令人同情和赞赏。

迷仙引(才过笄年)

才过笄年①,初绾云鬟②,便学歌舞。席上尊前,王孙随分相许③。算等闲、酬一笑,便千金慵觑④。常只恐、容易蕣华⑤偷换,光阴虚度。 已受君恩顾⑥,好与花为主⑦。万里丹霄,何妨携手同归去。永弃却、烟花伴侣。免教人见妾,朝云暮雨⑧。

[注释]

①笄(jī)年:古代女子十五岁成人,要举行及笄礼,表示到了婚嫁的年龄。②初绾(wǎn)云鬟:新盘鬟髻。绾,系结。李贺《大堤曲》:"青云教绾头上髻,明月与作耳边珰。"云鬟,环形的发髻。李白《久别离》诗:"至此肠断彼心绝,云鬟绿鬓罢梳结。"③王孙随分相许:谓公子王孙请她歌舞,一概都要答应。随分,宋元时期俗语,相当于今言"照例"。④千金慵觑:谓女子对卖笑得来的钱,哪怕是一笑千金,也懒得看上一眼。此句透出女子重视真情、厌恶卖笑生涯的渴望。⑤蕣(shùn)华:本指木槿花,亦泛指花,喻女子的容颜。《诗经·郑风·有女同车》:"有女同车,颜如舜华。"舜,《说文解字》引作"蕣"。南朝宋鲍照《拟行路难》诗之十:"君不见蕣华不终朝,须臾奄冉零落销。"⑥已受君恩顾:指作者已经考中了进士。⑦好(hào)与花为主:意谓平生所好,就是当好护花使者。⑧朝云暮雨:此处特指青楼女

子没有固定的婚姻,身不由己。

[评析]

　　这首词的上阕写作者喜欢一位刚刚成人的小女子,此小女子虽然过着卖笑的生涯,内心却渴望有自己的爱人。她对金钱没有丝毫的贪恋,唯希望有个懂得疼爱她、尊重她的男子让她依靠。下阕写得饶有趣味,好像是作者和女子在悄悄对话:男子说:如今我虽然已是新科进士,但护花的天性永远不可能改变。我很可能到外地做官,你何不随我远走天涯,过上安稳的生活?女子道:妾何曾不愿逃离这看似光鲜实为地狱的烟花巷。妾愿随郎君远赴天边,免得总让人看见我朝云暮雨,卖笑寻欢。这位女子,很可能就是作者离开京城后念念不忘的那个恋人。词的感情虽然浓烈而真诚,也符合女子的身世和渴求,但是社会毕竟是一张大网,不可能完全满足每个人的意愿。就拿词中这对男女来说,男子赴官远行,如果带上这么个烟花女子,并以她为妾,社会舆论将会如何?他可以狎妓,但不可以赎妓,这完全是两码事。女子渴望从良,可惜这个火坑进来容易出去难,她没有能力抛开这个虽然厌恶却是借以生存的红墙院落,她也不可能成为一个朝廷命官的合法妻妾,这就是那个时代的最大不公正。就这一点来说,此词的基调虽然在彰扬美好的爱情,但其结果则不可能是喜剧。

御街行（前时小饮春庭院）

　　前时小饮春庭院①。悔放笙歌散。归来中夜酒醺醺,惹起旧愁无限。虽看坠楼换马②,争奈不是鸳鸯伴③。　　朦胧暗想如花面。欲梦还惊断。和衣拥被不成眠,一枕万回千转。惟有画梁,新来双燕,彻曙闻长欢。

[注释]

①春庭院：作者应邀赴宴的庭院。②坠楼换马：代指美女。坠楼，用晋代石崇妾绿珠为主人坠楼殉情的典故。《晋书·石崇传》："（石）崇有妓曰绿珠，美而艳，善吹笛。孙秀使人求之。……崇勃然曰：'绿珠吾所爱，不可得也。'使者曰：'君侯博古通今，察远照迩，愿加三思。'崇曰：'不然。'使者出而又反，崇竟不许。秀怒……遂矫诏收崇及潘岳、欧阳建等。崇正宴于楼上，介士到门。崇谓绿珠曰：'我今为尔得罪。'绿珠泣曰：'当效死于官前。'因自投于楼下而死。"换马，即爱妾换马的故事。《乐府诗集》卷七十三："《爱妾换马》，旧说淮南王所作，疑淮南王即刘安也。古辞今不传。"有唐张祜《爱妾换马》古诗云："一面妖桃千里蹄，娇姿骏骨价应齐。乍牵玉勒辞金栈，催整花钿出绣闱。"③不是鸳鸯伴：不是自己能够得到的女子。谓此女乃是春庭院主人的侍妓。

[评析]

这是一首单相思的小词。作者因赴宴见到一位美人，在宴会上为人佐酒唱歌，不免心生爱意。大醉后回到客馆，还在回想着宴会上的情景，那花样的面庞、婀娜的身姿，一直在他脑海里挥之不去。倘若是青楼女子，他可以花钱去与之亲昵，可这位女子身有归属，无论如何都不可能得到，岂不令人"愁无限"！大概这位美人给作者留下的印象太深了，或许是作者太喜欢此女子了，总之这一夜又让柳七郎"拥被不成眠，一枕万回千转"。直到拂晓时分，他还在痴痴地想着女子，画梁上新来的双燕哪里懂得主人的酸苦，一味呢喃，真不知彻夜未眠的柳七是应该欣赏还是应该厌烦！

归朝欢（别岸扁舟三两只）

别岸扁舟三两只。葭苇①萧萧风淅淅。沙汀宿雁破烟飞，溪桥残月和霜白。渐渐分曙色。路遥山远多行役。往来人，只轮双桨②，尽是利名客。　　一望乡关烟水隔，转觉归心生羽翼③。愁云恨雨两牵萦，新春残腊相催逼。岁华都瞬息④。浪萍风梗⑤诚何益？归去来⑥，玉楼⑦深处，有个人相忆。

[注释]

①葭苇：水边的芦苇。王粲《从军诗》之五："蘆蒲竟广泽，葭苇夹长流。"②只轮双桨：指水中陆地乘船乘车来来往往的行人。③转觉：反而觉得。归心生羽翼：归心像是生出了翅膀。④岁华：岁月。此处指岁月的消逝。都瞬息：全在瞬息之间。⑤浪萍风梗：如波浪中的浮萍，如狂风中的断梗。喻行旅漂泊无定。⑥归去来：借用陶渊明《归去来兮辞》中语，表示归心如箭。⑦玉楼：华丽的楼。辛弃疾《苏武慢·雪》词："探梅得句，人在玉楼。"

[评析]

这是一首羁旅词，开篇写作者刚刚离开京城不久，芦苇萧萧，凉风淅淅，沙汀雁飞，溪桥残月，一切都显得十分清冷，这与作者当时的心境不谋而合。在这样的景物中，在这样的心境中，他一夜未眠，直到看见"曙色"。曙色中渐渐出现了人：乘船的，乘车的，南北奔走。不用问，他们和自己一样，无非为了名利才如此辛苦！下阕的情绪逐渐腾涌，他深深懊悔离开京都目下的繁华梦、锦绣乡，为了一个小小的官，值得吗？还是回去吧！那座玉楼里，美人在时时盼望着自己呢！可惜作者只敢想想而已，却无论如何不可能舍弃刚刚到手的空名与微利，他没有这份勇气。

采莲令（月华收）

月华①收，云淡霜天②曙。西征客、此时情苦。翠娥③执手，送临歧④，轧轧⑤开朱户。千娇面、盈盈伫立，无言有泪，断肠争忍⑥回顾。　　一叶兰舟，便恁急桨⑦凌波去。贪行色⑧、岂知离绪。万般方寸⑨，但饮恨，脉脉⑩同谁语？更回首、重城⑪不见，寒江天外，隐隐两三烟树。

[注释]

①月华：银白色的月光。②霜天：深秋充满寒意的天空。③翠娥：美女。指为作者送行的女子。④临歧：将要分手的岔路。杜甫《送李校书》诗："临歧意颇切，对酒不能吃。"⑤轧轧：象声词，指开门的声音。⑥争忍：唐宋时期俗语，相当于今言"怎忍"、"何忍"。⑦恁急桨：犹言何须如此急切地荡起船桨起航。恁，如此。⑧行色：匆忙赶路的形态。五代冯延巳《归国谣》词："芦花千里霜月白，伤行色，明朝便是关山隔。"⑨万般方寸：即"方寸万般"，言心中万般痛苦。⑩脉脉：相视含情的样子。古乐府诗："盈盈一水间，脉脉不得语。"⑪重（chóng）城：指城市。古时城市有内城外郭，故云。《文选》左思《吴都赋》："郛郭周匝，重城结隅。"刘逵注解说："大城中有小城，周十二里。"

[评析]

此词描写的还是离别之情。上阕着意刻画女子的情态，"千娇面、盈盈伫立，无言有泪"，这十一个字，把一个美丽多情的女子描述得十分可人，令人怜惜。为了烘托离别时的凄苦，作者在描写这位纯情女子之先，特地把吱吱呀呀的开门声写出来，起到了烘托气氛的作用。开门尚有"轧轧"之声，而女子送行却是"无言有泪"，有声与无声前后照应，构成了一种更加令人肠断的凄凉画面。下阕写自己的落寞：与心爱的女子分别，这是多么令人难以接受的现实，如果一切静止该有多好！那样就不会与心上人分离，爱就能够永恒，可惜那不解人意的扁舟却匆匆前行，不长的时间，心上人所在的城市就不能再看见了。全词把别离之苦倾诉殆尽，为了更强调凄苦悲切的气氛，作者用写景作为结束语：清寒的江流那边，只剩下烟云笼罩的两三棵树。这种以景言情的写法在古词曲中并不少见，但此词把景致的描写放在全词的末尾，这就好比古曲中的"乱"，把此前所铺排的种种情绪推向了最高潮。

秋夜月（当初聚散）

当初聚散。便唤作、无由再逢伊面①。近日来、不期而会重欢宴。向尊前、闲暇里，敛着眉儿长叹。惹起旧愁无限。　盈盈泪眼。漫②向我耳边，作万般幽怨。奈你自家心下，有事难见③。待信真个，恁别无萦绊④？不免收心，共伊长远⑤。

[注释]

①无由再逢伊面：没有机会再见到你。伊，第二人称代词。②漫：唐宋时期俗语，相当于今言"随意地"、"胡乱地"。杜甫《闻官军收河南河北》诗："却看妻子愁何在，漫卷诗书喜欲狂。"③奈你自家心下，有事难见：这是女子埋怨作者的话语，意谓你当初说难再相见，是因为你心里另有所想。④萦绊：牵绕羁绊。⑤共伊长远：与你长相厮守。

[评析]

这是一首恋妓词，虽然格调不高，却写得饶有兴味，宛如两人在窃窃私语，用词也很口语化。小词表现的是许久之前萍水相交的一位女子，偶然间再次相遇，本应该互道相思，词中却只听见女子的声音。她没怨作者负心，猜想作者一定是由于另有所想，才狠心抛开自己。末句是女子发自肺腑的渴望：你能不能收住浪子之心，奴家愿与你长相为伴！全词很少有作者的表白，这与其他柳词的风格不太相合。或许作者只想把这近乎玩笑的一个片段记下来，仅此而已。

巫山一段云（萧氏贤夫妇）

萧氏贤夫妇①，茅家好弟兄②。羽轮飙驾赴层城③。高会尽仙卿④。　　一曲《云谣》⑤为寿，倒尽金壶碧酒。醺酣争撼白榆⑥花，踏碎九光霞⑦。

[注释]

①萧氏贤夫妇：指秦穆公女弄玉与其夫萧史，因二人后来双双仙去，故此处用喻神仙眷侣。参《笛家弄·花发西园》注⑨。②茅家好弟兄：指晋代神仙茅盈与其弟茅固、茅衷。三兄弟隐于句曲之山，后均成仙，其徒遂名茅氏升仙之山为三茅山。《太平广记》卷十一引《集仙传》："大茅君盈，南至句曲之山。汉元寿二年八月己酉，南岳真人赤君、西城王君及诸青童并从王母降于盈室。顷之，天皇大帝遣绣衣使者冷广子期赐盈神玺玉章。……四使者告盈曰：'食四节隐芝者，位为真卿；食金阙玉芝者，位为司命；食流明金英者，位为司禄；食长曜双飞者，位为司命真伯；食夜光洞草者，总主在左御史之任。子尽食之矣，寿齐天地，位为司命上真，东岳上卿，统吴越之神仙，综江左之山源矣。'……王母及盈师西城王君，为盈设天厨酣宴，歌玄灵之曲。宴罢，王母携王君及盈，省顾盈之二弟，各授道要。王母命上元夫人，授茅固、茅衷《太霄隐书》、《丹景道精》等四部宝经。"③羽轮：神仙所乘以羽毛为轮的轻车。飙驾：御风而行的车。层城：传说昆仑山上的高城。《文选》张衡《思玄赋》："登阆风之层城兮，构不死而为床。"李善注引《淮南子》云："昆仑虚有三山，阆风、桐版、玄圃，层城九重。又云：'昆仑有此城，高一万一千里。'"一说为西王母所居之城。此处代指刘太后。④仙卿：仙官。喻贺寿的百官。⑤《云谣》：古曲《白云谣》的省称。郭茂倩《乐府诗集》卷八十七："《白云谣》：《穆天子传》曰：'天子觞西王母于瑶池之上，西王母为天子谣，天子答之。'"⑥白榆：《古乐府》："天上何所有，历历种白榆。"⑦九光霞：色彩绚烂的霞。东方朔《海内十洲记·昆仑》："碧玉之堂，琼华之室，紫翠丹室，锦云烛日，朱霞九光。"

[评析]

这是一首祝寿词，所祝对象为真宗刘皇后，即仁宗时的刘太后，也就是传说"狸猫换太子"的那个狠心太后。宋真宗乾兴元年（1022）去世之后，因仁宗年纪太小，故由刘太后垂帘听政。仁宗不知道其生母为李宸妃，一直认为刘太后就是他的母亲，故而对她极为孝敬。每当刘后生日，必要为她祝寿。到了刘太后晚年，仁宗坚持要率百官先朝拜刘氏，再受百官朝贺。此词所写，即为刘太后贺寿的场面。一般说来，贺寿词很难写好，大多都是些华美辞藻的堆积。而这首词却写得既隆重热烈又不失典丽流畅，所用典故也非常贴切。如"萧氏贤夫妇"，用喻宗室外戚中的夫妇；"茅家好弟兄"，用喻当朝宰辅；"层城"，用喻刘太后所居的会庆殿；"仙卿"，用喻在朝上寿的百官；"《云谣》"原本就是祝寿的仙乐；"白榆"原本就是天上的仙树。末句"踏碎九光霞"尤其精彩，一方面烘托出皇家宫殿的华美壮丽，另一方面又把庆寿时间之久暗示出来：贺寿礼结束时，已经是晚霞绚烂的时辰了。这些描写，显示出作者极高的文学修养，难怪作者科场失意后会轻狂地讥笑朝廷不识他这个良材。刘太后死于明道二年（1033）三月，垂帘十二年，是宋朝历史上垂帘最久的女主。垂帘期间，多有建树。顺便交代几句："狸猫换太子"在宋朝历史上是没有的，那是明朝以后的剧作家编造出来的。刘太后确实将李宸妃的儿子（即宋仁宗）据为已有，但并没有出现剥狸猫皮充当怪胎的离奇之事。

婆罗门令（昨宵里、恁和衣睡）

昨宵里、恁和衣睡。今宵里、又恁和衣睡。小饮归来，初更过、醺醺醉。中夜后、何事还惊起。霜天冷，风细细。触疏窗①、闪闪灯摇曳。　　空床展转重追想，云雨梦、任欹枕难继。寸心万绪，咫尺千里②。好景良天，彼此空有相怜意，未有相怜计。

[注释]

①触疏窗：谓夜里的微风吹拂着窗棂。古代的窗户是木制的，有横竖交

叉窗棂用于糊窗纸或窗纱。此时正值秋末（霜天冷），还没有换上窗纸，故微风可以透过窗棂将灯火吹得摇曳不定。②咫尺千里：谓心在咫尺之间，身却远隔在千里之外。

[评析]

这是一首怀人之作，作者怀念的，还是在京城与之相恋的青楼女子。在创意上，作者把自己的无情无绪，用生活状态的失常巧妙地表现出来：昨天饮酒回来是和衣而睡，今晚又是如此——如果心情正常，怎么可能活得如此狼狈？这两句妙在"不经意"，也就是说，这种描写完全是随口说来，绝没有什么构思、雕琢的痕迹，甚至用的就是最寻常的口语。又一处失常表现在"中夜后、何事还惊起"。一般说来，醉酒之徒通常是"惟愿长醉不愿醒"，可作者却不知为什么，睡到正浓时却无端清醒过来。说是"不知为什么"，其实作者心里再清楚不过：辗转在空床之上，没有佳人陪伴的孤寂，恰是他"惊起"的唯一原因。在这"好景良天"的异乡南国，他想道：两情相许的一对恋人，"空有相怜意，未有相怜计"，这是不是人生最苦的情怀呢？

法曲献仙音（追想秦楼心事）

追想秦楼心事，当年便约，于飞比翼①。每恨②临歧处，正携手、翻成云雨离拆③。念倚玉偎香，前事顿轻掷。　　惯怜惜④，饶心性⑤，镇厌厌⑥多病，柳腰花态娇无力。早是乍清减，别后忍教愁寂。记取盟言，少孜煎⑦、剩好将息⑧。遇佳景、临风对月，事须⑨时恁相忆。

[注释]

①于飞：喻男女相悦。《诗经·邶风·燕燕》："燕燕于飞，差池其羽。

之子于归,远送于野。"比翼:并翼双飞的鸟,亦用喻男女相悦。白居易《长恨歌》:"在天愿作比翼鸟,在地愿为连理枝。"②恨:深深的遗憾。③翻成云雨离拆:意谓反而变成了云雨柔情的分别。④惯怜惜:习惯了怜香惜玉。这是作者对自己的认识。⑤饶心性:谓女子内心情感十分丰富。心性,女子的内心。⑥镇:整日、终日。厌厌:通"恹恹",多病的状态。⑦孜煎:宋元时期俗语,相当于今言"煎熬"。作者还有一首《驻马听》词说:"无事孜煎,万回千度,怎忍分离?"用法与此同,都是忍受内心煎熬之意。⑧将息:养息。李清照《声声慢》词:"乍暖还寒时候,最难将息。"⑨事须:谓事事都必须。

[评析]

  这首词是作者对往日恋情的追忆和寄语,开篇即明言"追想"在青楼与美人相交的历历往事。由于彼此间爱慕之深,故当时发下泼天大誓:愿今生今世比翼双飞,永不分离。然而人在尘世,往往事与愿违,任何一点生活变化,都可能造成劳燕分飞、天各一方的结局。俗话说,天下没有不散的宴席,讲的也是这番道理。客观来说,一个风流才子,与一个风尘丽人之间,其关系更显得松散些,"永不分离"的愿望就更难实现些,这是古代无数先例早就证实了的。故而才子佳人枕畔的山盟海誓,恐怕只能是表达爱意罢了。惯于怜香惜玉的柳七郎不无感慨地说:"为什么携手临歧的时节,总要经历魂断天涯的折磨!"倚玉偎香的时候,他恨不得把丽人化在心里,然而为了仕途必须分离时,以前的相恋便可以轻易抛掷了。下阕转入对女子的描写:分别之后,她一定忧思成疾,终日恹恹吧。柳腰花态,如今也已不复当初了吧。在这万般无奈的时候,作者倒拿出了男子汉的气概,良言规劝女子:牢记着我们的誓言,不必过于熬煎,好好将养娇躯才是。遇到佳美景致,临风对月之际,你千万不要把我忘记!这首词的下阕,与同类作品相比,情绪明显健康许多。用现在的话说,就是终于懂得了如何"正确对待现状"。或许我们误解作者了,很有可能此时作者是愁过了头,才说出如此淡定的言语。

西平乐（尽日凭高目）

尽日凭高目，脉脉春情绪。嘉景清明渐近，时节轻寒乍暖，天气才晴又雨。烟光淡荡，妆点平芜①远树。黯凝伫。台榭好、莺燕语。　　正是和风丽日，几许繁红嫩绿，雅称嬉游去。奈阻隔、寻芳伴侣②。秦楼凤吹③，楚馆云约④，空怅望、在何处。寂寞韶华暗度⑤。可堪向晚，村落声声杜宇⑥。

[注释]

①平芜：草木丛生的平旷原野。王维《送友人归山歌二首》之二："平芜绿兮千里，眇惆怅兮思君。"②奈阻隔、寻芳伴侣：意谓怎奈与寻芳踏青的伴侣被山水阻隔。③秦楼凤吹：用萧史和弄玉于秦楼上吹箫的典故。参《笛家弄·花发西园》注⑨。④楚馆云约：用楚襄王幸巫山神女的典故。参《雪梅香·景萧索》注⑥。⑤韶华：美好的时光。李贺《嘲少年》诗："莫道韶华镇长在，发白面皱专相待。"暗度：不知不觉间即已消磨。⑥杜宇：杜鹃鸟。《成都记》载：杜宇又曰杜主，自天而降，称望帝，治郫城。后望帝死，其魂化为鸟，名曰杜鹃。王安石《杂咏绝句》之十五："月明闻杜宇，南北总关心。"

[评析]

这是一首怀人词。将近清明的时节，淡荡烟光，美景如画，城里的人们纷纷走出家门踏青游赏，作者却黯然倚在台榭旁，感叹着不能与心爱之人同沐春光的殊憾。独自远在天涯与所爱之人不在一处的游子，越是在这种时候，内心的孤寂感就越强烈。他渴望与人们一样尽情游赏，却又没有任何的游兴，只有对所爱之人绵绵无尽的回忆和思念，萦绕在心头而已。末句更显凄清无聊：他竟然倚在台榭间整整一天，直到天色向晚，才如梦初醒般地听到了杜鹃的啼鸣！杜鹃是一种具有特殊意义的鸟，与其说它在鸣叫，毋宁说它在哀啼。鲍照《拟行路难》诗之六说："中有一鸟名杜鹃，言是古时蜀帝魂。其声哀苦鸣不息，羽毛憔悴似人髡。"您想，这样的鸣声传到作者耳中，他会有怎样的感受？词中虽然点出所爱女子身居秦楼楚馆，然语句不涉艳冶，只诉说离情之苦，写得情意真挚，也能感人。

凤栖梧（帘下清歌帘外宴）

帘下清歌帘外宴。虽爱新声①，不见如花面②。牙板数敲珠一串③，梁尘暗落琉璃盏④。　　桐树花深孤凤⑤怨。渐遏遥天，不放行云散⑥。坐上少年听不惯⑦，玉山⑧未倒肠先断。

[注释]

①新声：曲调新颖的歌曲。陶渊明《诸人共游周家墓柏下》诗："清歌散新声，绿酒开芳颜。"②如花面：指女子美如鲜花的面庞。③牙板：象牙制成的拍板，唱歌时击之为节拍。刘克庄《满江红·寿汤侍郎》词："牙板唱，花裀舞。"数敲珠一串：谓牙板连击，宛如成串的珍珠散落在地发出的声音。④梁尘：梁上的微尘。古称歌曲美者为绕梁三日，既为"绕梁"，故作者想象梁上的尘土被歌声震落。琉璃盏：琉璃制成的酒杯。唐施肩吾《夜宴曲》："被郎嗔罚琉璃盏，酒入四肢红玉软。"⑤孤凤：指宴会上佐酒唱曲的歌女。⑥不放行云散：谓不让歌女退场休息。古称歌声美妙为响遏行云，故此处以"行云"喻歌唱。⑦坐上少年听不惯：意谓在座的我实在不忍再听下去。言歌曲哀怨令人断肠。⑧玉山：身躯的美称。《世说新语·容止》："山公曰：'嵇叔夜（嵇康）之为人也，岩岩若孤松之独立；其醉也，傀俄若玉山之将崩。'"

[评析]

这首词写宴饮时的场景。开篇用一句话简单交代了宴会的安排：宴会在绣帘的外面，帘内则是歌女唱曲佐酒。这就使客人们只能听见美妙的歌声，却看不见究竟是谁在那里歌唱，于是作者的想象和感受就有了舒放的空间：既然"不见"，何以知其"如花面"？当然是出于美好的猜想。即使是在今天，如果我们听到了一支非常好听的歌，也一定会想象那位歌手的长相应该是十分娇美的（起码见到歌手前会这么想。你绝对不会将歌手想象成一个非常丑陋的形象，这是审美取向在起作用）。那好，就让这美好的猜想留在脑子里，专心一意地欣赏她的歌声吧！歌声婉转动听，而且是一首接着一首，今晚的主人，似乎不打算让女子有一刻的休息了。女子的歌越唱越动情，越唱越哀怨，歌曲的哀怨与作者内心本已积聚的哀怨骤然间产生了碰撞和共鸣，他再也无法忍受，酒未醉，肠先断。多么令人震撼的言语！

凤栖梧（伫倚危楼风细细）

伫倚危楼风细细。望极春愁，黯黯生天际。草色烟光残照里，无言谁会凭阑意？　　拟把疏狂①图一醉。对酒当歌②，强乐还无味。衣带渐宽③终不悔，为伊消得人憔悴。

[注释]

①疏狂：豪放不羁。白居易《代书诗寄微之》："疏狂属年少，闲散为官卑。"②对酒当歌：曹操《短歌行》："对酒当歌，人生几何？譬如朝露，去日苦多。慨当以慷，忧思难忘。何以解忧，唯有杜康。"③衣带：古人束衣的革带，与今之腰带性质相同。《梁书·沈约传》："百日数旬，革带常应移孔；以手握臂，率计月小半分。"渐宽：指原本适合腰围的革带，如今显得宽松了。形容人明显地消瘦了。

[评析]

这是一首情意真挚的恋妓词，表现了羁旅之愁与相思之苦。词作的时间选在春天，因为春天是最动人情思的季节。作者"伫倚危楼"，虽然沐浴着淡淡的春风，但心情却是孤独索寞的。他离开京城，独自飘零，想到所思女子不在身边，百感交集，愁怨并生，又无处诉说，所以感叹：没有谁能理解他久久凭栏的心意。下阕反用曹操诗句。曹操认为"对酒当歌"是人生最惬意的事，故感叹畅饮之事"人生几何"。然而在作者看来，勉强应酬的"对酒当歌"，没有什么值得兴奋的。有美酒还须有佳人，才算是"人生几何"的大乐事。为了心中的那个"伊"，他信誓旦旦地说：就算为你憔悴，为你消瘦，都不会有丝毫的后悔。"衣带渐宽终不悔，为伊消得人憔悴"早已是宋词中的名句，以至王国维在《人间词话》里说到为学的三境界时曾引用这两句，作为第二种境界的概括，足见此词对历代读者影响之深远。

凤栖梧（蜀锦地衣丝步障）

蜀锦地衣丝步障①。屈曲回廊，静夜闲寻访。玉砌雕阑新月上，朱扉半掩人相望。　旋暖熏炉温斗帐②。玉树琼枝③，迤逦④相偎傍。酒力渐浓春思荡，鸳鸯绣被翻红浪。

[注释]

①蜀锦：古蜀地产的彩锦，色彩鲜艳，质地坚韧。杜甫《白丝行》："缲丝须长不须白，越罗蜀锦金粟尺。"地衣：犹今之地毯。白居易《红绣球》诗："地不知寒人要暖，少夺人衣作地衣。"步障：用来遮蔽风尘或视线的屏幕。《晋书·石崇传》载："（王）恺作紫丝布步障四十里，（石）崇作锦步障五十里以敌之。"②斗（dǒu）帐：形如覆斗的小幔帐。《释名·释床帐》说："小帐曰斗帐，形如覆斗也。"古乐府《孔雀东南飞》："红罗复斗帐，四角垂香囊。"③玉树琼枝：喻女子的肢体柔润细腻。④迤逦（yǐ lǐ）：曲折连绵之

貌。此处指两人的身体交缠偎傍。

[评析]

这是一首写实的狎妓词。上阕极力渲染铺排青楼的华贵气氛：地毯是蜀锦制成，步障是丝帛围就，这两件排场，就足以让人叹为观止。接下来实写入夜后游走青楼，正是新月初升之时，那半开半闭的朱漆院门内，不时有人朝外探望，原来两人早就约好了。下阕直入主题，序曲并不复杂，无非是暖炉熏香，美酒浅斟，相偎相倚，缱绻绸缪。柳词有不少都是毫无顾忌地描写云情雨意，这首也不例外，将一个春思浩荡的浪子形象活脱脱刻画出来。这类词现在看起来颇显过分，但在宋朝，狎妓是士子引以为豪的风流韵事，无论是欧阳修还是晏殊，没有一个是不近女色的，只不过很多人作文含蓄，不明说罢了。所以如果回到那个时代，柳永的行为也算不得多么不堪。

法曲第二（青翼传情）

青翼[①]传情，香径偷期[②]，自觉当初草草[③]。未省同衾枕[④]，便轻许相将[⑤]，平生欢笑。怎生向、人间好事到头少。漫悔懊[⑥]。

细追思，恨从前容易[⑦]，致得恩爱成烦恼。心下事千种，尽凭音耗[⑧]。以此萦牵，等伊来、自家向道[⑨]。洎相见[⑩]，喜欢存问[⑪]，又还忘了。

[注释]

①青翼：青鸟。《艺文类聚》卷九一引《汉武故事》："七月七日，上（汉武帝）于承华殿斋，正中，忽有一青鸟从西方来，集殿前。上问东方朔，朔曰：'此西王母欲来也。'有顷，王母至，有两青鸟如乌，侠侍王母旁。"后遂以青鸟为信使的代称。②香径：花间的小路。偷期：偷偷约会。③自觉当初

草草:自认为当初的举止过于慌忙草率。④未省:尚未明白。同衾枕:同床共枕。⑤相将:相偕、相伴。王安石《次韵答平甫》:"物物此时皆可赋,悔予千里不相将。"⑥漫悔懊:徒然懊悔。谓懊悔也没有用。⑦容易:轻易,轻率。陆游《宴西楼》诗:"万里因循成久客,一年容易又秋风。"⑧心下事千种,尽凭音耗:意谓心事重重,都凭着书信传递。音耗,信息,消息。⑨自家向道:谓等你到来之后,我会亲自向你解释。自家,自己。⑩洎(jì)相见:及至相见。洎,及。⑪喜欢存问:欢喜之情与存问之礼。存问,问候,温存。

[评析]

这首小词虽然未离与妓女的交往,但写得卓有情致。作者回忆最初与女子相交时,还不太懂得男女风情究竟是怎么回事,故而言谈举止难免有唐突草率之处,甚至那么轻易就与女子海誓山盟,相约共老,如今想起来,草率里又带有不少天真和冲动。世事难料,毕竟是离多聚少。早知相思如此之苦,还不如当初彼此不用那么深重的情。柳词的一大特点是不太顾及上下阕的节奏,往往是一吐为快,兴尽方止。此词的下阕前两句即是如此,上阕没说完的话,下阕紧接着说:如今想起来,真的是非常懊悔,情浓之际,顿成烦恼,害得我万缕情思,只能凭鸿雁传书得到些小慰藉。随后是一段痴想:等你来南国与我相会,我会亲口告诉你我对你的渴思之情。那时候我可能太急于倾诉相思,很可能只顾相聚的欢欣和对你的存问,把原先要说的万语千言都忘记了!您看,作者是不是有点像小孩子了?这正是前面提到的"情致"所在。

愁蕊香引(留不得)

留不得。光阴催促,奈芳兰歇①,好花谢,惟顷刻②。彩云易散琉璃脆③,验前事端的④。　　风月夜,几处前踪旧迹。忍思忆。这回望断,永作终天⑤隔。向仙岛⑥,归冥路⑦,两无消息。

[注释]

①芳兰歇:谓兰花香气消逝。芳兰,兰花。古人常用以喻君子。此处特指作者自己。下句"好花谢"则是指所别的女子。②惟顷刻:此承上而言,言芳兰消逝、鲜花凋谢,只在顷刻之间。此是对人生短暂的感慨。③彩云易散:谓美景不长。琉璃脆:意谓琉璃器皿很容易被打破,再美也靠不住。喻没有根基的誓言很难实现。琉璃,玻璃制成的器皿。宋洪迈《夷坚丁志·瑠璃瓶》:"瑠璃为器,岂复容坚物振触?"《魏书·西域传·大月氏》:"其国人商贩京师,自云能铸石为五色琉璃。于是采矿山中,于京师铸之。既成,光泽乃美于西来者。……自此中国琉璃遂贱。"④验前事:用作者与相恋女子的事实检验。端的:又作"端地"、"端底",宋元时期俗语,相当于今言"如何"、"怎样"。⑤终天:终生。多用于死丧永别等不幸之时。白居易《病中哭金銮子》诗:"莫言三里地,此别是终天。"⑥向仙岛:指如果寻她,就如同要到仙岛(《史记·封禅书》中提到的蓬莱、方丈、瀛洲)去。人是不可能到达仙岛的,以此言再见无缘。⑦冥路:阴间黑暗之路。

[评析]

这首词写的是作者离开京城时的感受。全词语句不多,但情绪激烈,好像在声嘶力竭地呐喊。开篇三字"留不得",为全篇开了个不冷静的头儿,可以想见作者在与心上人分别的那一刻,情绪是何等失控。此三字像是说给苍天,又像是向女子忏悔,还像是捶胸顿足地责备自己:早知今日,何必当初(应进士举)!如今年纪老大,芳兰将尽,此一去何年得归,谁能预知?面对着对他一往情深的女子,他仿佛感觉到一种天将塌地将陷的绝望。"这回望断,永作终天隔",就是对这种绝望的惧怕和抗拒。然而难以冷静的他,还是把此次的离别看做了永别,甚至说若想再与女子相见,难于登蓬莱、下阴间,足见作者对女子的一片真情。如果不是真心相爱,他何必如此歇斯底里。在那个女人只是玩物的世道里,作者对一位风尘女子如此情真意挚,实在值得称赞。

一寸金（井络天开）

井络天开①,剑岭云横控西夏②。地胜异③、锦里④风流,蚕市⑤繁华,簇簇⑥歌台舞榭。雅俗多游赏,轻裘俊⑦、靓妆艳冶⑧。当春昼,摸石⑨江边,浣花溪⑩畔景如画。　梦应三刀⑪,桥名万里⑫,中和政多暇⑬。仗汉节⑭、揽辔澄清⑮。高掩武侯勋业⑯,文翁风化⑰。台鼎须贤久⑱,方镇静⑲、又思命驾⑳。空遗爱㉑,两蜀三川㉒,异日成嘉话。

[注释]

①井络：本为岷山之精,亦代指蜀中。井络,二十八宿中属于井宿的区域。《文选》左思《蜀都赋》："岷山之精,上为井络。"刘逵注解说："《河图括地象》曰：'岷山之地,上为井络,帝以会昌,神以建福,上为天井。'言岷山之地,上为东井维络；岷山之精,上为天之井星也。"天开：开天见日。喻蒋堂到蜀,蜀民如拨云见日。据拙撰《宋川陕大郡守臣易替考》,益州（治今四川成都）知州蒋堂的上一任是杨日俨。此人在蜀没有多少政绩,口碑也不好,故而作者称蒋堂镇蜀,必会给蜀民带来福祉。②剑岭：指四川北部剑阁县以北的大剑山和小剑山。其山高峻,直插云霄,故云剑山。控西夏：控扼西夏。西夏是宋朝西北的国家,原为西北部族,唐代朝廷赐姓李。五代战乱,逐渐独立。北宋初,朝廷再赐姓赵,臣属于宋。至仁宗时,夏主元昊叛宋,建立夏国。因其在宋朝之西北,故称西夏。仁宗康定、庆历时期,也就是蒋堂任益州知州时期,宋、夏关系极为紧张,故作者将此事特别提出。蜀地北部即陕西的秦凤路,是西夏入侵宋朝的必经之路,也就是说,控制西夏入侵,川与陕是首当其冲的战略重地。③地胜异：意谓蜀中为奇异的名胜之地。④锦里：本为成都地名,亦作为成都的代称。成都锦江水漂洗过的丝锦色泽绚丽,永不褪色,为蜀中最著名的产品。成都曾设立专门管理蜀锦生产的官方机构,谓之锦

官,故成都又称"锦官城"。晋常璩《华阳国志·蜀志》:"(州学)有女墙,其道西城,故锦官也。锦工织锦,濯其中则鲜明,他江则不好,故命曰锦里也。"⑤蚕市:蜀地旧俗,每年春季,州城及属县十五处均有蚕市,买卖蚕具,兼及花木、果品、药材杂物,并供人游乐。韦庄《怨王孙》词:"锦里蚕市,满街珠翠,千万红妆。"褚人获《坚瓠续集·成都十二月市》称:"正月灯市,二月花市,三月蚕市。"⑥簇簇:丛丛簇簇,言成都的歌台舞榭数量很多。⑦轻裘俊:身穿轻暖皮衣的王孙公子。《论语·雍也》:"赤之适齐也,乘肥马,衣轻裘。"⑧靓妆艳冶:衣着华丽装扮入时的女子。⑨摸石:古代成都民俗。曹学佺《蜀中广记》卷二:"成都风俗,岁以三月二十一日游城东海云寺,摸石于池中,以为求子之祥。太守出郊,建高旗,鸣笳鼓,作驰骑之戏,大燕宾从,以主民乐。观者夹道,百重飞盖蔽山野,欢讴嬉笑之声,虽田野间如市井,其盛如此。"⑩浣花溪:成都城西水名,又叫百花潭。每年四月十九日,成都人多到此游玩。《蜀中广记》卷十五:"成都之俗,以游乐相尚,而浣花为特甚。每岁孟夏十有九日,都人士女,丽服靓妆,南出锦官门,稍折而东,行十里,入梵安寺,罗拜冀国夫人祠下,退游杜子美故宅,遂泛舟浣花溪之百花潭,因以名其游与其日。凡为是游者,架舟如屋,饰以缯彩,连樯衔尾,荡漾波间,箫鼓弦歌之声,喧阗而作。其不能具舟者,依岸结棚,上下数里,以阅舟之往来。成都之人,于他游观,或不能皆出,至浣花,则倾城而往,里巷阒然。自旁郡观者,虽负贩乌苋之人,至相与称贷易资,为一饱之具。"⑪梦应三刀:《晋书·王浚传》载:"(王浚)梦悬三刀于卧屋梁上,须臾又益一刀。浚惊觉,意甚恶之。主簿李毅再拜贺曰:'三刀为州字,又益一者,明府其临益州乎?'"后人遂以"三刀"作为益州刺史的代称。柳宗元《奉和周二十二丈》诗:"梦喜三刀近,书嫌五载违。"⑫桥名万里:即万里桥,成都城南的桥。《元和郡县志》卷三十一:"蜀使费祎聘吴,诸葛亮祖之。祎叹曰:'万里之路,始于此桥。'因以为名。"《蜀中广记》卷五十七:"(万里桥)两岸山花似雪开,家家春酒满银杯。昭君坊中多女伴,永安宫外踏青来。"⑬中和:中正平和。《荀子·王制》:"公平者职之衡也,中和者听之绳也。"杨倞注解说:"中和,谓宽猛得中也。"政多暇:谓政事多有闲暇。指为政有方,民无狱讼。⑭汉节:汉朝廷授予的使节。指受命于朝廷而出任地方官员。⑮揽辔澄清：谓受命担任地方官，自上马时便有澄清吏治的决心。《后汉书·范滂传》："滂登车揽辔，慨然有澄清天下之志。乃至州境，守、令自知臧（赃）污，望风解印绶去。"⑯掩：超越。武侯勋业：诸葛亮的功业。⑰文翁风化：《汉书·文翁传》："文翁，庐江舒人也。少好学，通《春秋》，以郡县吏察举。景帝末，为蜀郡守，仁爱好教化。见蜀地辟陋有蛮夷风，文翁欲诱进之。……遣诣京师，受业博士，或学律令。减省少府用度，买刀布蜀物，赍计吏以遗博士。数岁，蜀生皆成就还归，文翁以为右职，用次察举，官有至郡守刺史者。又修起学官于成都市中。……数年，争欲为学官弟子，富人至出钱以求之。繇是大化，蜀地学于京师者，比齐鲁焉。至武帝时，乃令天下郡国皆立学校官，自文翁为之始云。文翁终于蜀，吏民为立祠堂，岁时祭祀不绝。至今巴蜀好文雅，文翁之化也。"⑱台鼎须贤久：谓朝廷急需贤才充任宰辅。台鼎，宰辅。《后汉书·陈球传》："位登台鼎，天下瞻望。"⑲方镇静：谓蜀地刚刚安定之后。镇静，指地方官抚绥民众。⑳又思命驾：又要考虑命驾回朝。指政成归朝而高升。命驾，套车准备出行。㉑遗爱：指德行高尚被人敬爱的人，或地方官有德于民。《左传·昭公二十年》："及子产卒，仲尼闻之，出涕曰：'古之遗爱也。'"㉒两蜀：东蜀和西蜀。三川：古代对蜀地的俗称。《蜀中广记》卷五十一："唐分剑南道为东、西二川。宋析为益、梓、利、夔四路。……或称三川者，非三川伊、洛之地。司马错劝秦伐蜀，曰'周自知失九鼎，韩自知亡三川'是也。"

[评析]

这是一首赠别词，据薛瑞生先生《乐章集校注》（中华书局1994年12月版）考证，此词是写给新任益州知州兼成都府路兵马钤辖蒋堂的。据拙撰《宋川陕大郡守臣易替考》考证，蒋堂庆历四年（1044）初知益州，当年十二月，为文彦博所代归朝。按照这个时间，此词应该作于庆历三年年底或四年年初。蒋堂字希鲁，常州宜兴（今江苏宜兴）人。历任侍御史、判三司度支勾院，出为江南东路转运使，徙江淮荆浙发运使。又知洪州、应天府、杭州，以枢密直学士知益州。徙河中府、杭州、苏州，致仕，卒。他是真宗、仁宗两朝名臣，但最终没能跻身宰辅。此词既是赠给名臣大僚的作品，写作上自然与浮艳小词截然不同。全词用了很多与成都相关的典故，来歌咏赞美蒋堂。在北宋，大臣出任蜀中长官，回朝一般都会升任副相。所以作者极尽铺排之能事，给蒋堂戴了无数顶高帽，也是有私心的：一两年后蒋堂回朝，稍加举荐，自己的仕途就会发生巨大的变迁。可惜他的愿望落空了：因蒋堂在成都拆毁了后土祠和刘禅祠，狱讼也多，又因"私官妓"（在宋代，官妓是不能随便据为己有的），不但没有升迁，反而被贬为河中府知府。看来柳永桃花运虽然无人能及，在仕途上实在是时蹇命乖。全词用语典雅，情调欢快，也具有相当大的气势，这类词在柳永笔下是不多见的。

永遇乐（天阁英游）

天阁英游①，内朝密侍②，当世荣遇。汉守分麾③，尧庭请瑞④，方面凭心膂⑤。风驰千骑，云拥双旌⑥，向晓洞开严署⑦。拥朱辖⑧、喜色欢声，处处竞歌来暮⑨。　　吴王旧国⑩，今古江山秀异，人烟繁富。甘雨车行⑪，仁风扇动⑫，雅称安黎庶⑬。棠郊成政⑭，槐府登贤⑮，非久定须归去。且乘闲、孙阁长开⑯，融尊盛举⑰。

[注释]

①天阁：天章阁，宋代大内阁名。宋代制度，先皇帝辞世后，须建一阁，以保存先帝一朝档案。受命在阁中任职的官员，为阁学士。其后阁学士逐渐成为官员所享受的一种荣誉，无须入阁供职，然仍称阁学士。北宋时期的阁学士有龙图阁学士、天章阁学士等。此处"天阁"，即任天章阁学士（或天章阁直学士、天章阁待制）的官员。英游：英俊杰出之人。范仲淹《杨文公写真赞》："当时台阁英游，盖多出于师门矣。"②内朝密侍：担任内廷侍从的官

员。③汉守：此处泛指汉朝的著名太守，以代指所献之人如同汉朝的贤太守。分麾：即"分符"，指分竹符出任州郡太守。《汉书·文帝纪》："初与郡守为铜虎符、竹使符。"颜师古注解说："铜虎符第一至第五，国家当发兵遣使者，至郡合符，符合乃听受之。竹使符以竹箭五枚，长五寸，镌刻篆书，第一至第五。"后因以"分符"、"符节"、"分麾"等词语代指郡守。④尧庭：帝尧时的殿廷。代指朝廷。请瑞：谓自请出任方面官员。《左传·哀公十四年》："司马请瑞焉。"杜预注解说："瑞符节以发兵。"⑤方面：古指一地军政要职或其长官。《后汉书·冯异传》："（异）受任方面，以立微功。"李贤注云："谓西方一面，专以委之。"凭：任用。心膂：心腹大臣。《尚书·君牙》："今命尔予翼，作股肱心膂。"孔颖达疏云："股，足也；肱，臂也；膂，背也。汝为我辅翼，当如我之身，故举四支以喻为股肱心膂之臣，言委任如身也。"此句意谓重要的州郡必须交给心腹重臣去镇守。⑥双旌：唐代节度使的仪仗。李商隐《为怀州李中丞谢上表》："赐以竹符之重，遂使霍氏固辞之第，早建双旌。"徐炯注解说："双旌，唯节度领刺史者有之，诸州不与焉。今则通用为太守之故事矣。"宋代路分安抚使所在州郡长官相当于唐朝的节度使，故喻之。⑦向晓：到了拂晓。洞开：大开。严署：森严的官署。⑧朱轓：车乘两边的红色障泥。《汉书·景帝纪》："令长吏二千石车朱两轓，千石至六百石朱左轓。"颜师古注解说："所以为之藩屏，翳尘泥也。"后遂以"朱轓"代指贵显者或方面大员的车乘。⑨竞歌：争相歌咏。来暮：后汉蜀郡人对太守廉范的歌咏之辞。《后汉书·廉范传》："建中初，迁蜀郡太守。……成都民物丰盛，邑宇逼侧，旧制禁民夜作，以防火灾，而更相隐蔽，烧者日属。范乃毁削先令，但严使储水而已。百姓为便，乃歌之曰：'廉叔度，来何暮？不禁火，民安作。平生无襦今五绔。'"⑩吴王旧国：指苏州。春秋时期，南方两个大国先后崛起，一为越国，建都于会稽（今浙江绍兴）；一为吴国，建都于姑苏（今江苏苏州）。宋代苏州为节度州。《宋史·地理志四》："平江府，望，吴郡。太平兴国三年，改平江军节度。本苏州。"⑪甘雨车行：谓太守车出行，甘雨遂降。是歌颂贤太守的典故。谢承《后汉书》："百里嵩为徐州刺史，州境遇旱。嵩行部，传车所经，甘雨辄注。"⑫仁风扇动：《世说新语·言语》："江山辽落，居然有万里之势。"刘孝标注引《续晋阳秋》说："太傅谢安赏（袁）宏机捷辩速，自吏部郎出为东阳郡（太守），乃祖之于冶亭，时贤皆集。安欲卒迫试之，执手将别，顾左右，取一扇而赠之。宏应声答曰：'辄当奉扬仁风，慰彼黎庶。'"后以"仁风"代指太守推行仁化。⑬雅称安黎庶：谓苏州之民听到太守的大名，便感到十分踏实了。⑭棠郊成政：谓周代召公甘棠之政。《诗经·召南·甘棠》："蔽芾甘棠，勿剪勿伐，召伯所茇。"郑玄笺注说："召伯听男女之讼，不重烦劳百姓，止舍小棠之下而听断焉。国人被其德，说（悦）其化，思其人，敬其树。"⑮槐府：三公的府署。《周礼·秋官·朝士》说："朝士掌建邦外朝之法。左九棘，孤卿大夫位焉，群士在其后；右九棘，公侯伯子男位焉，群吏在其后；面三槐，三公位焉，州长众庶在其后。"郑玄注解说："槐之言怀也，怀来人于此，欲与之谋。"后以"三槐九棘"为三公九卿之代称。登贤：选用贤才。⑯孙阁：公孙弘招延贤才的东阁。《汉书·公孙弘传》："（公孙弘）起徒步，数年至宰相封侯，于是起客馆，开东阁以延贤人，与参谋议。"⑰融尊：孔融的酒杯。《后汉书·孔融传》："（孔融）好士，喜诱益后进。及退闲职，宾客日盈其门。常叹曰：'坐上客恒满，尊中酒不空，吾无忧矣。'"盛举：高举。

[评析]

这是一首投献词，是写给庆历初年新任苏州知州的。薛瑞生《乐章集校注》（中华书局1994年12月版第99页）考证，认为此词是投献给滕宗谅的。薛云："此词为投献词，投献对象当为既有天章阁官衔又有战功之苏州太守。查明成化《姑苏志·守令表》，自真宗大中祥符年间至仁宗嘉祐年间先后为苏州守者二十余人，有天章阁官衔者为范仲淹、梅挚、蒋堂、滕宗谅四人。据《宋史》本传，知梅、蒋有天章阁待制官衔而无战功，范拜天章阁待制在为苏州守后，符合'天阁英游'、'汉守分麾'者，唯滕宗谅一人而已。……滕于庆历七年（1047）到任，不久即卒，故知此词写于庆历七年无疑。"薛说此词乃写给"有战功"者，不知从何判定。词中"汉守分麾"，仅仅是说此人当了太守，并无"战功"之说。且以如此简单的排除法便轻易断定该苏州知州必是滕宗谅，且贸然用

"无疑"二字，显得太草率了些。笔者以为，词中的限定语最重要的是以下两条：第一，此人有天章阁学士衔；第二，在朝廷担任侍从官，并自侍从官出任苏州知州，而不是由其他州郡调任苏州。据拙撰《宋两浙路郡守年表》，符合这两条的是赵概，而绝非滕宗谅。滕宗谅虽有天章阁之衔，但没有担任"密侍"的履历，又不是从"密侍"出任太守，而是从岳州知州调任苏州的。《宋史·赵概传》："赵概字叔平，南京虞城人。……召修起居注。欧阳修后至，朝廷欲骤用之，难于越次。概闻，请郡，除天章阁待制、纠察在京刑狱，修遂知制诰。逾岁，概始代之。……求知苏州，终母丧，入为翰林学士。……擢枢密使、参知政事。数以老求去。"按：宋代"修起居注"、"知制诰"等官，均为侍从密侍之臣，此符合词中"内朝密侍"之说。赵概自"密侍"自请出任苏州知州，符合"汉守分麾，尧庭请瑞"之说。赵概早在出任苏州知州前便为举世公认的名臣，享誉朝野，符合"雅称安黎庶"之说。其后赵概荣登宰辅，符合"槐府登贤，非久定须归去"之说。赵概为人忠直，勇于荐贤，符合"孙阁长开"之说。而以上所列，除天章阁一官之外，滕宗谅无一符合。故可以断定，此词所献之人乃名臣赵概，而非滕宗谅。薛说甚误，当予纠正。王鏊《姑苏志》卷三苏州知州题名载："赵概，庆历五年戊辰，以尚书兵部员外郎、知制诰出知苏州。六年二月到郡，七月十五日，母丧解官。"据此，柳永此词当作于庆历五年（1045）末或六年初。此词辨证文字稍多，亦算一得，故其余不暇解说，读者自体会之可也。

卜算子（江枫渐老）

江枫渐老，汀蕙①半凋，满目败红衰翠。楚客②登临，正是暮秋天气。引疏砧③、断续残阳里。对晚景、伤怀念远,新愁旧恨相继。　　脉脉人千里。念两处风情,万重烟水。雨歇天高,望断翠峰十二④。尽无言、谁会凭高⑤意。纵写得、离肠万种,奈归云⑥谁寄?

[注释]

①汀蕙:洲渚间的蕙草。蕙,香草名,俗称佩兰。②楚客:流寓在楚地的游客。此为作者自指。唐温庭筠《雨》诗:"楚客秋江上,萧萧故国情。"③疏砧(zhēn):断断续续的捣衣声。砧,捣衣石。唐许浑《晚泊七里滩》诗:"江村平见寺,山郭远闻砧。"④翠峰十二:本指巫山十二峰。此处泛指远处的山峦。⑤凭高:登临高处。李白《天台晓望》诗:"凭高远登览,直下见溟渤。"⑥归云:行云。晋潘岳《西征赋》:"吐清风之飚戾,纳归云之郁蓊。"

[评析]

　　这是一首诉说相思之情的小词。全词情绪悲凉而低沉,情真意切,读之令人心动。这种心动,是从词的开篇就油然产生并逐渐增重的:枫快衰老了,蕙快凋谢了,红花绿草都快衰败了。寂静的晚秋,时不时传来几声捣衣的闷响,敲得人心里更加沉重。在做了如许之多的铺垫之后,上阕之末和下阕全部进入到内心的描写:曾经两情相悦的美人,如今却是两地相思。遥望苍翠的远山,全都是脉脉无语,何必怨它,它哪里能理解千里羁客的孤寂和无聊?此时作者的心已经将近灰死,他唯一渴望的是,能够写封书信传递万种相思,可惜云自无心,不知道万里之外的人儿能不能感受到无法传递的"离肠万种"!

鹊桥仙 (届征途)

届征途①,携书剑②,迢迢匹马东去。惨离怀,嗟少年、易分难聚。佳人方恁缱绻,便忍分鸳侣。当媚景,算密意幽欢,尽成轻负。　　此际寸肠万绪。惨愁颜、断魂无语。和泪③眼、片时几番回顾。伤心脉脉谁诉?但黯然凝伫。暮烟寒雨,望秦楼何处。

[注释]

①届:到了。征途:赴官的路途。②书剑:图书与宝剑。此二物为古代读书人随身携带之物,也算是读书人的标志。唐罗隐《夜泊毗陵无锡县有寄》诗:"他日亲朋应大笑,始知书剑是无端。"③和泪:含着眼泪。韦庄《叹落花》诗:"一夜霏微露湿烟,晓来和泪丧婵娟。"

[评析]

这是一首赠别词,是作者赴官时与所恋青楼女子告别之作。全词没有太多的新意,只是下阕"断魂无语。和泪眼、片时几番回顾",不但情感真挚,且表达方式也堪称别致。魂都断了,却没有一句言语,把当时千言万语不知从何说起的状态表述出来;"片时几番回顾"一句,也把离别之际情思翻涌的情绪表达得十分充分。透过这些语句,读者能体会到一对爱侣的分别,的确是件不但魂断而且肠断的凄惨事。

浪淘沙（梦觉、透窗风一线）

梦觉、透窗风一线,寒灯吹息。那堪酒醒,又闻空阶,夜雨频滴。嗟因循①、久作天涯客②。负佳人、几许盟言,便忍把、从前欢会,陡顿翻成③忧戚。　　愁极。再三追思,洞房④深处,几度饮散歌阑⑤,香暖鸳鸯被,岂暂时疏散,费伊心力。殢云尤雨⑥,有万般千种,相怜相惜。　　恰到如今,天长漏永⑦,无端自家疏隔⑧。知何时,却拥秦云态⑨,愿低帏昵枕⑩,轻轻细说与,江乡夜夜,数寒更思忆。

[注释]

①因循:迟延耽搁。陆游《宴西楼》诗:"万里因循成久客,一年容易又秋风。"②天涯客:流落天涯的人。此处是作者自指。唐刘希夷《江南曲》八首之四:"天涯一为别,江北自相闻。"③陡顿:突然之间。翻成:变为。④洞房:幽深的闺房。特指与心上人欢爱的屋室。⑤几度:数次。《乐章集校注》作"几处",不通,当是误字。歌阑:歌罢。阑,残、尽。⑥蝶云尤雨:指男女间做爱之事。参《雪梅香·景萧索》注⑥。蝶,沉湎。⑦漏永:指漫漫长夜。漏是古代的计时器。漏壶的水常滴不断,形容夜的漫长。⑧无端自家疏隔:平白无故把自己与所爱女子分隔开来。⑨秦云态:青楼女子的娇媚之态。秦云,秦楼中的云雨。⑩低帏:放下床帏。昵枕:在枕上相亲相爱。

[评析]

这是一首写男女离情的慢词(此调当作《浪淘沙慢》,疑《全宋词》脱"慢"字),总体格调虽不甚高,但作者用了三段之长的文字,把浪迹天涯的游子对妓女的思恋之情描写得十分细腻。词的开头和结尾两处互相照应,前者说与女子分别后的秋夜中,自己是何等的孤寂难眠,眠而又醒,秋风夜雨,百般凄凉;后者说盼望与女子重逢,告诉她独自在江南水乡的每个夜晚,是如何数着点点寒星苦挨苦度的。这就使全词浑然一体,虽然调长字多,却不会使读者有支离破碎之感。词的中间部分极力描写与女子欢会的情景,甚至不惜把床帏之事书写出来,似乎想让读者分享他当时的快乐,这也是柳永词惯用的手法。这种近乎自然的描写,与词首、词尾的孤独落寞相得益彰,在渲染气氛这一点上,起到了很好的作用。

夏云峰（宴堂深）

宴堂深。轩楹①雨,轻压暑气低沉。花洞彩舟泛斝②,坐绕清浔③。楚台风快④,湘簟⑤冷、永日披襟⑥。坐久觉、疏弦脆管,时换新音。　　越娥兰态蕙心⑦。逞妖艳、昵欢邀宠难禁⑧。筵上笑歌间发,舄履交侵⑨。醉乡归处,须尽兴、满酌高吟。向此免、名缰利锁⑩,虚费光阴。

[注释]

①轩楹:本指堂前的廊柱。亦泛指廊庑之间。杜甫《画鹰》诗:"绦旋光堪摘,轩楹势可呼。"此处指船篷上的轩窗华柱。②花洞彩舟:有华美船篷的船。花洞,指花团锦簇的船篷。泛斝(jiǎ):斟满美酒。斝,古代青铜制成的酒器,三足圆口,上有纹饰,盛行于商周。后亦泛指酒杯。《诗经·大雅·行苇》:"或献或酢,洗爵奠斝。"毛亨注解说:"斝,爵也。夏曰盏,殷曰斝,周曰爵。"③清浔(xún):清澈的水边。《文选》枚乘《七发》:"周驰乎兰泽,弭节乎江浔。"李善注解说:"浔,水涯也。"④楚台风快:谓凉风习习。《文选》宋玉《风赋》:"楚襄王游于兰台之宫,宋玉、景差侍。有风飒然而至,王乃披襟而当之曰:'快哉此风!'"⑤湘簟(diàn):湘水边竹制成的凉席。簟,供坐卧用的苇席或竹席。《诗经·小雅·斯干》:"下莞上簟,乃安斯寝。"郑玄笺注说:"竹苇曰簟。"⑥永日披襟:一整天敞开襟怀。见上注④。⑦越娥:越地美女。兰态蕙心:谓女子相貌如兰花般清雅,心性如蕙草般馨香。这也是互文修辞法,统谓女子们个个美丽聪明。⑧昵欢邀宠难禁:谓女子对客人非常亲昵,邀宠献媚,令人难以禁持。⑨舄(xì)履交侵:鞋子脱满一地,杂乱相压的样子。舄,古代一种以木为复底的鞋。江南人天暖时经常穿这种鞋。⑩名缰利锁:指拘束人性情的名与利,如同缰绳和锁链。东方朔《与友人书》:"不可使尘网名缰拘锁,怡然长笑,脱去十洲三岛。"

[评析]

这是一首叙事加言情的词。事写的是夏雨之后的岸边寻欢,情写的是对宦游生活的厌倦。因为是在夏天,故而整首词的气氛与之相应,总体还算热烈,然而这种"热烈"又不是作者发自内心的渴望,完全是逢场作戏的应景之欢,这一点字句之间显露无遗:尽管这些"越娥"兰心蕙质,却看不出作者有多么喜欢,倒是那浓浓的美酒,理应纵情享受,喝痛快了,再高声吟诵几段诗篇。词的最后两句把此前的"应景"心情明明白白地表露出来:你道我迷恋这些女子,贪恋杯中之物?错了!我无非是借此无聊来抵消官场勾斗的更大的无聊罢了!

浪淘沙令(有个人人)

有个人人,飞燕精神①。急锵环佩上华裀②。促拍尽随红袖举③,风柳腰身。 簌簌④轻裙,妙尽尖新⑤。曲终独立敛香尘。应是西施娇困也,眉黛双颦⑥。

[注释]

①飞燕精神:谓少女的容貌和舞姿神韵活像当年的赵飞燕,既娇巧又可人。②急锵(qiāng)环佩上华裀(yīn):指女子快步走到华裀之上,环佩叮当,准备起舞。锵,金玉等撞击之声。华裀,华美的裀褥。此处特指供女子跳舞的地毯。③促拍尽随红袖举:意谓女子紧随快节奏而舞动红袖。促拍,敲击拍板以增强节奏。《珊瑚钩诗话》:"乐部中有促拍催酒。"④簌(sù)簌:犹言"索索",象声词,表示软物摩擦发出的声音。⑤尖新:新奇。《敦煌曲子词·内家娇》:"善别宫商,能调丝竹,歌令尖新。"⑥眉黛双颦:双眉颦蹙的样子。

[评析]

这是一首叙事小词,写一位舞女娇美的舞姿及起舞的全过程,应该是在某官宴会上的即兴之作。全词语言精练,且全用写实之笔,从见到女子惊为天人那一刻写起,其后是随着音乐响起翩然起舞,杨柳腰身在女子飞快的回旋间显得格外迷人。下阕没有更换场景,依旧写女子飞动轻裙,极尽新巧的种种姿态。一曲方终,作者见到女子站立在华裀之上轻轻娇喘,联想到美女西施困倦时双眉紧蹙的神态。作者用语十分考究,比如最末两句,实际情况是女子舞后的疲惫,作者巧妙地用西施蹙眉来形容,此亦可谓"妙尽尖新"。

荔枝香（甚处寻芳赏翠）

甚处寻芳赏翠①,归去晚。缓步罗袜生尘②,来绕琼筵③看。金缕霞衣轻褪④,似觉春游倦。遥认,众里盈盈好身段。　　拟回首,又伫立、帘帏畔。素脸红眉⑤,时揭盖头⑥微见。笑整金翘⑦,一点芳心在娇眼。王孙空恁肠断⑧。

[注释]

①寻芳赏翠:指春游。芳、翠分别指鲜花和嫩草之类春天景物。②罗袜生尘:喻女子走路的轻盈之态。曹植《洛神赋》:"凌波微步,罗袜生尘。"③琼筵:盛美的宴会。李白《春夜宴从弟桃花园序》:"开琼筵以坐花,飞羽觞而醉月。"④金缕霞衣:绣着金丝的斗篷。霞衣,喻轻柔宽敞艳丽如霞的衣服。多指外衣如斗篷、舞衣之类。唐李峤《舞》诗:"霞衣席上转,花袖雪前明。"轻褪:缓缓地脱下。⑤素脸:白里透红的面庞。红眉:指在罗黛当中掺入少许红色颜料画出的双眉。唐罗虬《比红儿诗》:"金缕浓熏百和香,脸红眉黛入时妆。"⑥盖头:旧时女子外出时,用以蔽尘的面巾披肩。宋周煇《清波别志》卷中:"妇女步通衢,以方幅紫罗障蔽半身,俗谓之盖头。"⑦金翘:金制的首饰,形如鸟尾长羽向上翘起,故称。后蜀毛熙震《浣溪沙》词:"晚起红房醉欲消,绿鬟云散袅金翘。"⑧王孙空恁肠断:意谓面对有主名花,公子王孙只能远观而已,不可能收入怀中。

[评析]

这是一首以游春为背景赞美佳丽的小词。上阕交代:一个如花美人在郊野冶游终日,直到天色向晚方才回归。看她那生尘的罗袜,就知道她一定走了不少的路。作者见到女子时,已经是在某位贵人的宴会之上。他远远看去,只见女子微步朝宴席走来,轻手脱下彩霞般美丽的披风，显露出娇媚纤细的腰身。下阕从细部描写女子的神态：她好像要回头看什么，随后停在帘帷旁不再移步。白嫩的面庞，秀美的双眉，只是在她揭下盖头时恍惚看见。她微笑着整了整头上的金翘，那双娇媚的眼睛，着实让在座的王孙贵人们魂飞魄散。从词意揣度，这位女子应该是主人家的小妾或家妓，总之是有所归属的。正因为如此，作者及客人们才会有深深的遗憾：如此一位天仙妹妹，却无缘一沾香泽，着实挺令人心痒。全词格调不高，也没有什么积极意义。若论其长，也只在于对女子神态的描绘，一是动感十足，女子始终是以动态出现的，这就增强了人物的活力；二是多借助于衣着衬托女子的艳丽，如生尘罗袜、金缕霞衣、帘帏、盖头、金翘等。这样的描写，即使不见其人，也能想到是个绝对的美人，否则主人不会如此不惜重金地装扮她。

古倾杯（冻水消痕）

冻水消痕，晓风生暖，春满东郊道。迟迟淑景①，烟和露润，偏绕长堤芳草。断鸿隐隐归飞，江天杳杳。遥山变色，妆眉淡扫②。目极千里，闲倚危樯迥眺③。　　动几许、伤春怀抱。念何处、韶阳④偏早。想帝里看看⑤，名园芳树，烂漫莺花好。追思往昔年少。继日恁、把酒听歌，量金买笑。别后暗负，光阴多少。

[注释]

①淑景：美景。后蜀欧阳炯《凤楼春》词："因想玉郎何处去，对淑景谁同？"②遥山变色，妆眉淡扫：谓远山的颜色发生了变化，如同女子画出的淡淡娥眉。③危樯（qiáng）：高高的船桅。樯，船的桅杆。迥眺：远望。④韶阳：明媚的春光。唐皇甫冉《东郊迎春》诗："律向韶阳变，人随草木荣。"

⑤帝里：都城。唐李百药《赋得魏都》诗："帝里三方盛，王庭万国来。"看看：看了又看。谓曾在京城反复游赏。

[评析]

这首词是作者在南方做官时写的，可能即兴作于因公乘船行进之中。"春满东郊道"，"东郊"应该是指杭州的东郊。词的上阕全都是景色的描写，春的景色，对作者来说，要比秋的萧瑟好得多了，故而整整半首词，没有太多的牢骚和悲叹。然而这毕竟是一个人独自行进，伤春是难以避免的。作者是个在帝里神京享乐惯了的人，来到千里之外的南国，毕竟时时想起旧日如糖似蜜般的生活：他可以肆意地"把酒听歌，量金买笑"，可悲的是，人的年岁亦如一年四季，美好的春天总归会逝去。如今已是老大的年龄，"往昔年少"，现在只能"追忆"而不可复得了。更糟的是，永结同心的京城女子，如今也没能陪伴在他身边，留给他的，只有凄凉苦涩的思念，这岂不是更加重了他对韶华逝去的哀叹？面对眼前的春色，他明白，这已经成为幻象，不可能重回自己的内心了！

倾　杯（离宴殷勤）

离宴殷勤，兰舟凝滞，看看送行南浦①。情知道世上，难使皓月长圆②，彩云镇聚③。算人生、悲莫悲于轻别④，最苦正欢娱，便分鸳侣。泪流琼脸，梨花一枝春带雨⑤。　　惨黛蛾、盈盈无绪。共黯然消魂⑥，重携纤手，话别临行，犹自再三、问道君须去⑦？频耳畔低语。知多少、他日深盟，平生丹素⑧。从今尽把凭鳞羽⑨。

[注释]

①南浦：送别的水边。《文选》江淹《别赋》："春草碧色，春水渌波。

送君南浦,伤如之何。"②难使皓月长圆:即苏轼所谓"人有悲欢离合,月有阴晴圆缺,此事古难全"之意,谓美好的光景不可能永驻不移。③彩云镇聚:此句义与上句相同。镇,整日。④悲莫悲于轻别:谓人生最大的悲伤莫过于生离别。《楚辞》屈原《少司命》:"悲莫悲兮生别离,乐莫乐兮新相知。"⑤梨花一枝春带雨:形容女子啼哭的样子。白居易《长恨歌》:"玉容寂寞泪阑干,梨花一枝春带雨。含情凝睇谢君王,一别音容两渺茫。"⑥黯然消魂:谓离别之时黯然神伤的样子。《文选》江淹《别赋》:"黯然销魂者,唯别而已矣!"李善注解说:"黯,失色将败之貌。言黯然魂将离散者,唯别而然也。夫人魂以守形,魂散则形毙。今别而散,明恨深也。"⑦犹自再三、问道君须去:这是女子的问话,谓直到此时,痴情的女子还在不断地问:"郎君一定要南行吗?"⑧丹素:赤诚纯洁的心。李白《赠溧阳宋少府陟》诗:"人生感分义,贵欲呈丹素。"王琦注曰:"丹素,心也。"⑨凭鳞羽:意谓自今而后的情思,只能借助书信了。鳞指鱼,羽指雁。古书中常用"鱼雁传书"的典故。《文选》卷二十七《古乐府》:"客从远方来,遗我双鲤鱼。呼儿烹鲤鱼,中有尺素书。长跪读素书,书上竟何如?"雁足传书,见《雪梅香·景萧索》注⑧。

[评析]

这是一首赠别词。作者要离开京城到南方为官,相恋的女子为他送行。上阕感慨人生聚散难期,彩云易散。作者巧妙地借用了白居易《长恨歌》中的成句,把女子将离的悲情写得十分感人。下阕"话别临行,犹自再三、问道君须去"为画龙点睛之笔,这句近乎傻话的询问,恰恰把女子难舍难分的依恋之情表达出来,读来令人动容。可惜词的结尾两句流于平淡,未能将惨淡离情推向更高的层面。

破阵乐（露花倒影）

露花倒影,烟芜蘸碧,灵沼①波暖。金柳摇风树树②,系彩舫龙舟遥岸③。千步虹桥,参差雁齿④,直趋水殿⑤。绕金堤⑥、曼衍鱼龙戏⑦,簇娇春罗绮⑧,喧天丝管。霁色荣光⑨,望中似睹,蓬莱清浅⑩。　　时见,凤辇宸游⑪,鸾舻禊饮⑫,临翠水、开镐宴⑬。两两轻舠⑭飞画楫,竞夺锦标霞烂⑮。罄欢娱,歌《鱼藻》⑯,徘徊宛转。别有盈盈游女,各委明珠⑰,争收翠羽⑱,相将归远⑲。渐觉云海沉沉,洞天⑳日晚。

[注释]

①灵沼:池沼湖泊的美称。《文选》班固《西都赋》:"神池灵沼,往往而在。"吕延济注解说:"称神、灵,美之。"此处当指汴京城外的金明池。②金柳摇风树树:"树树金柳摇风"的倒装。谓新春季节,嫩柳金黄的枝条在微风中轻轻摇荡。③系彩舫龙舟遥岸:即"彩舫龙舟系于遥岸"之意。遥岸,对岸。④千步虹桥,参差(cēn cī)雁齿:此指湖上的虹桥,桥洞仿佛一颗颗雁齿。参差,错落不整齐的样子。⑤水殿:建在水中的殿阁。李白《口号吴王美人半醉》:"风动荷花水殿香,姑苏台上宴吴王。"⑥金堤:古代对堤堰的美称。《汉书·司马相如传上》:"嬰姗勃窣,上金堤。"颜师古注解说:"言水之堤塘坚如金也。"⑦曼衍鱼龙戏:古代百戏之一种。由艺人执制作的珍异动物模型表演,有幻化的情节。鱼龙即猞猁之兽,曼衍亦兽名。《隋书·音乐志中》:"鱼龙漫衍之伎,常陈殿前,累日继夜,不知休息。"陆游《小舟过御园》诗之一:"尽除曼衍鱼龙戏,不禁乌菟犀兔来。"⑧簇:拥。娇春罗绮:喻春游的美女。⑨霁(jì)色:雨后晴霁的天色。荣光:五色祥瑞的云气。《初学记》卷六引《尚书中候》:"荣光出河,休气四塞。"⑩蓬莱:传说中的仙山名。《史记·封禅书》:"自威、宣、燕昭使人入海求蓬莱、方丈、瀛洲。此三神山者,其传在勃海中,去人不远。……其物禽兽尽白,而黄金银为宫阙。未至,望之如云;及到,三神山反居水下。"清浅:水清澈而不深。⑪凤辇:仙人的车乘。王嘉《拾遗记·周穆王》:"西王母乘翠凤之辇而来。"亦指皇帝的车驾。《宋史·舆服志一》:"凤辇,赤质,顶轮下有二柱,绯罗轮衣,络带、门帘皆绣云凤。顶有金凤一,两壁刻画龟文、金凤翅。"宸游:指帝王之巡游。唐苏颋《奉和初春幸太平公主南庄应制》诗:"主第山门起灞川,宸

游风景入初年。"宋蔡襄《上元进诗》:"宸游不为三元夜,乐事全归万众心。"⑫鸾觞:刻有鸾鸟花纹的酒杯。《文选》嵇康《杂诗》:"鸾觞酌醴,神鼎烹鱼。"张铣注解说:"鸾觞,杯也,刻为鸾鸟之文。"禊(xì)饮:古代农历三月上巳日曲水流觞之俗。《文选》王融《三月三日曲水诗》序:"惟暮之春,同律克和,树草自乐。禊饮之日在兹,风舞之情咸荡。"⑬镐(hào)宴:天下太平君臣同乐的宴会。周武王定都在镐,称为镐京。故镐宴亦特指皇帝举行的宴会。唐崔湜《奉和春日幸望春宫》诗:"即此欢娱齐镐宴,唯应率舞乐熏风。"⑭舠(dāo):小船。陆游《思归引》:"锦城小憩不淹迟,即是轻舠下峡时。"⑮竞夺锦标:争相夺锦。古代有竞渡之戏,胜者夺得锦旗。锦标,锦制的旗帜,用以赠给竞渡领先者。白居易《和春深》之十五:"齐桡争渡处,一匹锦标斜。"霞烂:谓锦旗如彩霞般绚烂。⑯《鱼藻》:《诗经》中的篇名。《诗经·小雅·鱼藻》:"鱼在在藻,有颁其首。"郑玄笺注说:"藻,水草也。鱼之依水草,犹人之依明王也。明王之时,鱼何所处乎?处于藻。既得其性则肥充,其首颁然。"⑰各委明珠:谓女子们纷纷收起明珠。⑱争收翠羽:意谓女子们争相购买适合装扮自己的饰物。翠羽,翠鸟的羽毛。古多用作饰物。《文选》曹植《七启》:"戴金摇之熠耀,扬翠羽之双翘。"刘良注解说:"金摇,钗也;熠烁,光色也;又饰以翡翠之羽于上也。"⑲相将(jiāng)归远:谓彼此携手,渐渐远去。⑳洞天:道教称神仙的居处。后亦常泛指风景胜地或仙境。

[评析]

这是一首游览词,据词中"凤辇宸游"、"开镐宴"等语,词当作于作者在京城时。汴京郊外有金明池,为都人游赏之所,皇帝后妃也常在此池游玩。全词意在渲染帝京繁华、人民康阜的太平之象。用语典丽,又不时有夸饰之处,令人读之即能想到当时气氛之和乐和场景之喧阗。北宋真宗景德年间,与契丹订立了澶渊之盟,虽然有些屈辱,毕竟换来了长达百年的和平和安定。大中祥符初年,真宗封泰山、祠后土,极力粉饰太平。此时期直至仁宗在位,是北宋最安宁的几十年,这几十年,恰恰是柳永生活的时代。他在汴京的数年，几乎都是在繁华梦里度过的。这首词描写的汴京气象，可以说是那个和平年代的真实写照。词中用了"蓬莱清浅"、"洞天日晚"等颇具仙气的词语，更烘托出当时那派天上人间的熙熙祥和之象。

双声子（晚天萧索）

晚天萧索，断蓬踪迹①，乘兴兰桡②东游。三吴③风景，姑苏④台榭，牢落⑤暮霭初收。夫差旧国⑥，香径没⑦、徒有荒丘。繁华处⑧，悄无睹，惟闻麋鹿呦呦⑨。　　想当年、空运筹决战⑩，图王取霸⑪无休。江山如画，云涛烟浪，翻输范蠡扁舟⑫。验前经旧史，嗟漫载、当日风流。斜阳暮草茫茫，尽成万古遗愁。

[注释]

①断蓬踪迹：游子之行踪。断蓬，飞蓬，喻漂泊无定。王之涣《九日送别》诗："今日暂同芳菊酒，明朝应作断蓬飞。"②兰桡：兰舟。桡本是船桨之意，亦代指船。唐黄滔《送君南浦赋》："玉骢之归步愁举，兰桡之移声忍闻。"③三吴：以苏州为中心的长江下游地区。柳永还有一首《望海潮》词，称"东南形胜，三吴都会，钱塘自古繁华"，则又以杭州为三吴之中心。按照传统说法，当是指苏州、湖州和丹阳为三吴。《通典·州郡十二》说："苏州，春秋吴国之都也。……与吴兴、丹阳为三吴。"④姑苏：山名，在今江苏苏州。其后苏州之命名即由此而来。顾祖禹《读史方舆纪要》卷二十四："隋平陈，废吴郡，改州曰苏州，因姑苏山为名。"同书同卷："姑苏山，（苏州）府西三十里。一名姑胥山，一名姑余山。姑苏台在其上，阖闾所作也。……《越绝书》：阖闾起姑苏台，三年聚材，五年乃成，高见三百里。"⑤牢落：寥落。零落荒芜之貌。《文选》司马相如《上林赋》："牢落陆离，烂熳远迁。"李善注解说："牢落，犹辽落也。"⑥夫差旧国：谓苏州乃春秋时期吴王夫差

的故都。夫差，吴王阖闾之子，阖闾死后即位为吴王。陆广微《吴地记》："夫差在位二十三年，为越王句践所杀，国灭。"⑦香径：采香径，在姑苏馆娃宫南。范成大《吴郡志》载："采香径，在香山之傍，小溪也。吴王种香于香山，使美人泛舟于溪以采香。今自灵岩山望之，一水直如矢，故俗又名箭泾。"没：湮塞消失。⑧繁华处：吴王打败勾践后，安于享乐，在姑苏大兴土木，日夜嬉游，终为勾践所灭。据《吴郡志》载，其地先后修建馆娃宫、琴台、西施洞、砚池、玩花池、响屧廊等。⑨麋鹿呦（yōu）呦：谓当年的都城如今成为荒野。《史记·淮南衡山列传》："子胥谏吴王，吴王不用，乃曰：'臣今见麋鹿游姑苏之台也！'"呦呦，鹿鸣声。《诗经·小雅·鹿鸣》："呦呦鹿鸣，食野之苹。"⑩运筹决战：指春秋时期吴国与越国、楚国等数次交战。详见《史记·吴太伯世家》。⑪图王取霸：谓吴国与诸侯之间争夺霸权。⑫翻输范蠡扁舟：谓当年诸侯为称王称霸你争我夺，最终都没有好下场，反而输给了泛舟五湖的范蠡。范蠡帮助越王勾践打败吴国，勾践愿与他共理越国。范蠡恳辞不受，携美女西施乘扁舟游于五湖，又自五湖入齐，以终其生。事见《越绝书》，文长不录。

[评析]

　　这是一首咏史词，是柳词中涉及较少的一类题材。作者在南方为官，东游姑苏，见到当年的繁华都城如今俱成荒迹，遂生吊古凭今之慨，写下了这首充满兴亡感慨的词。春秋吴越相争的那段时期发生过的很多故事，以及与之相关的很多历史人物，都给后人留下了深刻的印象，越王勾践的"卧薪尝胆"，两千年来一直作为励志奋发的典故为人们使用着。而就在勾践卧薪尝胆之时，以胜利者自居的夫差却忘乎所以纵情声色，最终亡了国。那一幕幕历史画卷留给后人的，不仅仅是谋臣范蠡的睿智、美女西施的捧心，更有很多值得借鉴思考的道理：为什么大小王朝的兴起和覆亡总是惊人地相似？为什么人心善恶在不同阶段会有那么大的不同？什么叫真正的聪明？怎样才叫真正的胜利？什么叫祸兮福所倚、福兮祸所伏？如此等等，比考证西施是否有先天性心脏病、范蠡晚年是否因养鱼发了财更有意义。

阳台路（楚天晚）

楚天晚，坠冷枫败叶，疏红零乱。冒征尘、匹马驱驱，愁见水遥山远。追念少年时，正恁凤帏①，倚香偎暖。嬉游惯。又岂知、前欢云雨分散。　　此际空劳回首，望帝里、难收泪眼。暮烟衰草，算暗锁、路歧无限②。今宵又、依前寄宿，甚处苇村山馆。寒灯畔，夜厌厌③、凭何消遣？

[注释]

①凤帏：闺中的帷帐。欧阳修《看花回》词："追想少年，何处青楼贪欢乐。当媚景，恨月愁花，算伊全妄凤帏约。"用法与此词同。②路歧无限：谓前面的路途还很遥远。路歧，即歧路，本指岔道。《初学记》卷十六引王廙《笙赋》："发千里之长思，咏别鹤于路歧。"此处代指前路。③厌厌：绵长。南唐冯延巳《长相思》词："红满枝，绿满枝，宿雨厌厌睡起迟。"

[评析]

这是一首羁旅词，作于作者南行赴官途中。楚天指南国的天空，说明此时作者已经离开京城很远，然而他还在"愁见水遥山远"，又说明作者尚未到达目的地。古代言人在旅途的词很多，如迁客、游子、旅人等，都带有凄切的色彩，足以看出古人是多么畏惧旅途中的孤寂。词中出现"冷枫败叶"、"暮烟衰草"、"寒灯"等语，可知此时正值晚秋时节。外界景物本已寒意袭人，内心又是凄凄惨惨，这与曾经的凤帏春宵、倚香偎暖，形成了无法言表的巨大反差。词的下阕写得很有意境：此时虽已天色向晚，但作者尚未歇宿。他不知道今宵究竟住在何处，但可以肯定的是：那一定又是个"苇村山馆"，萧条，凄凉，寂寞，充满寒意。他又想道：在这样的客馆里，他必定还是面对寒灯，百无聊赖地打发着漫漫的长夜。

内家娇（煦景朝升）

煦景①朝升，烟光昼敛，疏雨夜来新霁。垂杨艳杏，丝软霞轻②，绣出③芳郊明媚。处处踏青斗草④，人人眷红偎翠。奈少年、自有新愁旧恨，消遣无计。　　帝里，风光当此际，正好恁携佳丽。阻归程迢递⑤。奈好景难留，旧欢顿弃。早是伤春情绪，那堪困人天气。但赢得、独立高原，断魂一饷凝睇⑥。

[注释]

①煦（xù）景：晴光。煦，本指清晨的太阳光。《墨子·经说下》："景光之人，煦若射。"孙诒让间诂云："盖谓如日出时之光四射也。"②丝软霞轻：此句承上句分别而言，谓垂杨柳的嫩条如丝般柔软，鲜艳的杏花如云霞般飘在空中。③绣出：谓美如锦绣的远山如刺绣出来。④斗草：古代春季常玩的一种游戏。参《斗百花·煦色韶光明媚》注④。⑤迢递：联绵字，遥远之貌。杜甫《送樊二十三侍御赴汉中判官》诗："居人莽牢落，游子方迢递。"⑥一饷：一顿饭工夫。凝睇：注视。白居易《长恨歌》："含情凝睇谢君王，一别音容两渺茫。"

[评析]

这是一首羁旅词，写作者离京到外藩任官，正逢新春节令，睹春景而伤怀。上阕开篇写一天的清晨，初升的太阳冉冉升起，弥漫的晨雾刚刚散去，一切都显得手法清新：嫩绿的柳条与粉红的杏花交织呈现，柳如青丝，杏如烂霞，远处的山岚像刺绣一样精美。这是真正意义上的良辰美景。随后出现动态的人：处处都是踏青斗草的游人，男人们都有佳丽陪伴。于是想到自己羁留他乡，虽然尚在少年，怎奈相恋的美人远在京城，新愁旧恨一起涌上心头。至此，"良辰美景"骤然转变为"奈何天"：眼睁睁看着别人尽享春光，自己却孤独一人,愁肠百结,无计可施。下阕重提京都旧好:倘若此时尚在京城,他一定会手携佳丽,加入到游春的人群中。可惜曾经的美好已成旧话,成了令他断魂的回忆。全词情思浓浓,充分表现出作者对旧情的眷恋和对当前生活的厌倦。

二郎神（炎光谢）

炎光谢①。过暮雨、芳尘轻洒。乍露冷风清庭户,爽天②如水,玉钩③遥挂。应是星娥嗟久阻④,叙旧约、飙轮⑤欲驾。极目处、微云暗度⑥,耿耿银河高泻⑦。　　闲雅⑧。须知此景,古今无价⑨。运巧思、穿针⑩楼上女,抬粉面、云鬟相亚⑪。钿合金钗私语处⑫,算谁在、回廊⑬影下。愿天上人间,占得欢娱,年年今夜。

[注释]

①炎光:阳光。《文选》扬雄《剧秦美新》:"震声日景,炎光飞响。"李善注解说:"炎光,日景也。"《汉语大词典》引此句释为"暑气"是错误的,属于望文生义。谢:退去。指太阳落山,到了傍晚。②爽天:清爽的天气。指秋日黄昏的高天。③玉钩:喻新月。李白《挂席江上待月有怀》诗:"倏忽城西郭,青天悬玉钩。"此词写的是七夕夜景,初七时月亮还未到半圆,故称其为玉钩。④应是星娥嗟久阻:这是作者想象之辞,意谓此景之中,一定是织女嗟叹久被阻隔,不得与心爱的牛郎相见。星娥,指织女星。李商隐《圣女祠》诗:"星娥一去后,月姊更来无?"朱鹤龄注解说:"星娥,谓织女。"⑤飙轮:传说御风而行的神车。陆龟蒙《和江南道中怀茅山广文南阳博士》诗之一:"莫言洞府能招隐,会辗飙轮见玉皇。"⑥微云暗度:意谓云朵暗暗地在空中行进。秦观《鹊桥仙》词:"纤云弄巧,飞星传恨,银汉迢迢暗度。"意境与此词相近。⑦耿耿:明亮之貌。《文选》谢朓《暂使下都夜发新林至京邑赠西府同僚》诗:"秋河曙耿耿,寒渚夜苍苍。"李善注解说:"耿

耿,光也。"高泻:谓像从高天下泻一般。⑧闲雅:与"娴雅"义同。此处指牛郎织女鹊桥相会是非常美丽动人的故事。⑨古今无价:指相爱的男女一年之久才得以重逢,从古到今都是珍贵无价的。⑩穿针:古代习俗,七夕时,女子穿针乞巧,祈求能嫁给如意郎君。南朝梁宗懔《荆楚岁时记》:"七月七日,为牵牛、织女聚会之夜。是夕,人家妇女结彩缕,穿七孔针,或以金银鍮石为针,陈瓜果于庭中以乞巧,有喜子网于瓜上,则以为符应。"⑪粉面、云鬟相亚:意谓女子们个个以粉匀面,梳起云鬟,谁都不愿输给别人。相亚,相当,匹敌。《梁书·侯景传》:"总揽兵权,与神武相亚。"⑫钿合金钗私语处:用《长恨歌》中的典故。《长恨歌》:"昭阳殿里恩爱绝,蓬莱宫中日月长。回头下望人寰处,不见长安见尘雾。唯将旧物表深情,钿合金钗寄将去。钗留一股合一扇,钗擘黄金合分钿。但教心似金钿坚,天上人间会相见。临别殷勤重寄词,词中有誓两心知。七月七日长生殿,夜半无人私语时。在天愿作比翼鸟,在地愿为连理枝。"⑬回廊:曲折的廊庑。唐张仲素《汉苑行二首》之二:"千步回廊闻凤吹,珠帘处处上银钩。"

[评析]

这首词写七夕时的所见及所想,总体风格清丽无邪,表达了作者对纯美爱情的赞美和向往。七夕是一个非常古老又常说常新的话题,古往今来,不知寄托了多少痴情男女美好的心愿。《东京梦华录·七夕》:"至初六日七日晚,贵家多结彩楼于庭,谓之'乞巧楼'。铺陈磨喝乐、花瓜、酒炙、笔砚、针线,或儿童裁诗,女郎呈巧,焚香列拜,谓之'乞巧'。妇女望月穿针。或以小蜘蛛安合子内,次日看之,若网圆正,谓之'得巧'。"《梦粱录·七夕》:"七月七日,谓之'七夕节'。其日晚晡时,倾城儿童女子,不论贫富,皆着新衣。富贵之家,于高楼危榭,安排筵会,以赏节序,又于广庭中设香案及酒果,遂令女郎望月,瞻斗列拜次,乞巧于女、牛。或取小蜘蛛,以金银小盒儿盛之,次早观其网丝圆正,名曰'得巧'。"从这些记载中,我们能体会到,古人对此节是多么重视,尤其是未婚的女子,只有在这一天,才能借牛郎织女相会袒露心扉，表达对佳婿及美好婚姻的憧憬和盼望。此词上下两阕分得比较清晰：上阕重在虚写天上仙女对情郎的渴思，其"微云暗度"一句，堪称名句，把虚无缥缈间散发出的浓情蜜意渲染得既凄美又令人神往，难怪晚于柳永数十年的词人秦观在他的《鹊桥仙》词中改头换面地袭用为"纤云弄巧，飞星传恨，银汉迢迢暗度"。下阕重在写人间女子忙于乞巧的场景，这又正与"愿天上人间，占得欢娱，年年今夜"的结语完全相合。可以说，这也是一首唯美之作：语句美，意境美，作者所寄托的情感也很美。

醉蓬莱（渐亭皋叶下）

渐亭皋①叶下，陇首②云飞，素秋新霁③。华阙中天④，锁葱葱佳气⑤。嫩菊黄深，拒霜⑥红浅，近宝阶香砌⑦。玉宇⑧无尘，金茎有露⑨，碧天如水。　　正值升平⑩，万几多暇⑪，夜色澄鲜，漏声迢递。南极星⑫中，有老人呈瑞。此际宸游，凤辇何处，度管弦清脆。太液⑬波翻，披香⑭帘卷，月明风细。

[注释]

①亭皋：水边的平地。《汉书·司马相如传上》："亭皋千里，靡不被筑。"王先谦补注说："亭皋千里，犹言平皋千里。皋，水旁地。"②陇首：陇山之巅。《汉书·礼乐志》："朝陇首，览西垠。"颜师古注解说："陇坻之首也。"按：本词前二句化用南朝柳恽诗而成。《南史·柳恽传》："少工篇什，为诗云：'亭皋木叶下，陇首秋云飞。'琅琊王融见而嗟赏，因书斋壁及所执白团扇。"③素秋：指秋季。古代五行以秋属金，其色白，故称素秋。欧阳修《清商怨》词："关河愁思望处满。渐素秋向晚。"新霁（jì）：天气刚刚放晴。霁，指风霜雨雪停止天气放晴。④华阙中天：形容帝城之巍峨壮观。《文选》班固《西都赋》："树中天之华阙，丰冠山之朱堂。"李善注解说："《列子》

曰：'周穆王筑台，号曰中天之台。'《汉书》曰：'萧何立东阙、北阙。'……潘岳《关中记》曰：'未央宫殿，皆疏龙首山土作之。'"⑤葱葱：气象旺盛。李白《侍从游宿温泉宫作》诗："日出瞻佳气，葱葱绕圣君。"佳气：祥瑞之气。⑥拒霜：拒霜花，又名木芙蓉。冬凋夏茂，仲秋开花，耐寒不落，故名。宋宋祁《益都方物略记》："添色拒霜花，生彭、汉、蜀州。花常多叶，始开白色，明日稍红，又明日，则若桃花然。"⑦宝阶香砌：这是作者想象之辞，谓菊花、木芙蓉花生长在帝廷砌阶之旁。⑧玉宇：喻华丽的宫殿。唐李华《含元殿赋》："玉宇璇阶，云门露阙。"⑨金茎有露：谓仙人承露盘盛满清露。《文选》班固《西都赋》："抗仙掌以承露，擢双立之金茎。"李善注解说："言承露之高也。《汉书》曰：'孝武又作柏梁、铜柱、承露仙人掌之属矣。'……金茎，铜柱也。"《三辅黄图》卷二："神明台，武帝造，祭仙人处，上有承露盘，有铜仙人，舒掌捧铜盘玉杯，以承云表之露，以露和玉屑服之，以求仙道。《长安记》：'仙人掌大七围，以铜为之。魏文帝徙铜盘折，声闻数十里。'"⑩升平：太平盛世。南朝梁沈约《南郊恩诏》之二："仰寻先烈，思致升平。"⑪万几多暇：谓帝王万机之暇。这也是歌颂太平盛世的词语。《尚书·皋陶谟》说："兢兢业业，一日二日万几。"孔安国传云："几，微也，言当戒惧万事之微。"后遂以"万几"指帝王日常处理的纷繁政务。⑫南极星：星名。喻老人长寿。《晋书·天文志上》："老人一星，在弧南，一曰南极。常以秋分之旦见于丙，春分之夕而没于丁。见则治平，主寿昌，常以秋分候之南郊。"⑬太液：汉太液池，在今陕西西安市长安区。武帝元封元年（前110）开凿。池中筑渐台，高二十余丈。又起三山，像蓬莱、方丈、瀛洲三神山。《三辅黄图》卷四："太液池在长安故城西，建章宫北，未央宫西南。太液者，言其津润所及广也。"⑭披香：汉宫殿名。《三辅黄图》卷三："武帝时，后宫八区，有昭阳、飞翔、增城、合欢、兰林、披香、凤凰、鸳鸯等殿。"《文选》班固《西都赋》："披香发越。"李善注解说："汉宫阙名。长安有合欢殿、披香殿。"此处代指汴京的宫殿。

[评析]

这是一首献寿词。《岁时广记》卷十七引宋杨湜《古今词话》说："柳耆卿祝仁宗皇帝寿，作《醉蓬莱》一曲。此词一传，天下皆称妙绝。盖中间误使'宸游'、'凤辇'挽章句。耆卿作此词，惟务钩摘好语，却不参考出处。仁宗皇帝览而恶之。及御注差注至耆卿，抹其名曰：'此人不可仕宦，尽从他花下浅斟低唱。'由是沦落贫窭，终老无子。掩骸僧舍，京西妓者鸠钱葬于枣阳县花山。"冯梦龙《古今小说》里有一卷名叫《众名姬春风吊柳七》，就是根据这段话敷衍成的。柳永的仕途很不走运，无论怎么钻营，结果总是适得其反。王辟之《渑水燕谈录》卷八载，柳永好不容易巴结上一位姓史的宦官，史某也答应为他寻找时机，并将此曲进献给仁宗。仁宗第一眼看见"渐"字，心里就不高兴。再往下看，其"此际宸游，凤辇何处"，乃是仁宗为其父皇真宗写的挽词中语，于是"掷之于地，永自此不复进用"，您说这不是拍马屁拍到马蹄上了吗？具体来看此词，其艺术造诣还是很值得肯定的。作者先用柳恽典故点明季节，既贴切又不露痕迹，可谓出神入化之笔。其后用"嫩菊黄深，拒霜红浅，近宝阶香砌"三句看似淡雅的句子，把皇宫的富贵渲染出来，也是难得的佳句。难怪此词一出，人们争相传诵。下阕用"太液波翻，披香帘卷，月明风细"三句作结，也写得典雅且有情致。至于仁宗批评"太液波翻"用语不当，当作"太液波清"，则属于情绪中语，说白了就是在词里故意挑毛病罢了。人若是倒霉，喝凉水都塞牙。这句话用在柳永身上有点刻薄，但事实就是这么回事。

宣 清（残月朦胧）

残月朦胧，小宴阑珊①，归来轻寒凛凛。背银缸、孤馆乍眠，拥重衾②、醉魄犹噤③。永漏④频传，前欢已去，离愁一枕。暗寻思、旧追游，神京风物如锦。　　念掷果朋侪⑤，绝缨宴会⑥，当时曾痛饮。命舞燕翩翩⑦，歌珠贯串⑧，向玳筵前，尽是神仙流品⑨。至更阑、疏狂转甚。更相将、凤帏鸳寝。玉钗乱横，任散尽高阳⑩，这欢娱、甚时重恁⑪。

[注释]

①阑珊：将尽。贺铸《小重山》词："歌断酒阑珊，画船箫鼓转，绿杨湾。"②重衾：两床被子。③醉魄犹喋：身上仍旧感到寒冷难耐。醉魄，醉酒之身。喋，指冻得打寒战。④永漏：永远没有尽头的滴漏声。这是作者自我感觉之辞，实则滴漏次数每天都是相同的。⑤掷果朋侪：用晋代潘岳之典，代指男子相貌俊美。参《迎新春·嶰管变青律》注⑨。⑥绝缨宴会：亦参《迎新春·嶰管变青律》注⑨。⑦舞燕翩翩：谓女子舞姿翩翩的动人之态。燕，特以赵飞燕为喻。翩翩，上下飞动之貌。宋朱淑真《春日行》诗："何处飞来双蛱蝶，翩翩飞入寻香径。"⑧歌珠贯串：谓歌声如贯珠相撞，其声铿然温润。唐卢邺《和李尚书命妓钱崔侍御》诗："何郎载酒别贤侯，更吐歌珠宴庾楼。"⑨神仙流品：仙女一流的妙品。流品，本指官员的官阶和品级。此处泛指等次品类。《宋书·王僧绰传》："究识流品，谙悉人物。"⑩散尽高阳：酒力尽散。高阳，代指酒。《史记·郦生陆贾列传》："初，沛公引兵过陈留，郦生踵军门上谒。……使者出谢曰：'沛公敬谢先生，方以天下为事，未暇见儒人也。'郦生瞋目案剑叱使者曰：'走！复入言沛公，吾高阳酒徒也，非儒人也。'"⑪甚时重恁：什么时候能重新再来。甚时，犹今言"何时"。恁，如此。

[评析]

这是一首怀人词。作者晚间在一场小宴上饮了些酒，回到孤馆后反复难眠。不能成眠的原因有两个，一是天气寒冷，盖上两床被子尚打寒战；二是独自一人待在异乡客馆，内心凄凉无限，加重了寒冷的感觉，这是很多人都亲身体验过的，只不过作者把它讲得十分准确而已。可以想象，"离愁一枕"是寒冷的根源，是起决定性作用的因素。由于有了这番感受，作者很自然地回想起在京城的享乐生活，想到了醉眼蒙眬尽情欣赏"舞燕翩翩，歌珠贯串"的日子，想到了与美人共度良宵的疏狂。那些天上人间的场景，与今夜的冷清寂寥，形成了多大的反差！这种落差对他来说，无疑是痛苦的折磨，而且是无法弥补和替代的。他深深感到了人生的无奈，但毕竟他还有梦，"有梦就有故事"。没有人知道他的好梦能否重圆，这个梦只能留给他自己去做，去憧憬，去盼望。

定风波（自春来）

自春来、惨绿愁红①，芳心是事可可②。日上花梢，莺穿柳带③，犹压香衾卧。暖酥消④，腻云亸⑤。终日厌厌倦梳裹⑥。无那⑦。恨薄情一去，音书无个⑧。　　早知恁么⑨。悔当初、不把雕鞍锁。向鸡窗⑩、只与蛮笺象管⑪，拘束教吟课⑫。镇相随⑬，莫抛躲。针线闲拈伴伊坐。和我。免使年少，光阴虚过。

[注释]

①惨绿愁红：意谓女子的容颜像经过摧打的绿叶、红花，带着凄惨愁闷之色。②芳心：女子思春之心。是事可可：干什么事都无情无绪，得过且过。③莺穿柳带：黄莺已经在柳条间随意穿飞。柳条下垂如带，故云。④暖酥：温暖的肌肤。酥，形容青年女子洁白细腻如酥油般润泽。消：消瘦。⑤腻云：形容女子头发乌黑油亮。亸（duǒ）：散乱蓬松而下垂的样子。周邦彦《浣溪沙慢》词："灯尽酒醒时，晓窗明，钗横鬓亸。"⑥梳裹：梳妆打扮。裹，指穿戴。⑦无那（nuó）：唐宋时期俗语，无奈，百无聊赖的样子。⑧音书无个：谓连一封书信也没有。个，宋元时期俗语，相当于今言"些个"、"一个"。⑨恁么：如此。《景德传灯录·道林禅师》："三岁孩儿也解恁么道？""恁"是宋元时期常用的俗词语，可组成"恁地"、"恁等"、"恁们"等多种形式，词义随前后语境而变化。⑩鸡窗：书房。传说晋代兖州刺史宋处宗养了一只会说话的雄鸡，处宗把鸡笼放在窗下，每天同它聊天。日子长了，处宗的语言能力竟然大有长进。⑪蛮笺：唐时高丽纸的别名，也用来称蜀地所产的名贵彩笺。陆龟蒙《酬袭美夏首病愈见招次韵》诗："雨多青合是垣衣，一幅蛮笺夜款

扉。"象管：象牙杆的毛笔。唐罗隐《清溪江令公宅》诗："蛮笺象管夜深时，曾赋陈宫第一诗。"⑫拘束：拘管约束。吟课：以吟咏诗词为功课。⑬镇相随：相当于今言"整日里相依相伴"。即形影不离之意。镇，宋元时期俗语。

[评析]

  这是一首闺怨词。一开篇，作者便用"惨绿愁红"四字，把女子的思春之情，透过花儿、叶儿含蓄而准确地表达出来。接下来写女子由于思恋情郎，连梳妆之事也无心去做，何况其他！一个人为情所困，变得茶饭无心，形容消瘦，是再正常不过的事，所以"暖酥消，腻云亸"的描写也就真实可信，顺理成章。词的上阕并无太胜人之笔，下阕则颇有同类词不及之处。"早知恁么。悔当初、不把雕鞍锁"，把一个痴情女子的憨态勾勒出来，她明知不可能阻碍情郎的功名前程，又忍受不了孤独寂寞，才想出了这样的下策。最有趣的是词的末尾，女子说："镇相随，莫抛躲"，我爱你，你想甩都甩不开我！为了与你同行同止，我宁可做那毫无意义的针线活儿，也要伴你坐在一处。一位多么坦诚而热烈的女子啊！此词所用俗语、口语不少，如"无那"、"镇相随"、"莫抛躲"、"伴伊坐"，都是当时的寻常言语。我们并没有因为它的俚俗而感到乏味，正相反，好像与读者更贴近了些。

诉衷情近（景阑昼永）

  景阑昼永①，渐入清和气序②。榆钱③飘满闲阶，莲叶嫩生翠沼。遥望水边幽径，山崦④孤村，是处园林好。 闲情悄，绮陌游人渐少。少年风韵，自觉随春老。追前好。帝城信阻⑤，天涯目断，暮云芳草。伫立空残照。

[注释]

①景阑：景色绚丽。阑，通"斓"，指色彩斑斓。《文选》陆机《答贾长渊》诗："蔚彼高藻，如玉之阑。"李善注引王逸曰："烂然成章，如玉石之有文彩也。"昼永：白日变长。按照节气说，一年中白日最短的一天是冬至。过了冬至，阳气回升，天气渐暖，白天也一天比一天长。②清和气序：清明和暖的节令。宋潘元质《丑奴儿慢》词："愁春未醒，还是清和天气。"气序，指依序而至的节气。③榆钱：榆荚。因其形似小铜钱，故称。唐施肩吾《戏咏榆荚》："风吹榆钱落如雨，绕林绕屋来不住。"④山崦（yān）：山曲。辛弃疾《满庭芳·和章泉赵昌父》词："西崦斜阳，东江流水。"⑤帝城信阻：谓京城相恋的女子一直没有消息。

[评析]

这是一首怀人词。作者在一个秋天离开京城，到南方去做官。此词写于"渐入清和气序"，这时，应该是赴官之后的次年春天。上阕写春景：榆钱落满台阶，新荷生出池沼，水边清幽的小路，山脚掩映的村落，一切都令人感到愉悦。下阕没有继续描写盎然春意给他带来的愉悦，反而用"绮陌游人渐少"把美景刹住了。这样的情绪急转弯似乎显得不合情理，再往下看，才恍然大悟，原来作者并非不知道春之绚烂，但他更知道再绚烂的春色也会消逝，这和人的生命历程是同样道理：少年时的风情韵致，似乎在随着春的消逝而同步消逝。已经步入老年的柳七郎，面对暮云芳草，只能用"追前好"来抚慰内心的孤寂，可惜已经很久，那个"前好"却连一封书信都未曾寄来。他所目断的天涯，除了"残照"之外，什么都没有了。词的前后两片，形成极大的反差，准确地反映出作者此时充满矛盾的心境：天经地义的"赏春"，最终却变成了无可奈何的"伤春"。

留客住（偶登眺）

偶登眺。凭小阑、艳阳时节，乍晴天气，是处闲花芳草。遥山万叠云散,涨海千里,潮平波浩渺。烟村院落,是谁家绿树,数声啼鸟。　　旋情悄①。远信沉沉,离魂杳杳。对景伤怀,度日无言谁表?惆怅旧欢何处,后约难凭,看看春又老。盈盈泪眼,望仙乡②,隐隐断霞残照。

[注释]

①旋情悄:谓赏春之心很快就冷淡下来。旋,宋元时期俗语,表示时间不长。②仙乡:本指仙人所居。后亦指所恋女子居住之处。前蜀韦庄《怨王孙》词:"不知今夜,何处深锁兰房,隔仙乡。"

[评析]

这是一首怀人词,上阕描写景物,下阕抒写怀人之思。全词内容和结构与其他同类词相比较,没有太多的突破,唯此词作于"艳阳时节",所以作者笔下的景物就与悲秋之作大不相同:"涨海千里,潮平波浩渺"这样的景致,大约只有在艳阳时节才最显突出。接下来虽然依旧是"烟村院落,是谁家绿树,数声啼鸟"的具体描绘,但由于前面出现了宏大的"涨海"气势,故而动与静的对比就显得格外鲜明,这也正是杭州特有的景色。一首好词,除了言情之外,无非"声"、"画"二字。上阕的"声",有大背景的怒涛,也有近景的"数声啼鸟"。下阕开始便用了"旋情悄"三字,所有的"声"很快消逝,变得十分静谧,静谧之中,才更能突出"离魂杳杳"的幽思。在"断霞残照"之中,再出现作者具体的身影:他再也无法克制极度的悲情,泪眼模糊地向北眺望。他深知恋人的仙乡是不可能见到的,之所以还要如此痴情,无非遥寄渴思而已。把"盈盈泪眼"置于"断霞残照"之下,达到了情景合一的完美境界。

迎春乐(近来憔悴人惊怪)

近来憔悴人惊怪。为别后、相思煞①。我前生、负你愁烦债②。便苦恁难开解。　　良夜永、牵情无计奈③。锦被里、余香犹在。怎得依前灯下,恣意怜娇态。

[注释]

①相思煞:相思得死去活来。煞,宋元时期俗语,表示最高级的程度副词。大致相当于今言"死"、"之极"等义。②负你愁烦债:欠你为情而忧愁烦恼的债。愁烦债,即相思债。③牵情:为情所困。无计奈:无计可施,没办法解脱。

[评析]

这是一首怀人词,写与所恋女子分别后难挨难耐的情思。写作方法上,依旧采用早已用惯的白描,不同的是,本词没有任何景物的衬托和渲染,直入主题写近些日子的状态:为伊想得人憔悴。静谧的夜里,作者无法忍受情思的煎熬,内心迸发出近乎绝望的呐喊:真不知上辈子欠了你多少的相思冤债!下阕在情绪上没有间隔,接着叙述漫漫长夜的百无聊赖,然后进入平复之后的憧憬:何时才能重温旧梦,将所欠的冤债一笔还清。全词情感激越,把羁旅他乡的游子深深的孤独感写得淋漓尽致。

凤归云（恋帝里）

恋帝里①,金谷园林②,平康巷陌③,触处繁华。连日疏狂④,未尝轻负,寸心双眼⑤。况佳人、尽天外行云⑥,掌上飞燕⑦。向玳筵⑧、一一皆妙选⑨。长是因酒沉迷,被花萦绊⑩。

更可惜、淑景⑪亭台,暑天枕簟⑫。霜月夜凉,雪霰朝飞⑬,一岁风光,尽堪随分⑭。俊游清宴⑮。算浮生⑯事,瞬息光阴,锱铢名宦⑰。正欢笑,试恁暂时分散。却是恨雨愁云⑱,地遥天远。

[注释]

①帝里：皇都帝城。唐李百药《赋得魏都》诗："帝里三方盛，王庭万国来。"②金谷园林：晋代石崇建在洛阳的园林，名金谷园。石崇《金谷诗序》："有别庐在河南县界金谷涧中，去城十里。或高或下，有清泉茂林、众果竹柏、药草之属，金田十顷、羊二百口、鸡猪鹅鸭之类，莫不毕备。又有水碓、鱼池、土窟，其为娱目欢心之物备矣。"③平康巷陌：平康里，又叫平康坊，唐代长安城中妓女丛聚之处。④疏狂：豪放不受拘束。白居易《代书诗寄微之》："疏狂属年少，闲散为官卑。"⑤未尝轻负，寸心双眼：谓在京城的日子里，纵情酒色，没有辜负女子们的温柔。寸心，指女子芳心。双眼，指女子娇媚的双眼。此句亦可理解为"没有轻易辜负自己的内心和双眼，该享受的、该欣赏的都享受欣赏过了"。⑥天外行云：暗用"巫山云雨"之典。参《雪梅香·景萧索》注⑥。⑦掌上飞燕：旧称汉成帝皇后赵飞燕身轻如燕，能掌中舞。后泛指体态轻盈的舞女。唐武平一《妾薄命》诗："子夫前入侍，飞燕复当时。正悦掌中舞，宁哀团扇诗。"⑧玳筵：玳瑁筵。喻丰盛的宴席。朱熹《鹧鸪天·江槛》词："酒阑江月移雕槛，歌罢江风拂玳筵。"⑨一一皆妙选：谓所亲近的女子，每一位都是精挑细选的绝色佳人。⑩被花萦绊：被美女牵绊。指流连于花街柳巷之中。⑪淑景：美景。五代后蜀欧阳炯《凤楼春》词："因想玉郎何处去，对淑景谁同？"⑫暑天枕簟（diàn）：夏天的枕席。簟，竹或苇编织的凉席。⑬霜月夜凉，雪霰（xiàn）朝飞：此二句连同上二句，概括一年四季的景致：春季的淑景，夏季的枕簟，秋季的凉夜，冬季的雪霰。霰，白色不透明的球形或圆锥形小冰粒。⑭随分：宋元时期俗语，相当于今言"随意"、"随便"。⑮俊游：快意地游赏。秦观《望海潮》词："金谷俊游，铜驼巷陌。"⑯浮生：谓人生在世，虚浮不定。《庄子·刻意》："其生若浮，其死若休。"鲍照《答客难》诗："浮生急驰电，物道险弦丝。"⑰锱铢名宦：即"名宦不过锱铢"之意，谓人生飞快，即使成为达官名宦，也没什么价值。锱、铢，都是古代极小的重量单位。多喻轻微没有价值之物。⑱恨雨愁云：谓不得纵情于云雨之欢。参《雪梅香·景萧索》注⑥。

[评析]

这是一首感慨人生短暂，主张及时享乐的词。作者是位活得十分现实的读书人，他贪恋帝京的繁华富贵，喜欢豪华的园林和如云的美女，且不失时机地尽享人生之乐。上阕用了大量文字描写在京时的"疏狂"与无羁，美酒佳人，尽收怀抱，实在是个"懂得生活"的人。作者对此，表现出的是十二分的得意与满足。写到这里，似乎还不尽兴，下阕接着絮聒：一年四季，各有情怀，放过一天，都是极大的遗憾，并以个人的"生活体验"告诉人们：人生如白驹过隙，什么达官，什么显贵，到头来其实一文不值，唯一能够满足自身的只有两样：一是佳人，二是美酒。正当读者感到他说得畅快时，他突然笔锋陡转：在这纸醉金迷的当口儿，还得为一介微官不得不与佳人分别。想到从此断了行雨，没了行云，要到天遥地远的外地去，难免心里百味俱全。这个滑稽的结句，表现出作者前面的长篇大论其实不可全信：你连"名宦"都觉得仅值锱铢，朝廷给你个芝麻大的官，怎么就能忍心离开京城的享乐呢？说到底，在作者心里，为官的欲望并不比渔色的欲望低，只不过他的仕途实在是不济，只能自我解嘲而已。

抛球乐（晓来天气浓淡）

晓来天气浓淡，微雨轻洒。近清明，风絮巷陌，烟草池塘，尽堪图画。艳杏暖、妆脸匀开①，弱柳困、宫腰低亚②。是处丽质盈盈，巧笑嬉嬉，手簇秋千架。戏采球罗绶③，金鸡芥羽④，少年驰骋，芳郊绿野。占断五陵游⑤，奏脆管、繁弦声和雅⑥。

向名园深处，争梐画轮⑦，竞羁⑧宝马。取次⑨罗列杯盘，就芳树、绿阴红影下。舞婆娑，歌宛转，仿佛莺娇燕姹。寸珠片玉⑩，争似此、浓欢无价。任他美酒，十千一斗⑪，饮竭仍解金貂贳⑫。恣幕天席地⑬，陶陶尽醉太平，且乐唐虞景化⑭。须信艳阳天,看未足、已觉莺花谢⑮。对绿蚁翠蛾⑯,怎忍轻舍。

[注释]

①艳杏暖、妆脸匀开:谓艳阳高照的春季,杏花绽放,宛如女儿的面庞装扮艳丽。匀,匀脸,指均匀地涂抹搽拭。苏轼《席上代人赠别》诗之一:"泪眼无穷似梅雨,一番匀了一番多。"②弱柳困、宫腰低亚:娇弱的垂柳像是困倦般垂下柳枝,细细的枝条宛如女子的纤腰。低亚,低垂。宋孙浩然《离亭燕》词:"天际客帆高挂,烟外酒旗低亚。"③采球:古代春季的一种球类游戏。李白《宫中行乐词八首》之八:"素女鸣珠佩,天人弄彩球。"罗绶:绮罗制成的绶带。此或为系在彩球上的缨穗或飘带。④金鸡芥羽:《史记·鲁周公世家》:"季氏与郈氏斗鸡,季氏芥鸡羽,郈氏金距。"裴骃集解:"服虔曰:'捣芥子播其鸡羽,可以坌郈氏鸡目。'杜预曰:'或云以胶沙播之为介鸡。'"芥,《左传》作"介",即给鸡穿上铠甲。后世遂以"芥羽"为斗鸡的代称。⑤五陵游:五陵少年的恣游。五陵,指长陵、安陵、阳陵、茂陵、平陵,均在今陕西咸阳附近渭水北岸,为西汉五个皇帝陵墓所在地。汉元帝以前,每立陵墓,辄迁四方富豪及外戚于此居住,令供奉园陵,故汉代五陵少年皆豪贵子弟。唐罗隐《所思》诗:"斗鸡走狗五陵道,惆怅输他轻薄儿。"⑥奏脆管、繁弦声和雅:谓演奏笛曲,其曲声调和谐雅致。脆管,笛的别称。白居易《霓裳羽衣歌和微之》诗:"清弦脆管纤纤手,教得《霓裳》一曲成。"繁弦,节奏轻快的弦乐。王维《鱼山神女祠歌·送神曲》:"悲急管兮思繁弦,神之驾兮俨欲旋。"⑦柅(nǐ):止车用的长方形木块。画轮:彩饰的车轮。亦指装饰华丽的车子。《隋书·音乐志下》:"瑜玉发响,画轮停辀。"⑧羁:羁系,拴缚。⑨取次:随意。元稹《使东川·清明日》诗:"常年寒食好风轻,触处相随取次行。"⑩寸珠:径寸之珠。片玉:《晋书·郤诜传》:"诜对曰:'臣举贤良对策,为天下第一,犹桂林之一枝,昆山之片玉。'"寸珠、片玉,皆珍贵之物。⑪任他美酒,十千一斗:李白《将进酒》:"陈王昔时宴平乐,斗酒十千恣欢谑。"又王维《少年行》诗:"新丰美酒斗十千,咸阳游侠多少年。相逢意气为君饮,系马高楼垂柳边。"⑫金貂贳(shì):即金貂换酒。温庭筠《寄卢生》诗:"他年犹拟金貂换,寄语黄公旧酒垆。"贳,典押交换。《西京杂记》卷二:"(司马相如)以所着鹔鹴裘,就市人阳昌贳酒。"⑬幕天

席地：以天为幕，以地为席。言行为放旷不羁。晋刘伶《酒德颂》："行无辙迹，居无室庐，幕天席地，纵意所如。"⑭唐虞：唐尧虞舜。代指圣王。景化：盛世气象。沈约《王亮王莹加授诏》："并宜光赞缉熙，穆兹景化。"⑮莺花谢：指天色将晚。莺花，莺啼花开。泛指春景。杜甫《陪李梓州等四使君登惠义寺》诗："莺花随世界，楼阁倚山巅。"⑯绿蚁：美酒名。白居易《问刘十九》诗："绿蚁新醅酒，红泥小火炉。"翠娥：翠黛美女。韦庄《河传》词："翠娥争劝临邛酒，纤纤手，拂面垂丝柳。"

[评析]

这是一首游春词。由于作者需要渲染的景物人事甚多，故而选取了一个长调，以便他尽情挥洒。上阕适时点明是在清明时节，街巷里滚满了柳絮，池塘上笼罩着烟霭，杏花盛开，垂柳袅娜，芳郊绿野，如诗如画。景色之静物铺陈过后，出场的则是灵动的人：处处是盈盈佳丽，笑声如铃，秋千架上、绿茵场中，或在荡着秋千，或在丢着彩球。男儿则香车宝马，美酒佳人，斗鸡走狗，急管繁弦，所有人都沉浸在融融春意中不忍轻弃。全词用语凝练典丽，具有很高的概括性，使人读罢，合眼便可见京城内外熙熙和乐的尧天舜地。柳永写景状物最难得的一点，是渲染雍容富贵时能见其典雅，勾勒自然美景时又不失斑斓多姿。本词就是一篇很好的范文。

集贤宾（小楼深巷狂游遍）

小楼深巷①狂游遍，罗绮成丛②。就中堪人属意，最是虫虫③。有画难描雅态，无花可比芳容。几回饮散良宵永，鸳衾暖、凤枕香浓。算得人间天上，惟有两心同。　　近来云雨忽西东④。悄恼损情悰⑤。纵然偷期暗会，长是匆匆。争似和鸣偕老⑥，免教敛翠啼红⑦。眼前时、暂疏欢宴，盟言在、更莫忡忡⑧。待作真个宅院⑨,方信有初终⑩。

[注释]

①小楼深巷:指妓院聚集之地。北宋汴京的妓院大都集中在潘楼土市子街一带。《东京梦华录》卷一:"土市北去,乃马行街也,人烟浩闹。先至十字街,曰鹅儿市,向东曰东鸡儿巷,向西曰西鸡儿巷,皆妓馆所居。"其"鹅儿市",东、西鸡儿巷等处,都是当时的"红灯区"。②罗绮成丛:谓妓女成群。罗绮,妓女所穿的锦绣衣裙。③就中堪人属意,最是虫虫:谓交往过的妓女当中,最堪爱怜的,当属虫虫。虫虫,前面《征部乐·雅欢幽会》中已经明确提到。此女也是作者离开汴京后最思念的女子。作者很多表达相思的词作,可能都是对此女而发的。④近来云雨忽西东:谓近来与虫虫的交往有所中断。此时作者并没有离开汴京,仅仅是由于参加科举考试或其他原因,不得不暂时分开。⑤诮恼:忧愁烦恼。情悰(cóng):情怀,情绪。前蜀李珣《临江仙》词:"引愁春梦,谁解此情悰。"⑥争似:怎比得。和鸣:《左传·庄公二十二年》:"初,懿氏卜妻敬仲。其妻占之,曰:'吉。是谓凤皇于飞,和鸣锵锵。'"杨伯峻注解说:"此二语盖言其夫妻必能和好。"后遂以"和鸣"喻夫妻和睦。偕老:白头到老。《诗经·邶风·击鼓》:"执子之手,与子偕老。"⑦敛翠啼红:指女子的啼哭。翠,谓翠眉。红,谓腮上的红粉。⑧忡忡:"忧心忡忡"的省略说法。《诗经·小雅·出车》:"未见君子,忧心忡忡。"⑨待作真个宅院:意谓等到二人真的有了属于自己的宅院。指成其夫妇。⑩方信有初终:才能真的相信二人有始有终。

[评析]

这首词写与所恋妓女虫虫的情感波折,同时表达了对虫虫一生无悔的爱怜之情。这类词在宋词中是不多见的。词的开篇并没有言情的味道,首先出现在读者面前的,是个浪子形象。接下来便有了"情"的成分:在经历过很多烟花女子之后,真正让他动了真情的,只有虫虫一人。雅态芳容自不必说,作者最看重的,还是这个女子对他表露出来的由衷爱恋。如果仅仅是一夜欢娱,逢场作戏,双方都不会有什么情分在其中。在原本属于逢场作戏的氛围中能让作者感到"两心同",是相当难得的。也正因为这点"同心",作者产生了一个大胆的想法:如此交往,毕竟浅如露水,哪比得和鸣偕老、比翼双飞更能享受人间真爱。他劝慰虫虫:这段时间虽然没能前去陪伴你,但二人的誓言是不会改变的,待到我高中黄榜,修个宅院,把你从青楼里接出来,你才会相信我的一片真情。在古代,才子将佳人从青楼接出结为夫妇的事不能说没有,然而真正达到这种境界的,毕竟是凤毛麟角,且有的男子出于一时冲动花钱赎人,其后也未必能白头偕老,这是由于社会歧视造成的必然悲剧。事实上,作者真中了进士之后,并没有践行誓约,最终还是"执手相看泪眼"和她分别。在柳永一生中,虫虫的确算得上是个很重要的角色,然而到作者老年,莫说赎出虫虫,连他本人都没了生计,也真算是悲剧人生了。

殢人娇（当日相逢）

当日相逢,便有怜才深意。歌筵罢、偶同鸳被。别来光景,看看经岁。昨夜里、方把旧欢重继。　　晓月将沉,征骖已鞴①。愁肠乱、又还分袂②。良辰好景,恨浮名牵系③。无分得④、与你恣情浓睡。

[注释]

①征骖(cān):出行的坐骑。骖,本指同驾一车的外侧马。古代一车由三匹或四匹马驾驶,内二匹称"服马",外一匹或二匹称"骖马"。亦泛指马。鞴(bèi):把鞍辔等套在马上。五代前蜀薛昭蕴《离别难》词:"宝马晓鞴雕鞍,罗帏乍别情难。"②分袂(mèi):分手,分别。唐李山甫《别杨秀才》诗:"如何又分袂,难话别离情。"袂,衣外袖。③恨:深深遗憾。浮名:虚名。南朝宋谢灵运《初去郡》诗:"伊余秉微尚,拙讷谢浮名。"牵系:羁绊

牵制。④无分（fèn）得：没有缘分能够。

[评析]

这是一首离别词，不过不是纯写离别，离别前还有不少的故事，这种写法也是柳永最擅长的：他能在有限的字数内讲说很多相关的故事。比如此词，主题离别在下阕才出现，上阕讲的是一年前的旧事，回想那时与女子初见，便感觉到她对自己的一片痴情，萍水相逢，只一夜风流，便匆匆分手了。一别经年，直到昨夜，才得鸾胶续上断弦。可恼的是，此次的相欢又在重复一年前的故事，又是一夜风流，便须再次告别，这是不是很有戏剧性呢？作者回答说：人生本来就是一出戏，他渴望"颜如玉"，但又不可能把为官大事搁置不顾——尽管只是芝麻大的小官，毕竟也是人生戏剧中不可或缺的一项内容。

应天长（残蝉渐绝）

残蝉渐绝。傍碧砌修梧①，败叶微脱。风露凄清，正是登高时节②。东篱③霜乍结。绽金蕊、嫩香堪折。聚宴处，落帽风流④，未饶前哲⑤。　　把酒与君说。恁好景佳辰，怎忍虚设。休效牛山⑥，空对江天凝咽。尘劳无暂歇⑦。遇良会、剩偷欢悦⑧。歌声阕⑨，杯兴方浓，莫便中辍⑩。

[注释]

①碧砌：碧玉般的台阶。修梧：高大的梧桐树。②登高时节：即重阳节。古代重阳时，百姓有登高饮菊花酒的习俗。《岳阳风土记》："九月九日宴会，未知起于何代，然自汉至宋未改。今北人亦重此节。佩茱萸食饵饮菊花酒，云令人长寿。近代皆宴设于台榭。又《续齐谐记》云：'汝南桓景随费长房游学，长房谓之曰：九月九日，汝家中当有灾厄。急令家人缝囊，盛茱萸系臂

上,登山饮菊花酒,此祸可消。景如言,举家登山。夕还,见鸡犬牛羊,一时暴死。长房闻之,曰:此可代也。今世人九日登高饮酒,妇人带茱萸囊,盖始于此。'"③东篱:此暗用陶渊明诗意。陶渊明《饮酒》诗之五:"采菊东篱下,悠然见南山。"下句"绽金蕊、嫩香堪折",亦言菊花。④落帽风流:《晋书·孟嘉传》载,孟嘉"为征西桓温参军,温甚重之。九月九日,温燕龙山,僚佐毕集。时佐吏并著戎服,有风至,吹嘉帽坠落,嘉不之觉。温使左右勿言,欲观其举止。嘉良久如厕,温令取还之。命孙盛作文嘲嘉,著嘉坐处。嘉还见,即答之,其文甚美,四坐嗟叹"。⑤未饶前哲:不输给前代贤哲。⑥牛山:《晏子春秋·景公登牛山悲去国而死晏子谏第十七》:"景公游于牛山,北临其国城而流涕曰:'若何滂滂去此而死乎!'艾孔、梁丘据皆从而泣,晏子独笑于旁。公刷涕而顾晏子曰:'寡人今日游悲,孔与据皆从寡人而涕泣,子之独笑,何也?'"牛山在今山东淄博南。⑦尘劳无暂歇:谓碌碌于尘世,没有歇息的机会。⑧遇良会、剩偷欢悦:意谓逢此嘉会,应该忙里偷闲尽情欢悦。⑨歌声阕:歌声停止。张衡《东京赋》:"《王夏》阕,《骓虞》奏。"⑩中辍:中断。《文选》潘岳《笙赋》:"舞既蹈而中辍,节将抚而弗及。"李善注解说:"言以笙声为主,故舞者足蹈中止而待之。"

[评析]

　　这首词描写的是一场宴会的场面,时间在重阳节。作者是位很善于写音与画的高手,此词最先进入读者视野的,是若断若续的秋蝉啼鸣,让人骤然进入了秋季的萧瑟。但这并非作者的本意,他虚掷一词后,马上把笔墨调整到重阳佳节,读者的感受也会跟着他的引领,回到秋高气爽、万民同乐的喜气之中,表现了作者极具运转调节气氛的能力。上阕末尾用了孟嘉风吹落帽的熟典,把宴会的热烈烘托出来。下阕大谈良辰美景不可虚设的道理,暗中表达出一种达观的人生态度,大有唐人罗隐"今朝有酒今朝醉,明日愁来明日愁"的潇洒,亦有李白"将进酒,杯莫停。与君歌一曲,请君为我倾耳听。钟鼓馔玉不足贵,但愿长醉不复醒。古来圣贤皆寂寞,惟有饮者留其名"的豪爽。这样的词在柳永的作品中数量不多,不知这场宴会究竟是谁做的东,怎么没为他准备怡情养眼的尤物呢?

合欢带(身材儿、早是妖娆)

身材儿、早是妖娆①。算风措②、实难描。一个肌肤浑似玉,更都来、占了千娇。妍歌艳舞,莺惭巧舌,柳妒纤腰。自相逢,便觉韩娥③价减,飞燕④声消。　桃花零落,溪水潺湲⑤,重寻仙径非遥。莫道千金酬一笑⑥,便明珠、万斛须邀。檀郎⑦幸有,凌云词赋⑧,掷果风标⑨。况当年,便好相携,凤楼深处吹箫⑩。

[注释]

①妖娆:女子妩媚多姿之貌。唐何希尧《海棠》诗:"著雨胭脂点点消,半开时节最妖娆。"②风措:风流。形容风韵动人。周邦彦《木兰花令》词:"歌时宛转饶风措,莺语清圆啼玉树。"③韩娥:古代歌女名。《列子·汤问》:"昔韩娥东之齐,匮粮,过雍门,鬻歌假食。既去,而余音绕梁欐,三日不绝,左右以其弗去。过逆旅,逆旅人辱之。韩娥因曼声哀哭,一里老幼,悲愁垂涕相对,三日不食。遽百追之。娥还复为曼声长歌,一里老幼,善跃抃舞,弗能自禁,忘向之悲也。乃厚赂发之。故雍门之人至今善歌哭,放(仿)娥之遗声。"④飞燕:汉成帝皇后赵飞燕。参《斗百花·飒飒霜飘鸳瓦》注⑧。以上二句,韩娥喻女子歌喉,飞燕喻女子舞姿。⑤潺湲(yuán):水流之貌。《楚辞·九歌·湘夫人》:"慌忽兮远望,观流水兮潺湲。"⑥千金酬一笑:用千金之高价买美人之一笑。《艺文类聚》卷五七引汉崔骃《七依》:"回顾百万,一笑千金。"⑦檀郎:晋潘岳貌美,小字檀奴,人呼为檀郎。李煜《一斛珠》词:"绣床斜凭娇无那,烂嚼红茸,笑向檀郎唾。"⑧凌云词赋:气象宏大的辞赋。此言潘岳善于作赋,并以潘岳自比。《晋书·潘岳传》:"泰始中,武帝躬耕藉田,岳作赋以美其事。"⑨掷果:用晋代潘岳的典故,极言男子之美。参《迎新春·嶰管变青律》注⑨。风标:风致标格。唐杨炯《和刘长史答十九兄》诗:"风标自落落,文质且彬彬。"⑩凤楼深处吹箫:此用秦穆公

女弄玉与萧史吹箫作凤鸣的典故。参《笛家弄·花发西园》注⑨。此典后来多用表示男女床帏欢昵之事。

[评析]

此词赞美一位青楼女子的美艳动人。从整首词意揣摩,作者曾与这位女子有过交往,这次是旧梦重温,依旧神魂颠倒。上阕先写女子身材风韵,随后写她能歌善舞,不亚于韩娥、飞燕,可谓极尽笔墨之夸饰,能体会到作者对此女已非一般性的喜爱,甚乃惊为天人。下阕化用陶渊明《桃花源记》的意境,比况自己有幸重寻仙境,逢此丽人。称不论是千金重价还是万斛明珠,也在所不惜。全词热情洋溢,直抒胸臆,不管别人如何品评,只管一吐为快,符合柳永自说自唱一贯坦率的性格。

少年游(长安古道马迟迟)

长安①古道马迟迟。高柳乱蝉栖。夕阳岛②外,秋风原上,目断四天垂③。　归云④一去无踪迹,何处是前期⑤?狎兴⑥生疏,酒徒萧索,不似去年时。

[注释]

①长安:汉、唐时的都城,此处代指北宋京师开封。②岛:此处指夕阳照射下的山。岛本是江海中的小块陆地,此言夕阳岛外,是把射在地面的阳光看做大海,阳光照射下的山峰就如同大海中的岛屿。③四天垂:指四方的天与大地相接,如同大幕四角下垂之貌。④归云:行云。参《卜算子·江枫渐老》注⑥。⑤前期:对未来的预期或打算。南朝梁沈约《别范安成》诗:"生平少年日,分手易前期。"⑥狎(xiá)兴:冶游的情致。狎,游嬉。

[评析]

这首词写游子羁旅的孤独与惆怅。作者在骑马前往京城的路上,想到去年在一起狎游的友人已不在京师,不免触景生情,感慨人生聚散难期。上阕描写行程中的景色,一句"目断四天垂",把当时作者孤单和绝望的心情烘托出来。大自然自有其自身的规律,然而同样的景色在不同的人眼中,却有着截然不同的寓意。唐人李商隐登乐游原时,看到将要落山的太阳,认为"夕阳无限好",说明他对未来的生活充满热望。同样是夕阳西下,柳永感到的是天幕将垂,在天幕笼罩下的自己也将随之心死,两者之间有着多大的反差!一个浪迹天涯的倦怠游子,失去了爱情和友情,自然心如死灰。所以作者慨叹"狎兴生疏,酒徒萧索"。生活的乐趣丧失殆尽,也就只能在灰暗的天幕下度过余生了。

少年游（参差烟树灞陵桥）

参差烟树灞陵桥①,风物尽前朝。衰杨古柳,几经攀折,憔悴楚宫腰②。　　夕阳闲淡秋光老,离思满蘅皋③。一曲《阳关》④,断肠声尽,独自凭兰桡⑤。

[注释]

①灞陵桥:汉代长安灞水上的桥名,为当时人们离别送行之处。《三辅黄图》卷六:"灞桥在长安东,跨水作桥。汉人送客至此桥,折柳赠别。"②楚宫腰:喻送行的女子。《韩非子·二柄》:"楚灵王好细腰,而国中多饿人。"③蘅皋:长有香草的沼泽。《文选》曹植《洛神赋》:"尔乃税驾乎蘅皋,秣驷乎芝田。"刘良注解说:"蘅皋,香草之泽也。"④《阳关》:古乐府《阳关三叠》的省称。李商隐《饮席戏赠同舍》诗:"唱尽《阳关》无限叠,半杯松叶冻颇黎。"⑤兰桡:兰舟。柳词中数次使用"兰舟"、"兰桨"、"兰楫",均指身船而言。

[评析]

这是一首离别词,也是作者离开汴京时所作。上阕全用汉人灞桥折柳送别的典故，虽然没有太多新意，然其写法稍显独特：一般诗词只是点到为止，此词却对这个典故大加铺陈，几乎敷衍成为一则短文，无形中增加了词的厚重感。下阕以唯美的笔调写到夕阳的"闲淡"，用词十分考究。其后又言"离思"洒满"蘅皋"，也像一幅颇有内蕴的图画，即通常我们所说的"诗情画意"。接着出现声音：渭城朝雨浥轻尘，客舍青青柳色新。劝君更尽一杯酒，西出阳关无故人！这样一首令人肠断的曲子，摇漾在秋光蘅皋之间，作者则在画中渐渐远去，这样的意境，能让读者的心神随之飞荡。

少年游（层波潋滟远山横）

层波潋滟远山横①。一笑一倾城②。酒容红嫩，歌喉清丽，百媚坐中生③。　墙头马上初相见④，不准拟⑤、恁多情。昨夜杯阑⑥，洞房深处，特地快逢迎⑦。

[注释]

①层波潋滟：形容女子眼睛水灵，宛如一层层水波潋滟。远山横：比喻女子秀美的双眉如远山横在双目之上。《西京杂记》卷二："（卓）文君姣好，眉色如望远山。"②一笑一倾城：参《柳腰轻·英英妙舞腰肢软》注⑬。③百媚坐中生：白居易《长恨歌》："回眸一笑百媚生，六宫粉黛无颜色。"④墙头马上初相见：谓偶然相遇。白居易《井底引银瓶》诗："妾弄青梅凭短墙，君骑白马傍垂杨。墙头马上遥相顾，一见知君即断肠。"⑤不准拟：犹今言"不料"、"没想到"等义。准拟，料想。⑥杯阑：谓饮酒已多。⑦特地：格外。唐罗隐《汴河》诗："当时天子是闲游，今日行人特地愁。"快逢迎：欣快地迎接。

[评析]

这是一首狎妓词，但以写情为主，没有具体描写男女欢合之事。上阕及下阕末句均写当下情景,唯独下阕前两句,插入了一段美好的回忆,这段回忆放在互相连贯的叙事之间,不但没有让读者感觉突兀,反而起到了小起波澜的作用,作者后来自述的"且惊且喜"之态,使全词增加了不少情趣,又很符合人之常情。

少年游(世间尤物意中人)

世间尤物①意中人。轻细好腰身。香帏睡起,发妆酒酽②,红脸杏花春。　娇多爱把齐纨扇③,和笑掩朱唇。心性温柔,品流闲雅④,不称在风尘⑤。

[注释]

①尤物:绝色美女。《左传·昭公二十八年》:"夫有尤物,足以移人。"杨伯峻注解说:"尤物,指特美之女。"②发妆酒酽(yàn):谓头发还保持着原来的妆梳,脸上却能看出昨夜饮酒多了。所以下句说女子是"红脸"。酽,指茶、酒等饮料味道浓厚。③齐纨扇:齐地所产绢制成的香扇。又作"齐纨素"。汉班婕妤《怨歌行》:"新裂齐纨素,皎洁如霜雪;裁为合欢扇,团团似明月。"④品流:品味流别。意谓态度不俗。闲雅:即"娴雅",端丽优雅。陆游《有怀独孤景略》诗:"喑呜意气千人废,娴雅风流一座倾。"⑤不称(chèn)在风尘:意谓如此娴雅的女子,不该落在风尘之中。称,相当。

[评析]

这是一首狎妓词,主要笔墨都在于刻画妓女的容颜仪态,大有怜香惜玉的意思。上阕开篇用"尤物",先把女子的绝美做了定格,其后写女子睡醒之态。这大概是受了白居易《长恨歌》的启发吧。白居易曾把杨妃的美定格在"云鬓半偏新睡觉,花冠不整下堂来",即所谓"莺慵燕懒"的状态,是最惹人怜爱的。此女因昨夜酒意未退,醒来时尚带潮红的面庞,美如杏花。下阕写女子的仪态,她喜欢把弄团扇，笑时以扇遮面，令作者感觉此女举止娴雅，不同凡俗。他甚至感慨：如此完美的女子，真不该沦落在风尘之中。作品虽写狎妓，却能让读者得到一种纯美的感受。

少年游（铃斋无讼宴游频）

铃斋无讼宴游频①。罗绮簇簪绅②。施朱傅粉③，丰肌清骨，容态尽天真。　舞裀歌扇花光里④，翻回雪⑤，驻行云⑥。绮席阑珊⑦，凤灯⑧明灭，谁是意中人。

[注释]

①铃斋无讼宴游频：谓太守治郡有方，州无留讼，故而得以频频宴游。铃斋，古代州郡长官办事之处。唐韩翃《赠郓州马使君》诗："他日铃斋内，知君亦赋诗。"②罗绮簇簪绅：谓众多的美女簇拥着太守。簪绅，发簪与绅带。唐颜师古《奉和正日临朝》诗："肃肃皆鹓鹭，济济盛簪绅。"③施朱傅粉：指女子化妆。施朱，谓涂抹朱唇。傅粉，指面部搽粉。④舞裀（yīn）：为舞者铺设的茵席，大致相当于今之地毯。《乐章集校注》释为"舞衣"，甚误。花光里：鲜花攒簇的烛光里。此处以鲜花喻歌舞之妓。⑤翻回雪：雪花回旋飞舞。喻女子舞姿轻盈优美。《艺文类聚》卷四十三引张衡《舞赋》："裾似飞燕，袖如回雪。"白居易《杨柳枝二十韵》："身轻委回雪，罗薄透凝脂。"⑥驻行云："响遏行云"的省称。参《昼夜乐·秀香家住桃花径》注③。⑦绮席：盛美的酒席。阑珊：将尽。⑧凤灯：凤脑灯的简称。相传为周穆王所用的灯。王嘉《拾遗记·周穆王》："王设长生之灯以自照，一名恒辉。又列燔膏之烛，遍于宫内。又有凤脑之灯。"

[评析]

这首词是写给作者所在州太守的，堪称是首"帮闲"词。这位太守究竟是谁，很难考证，我们也只着眼于词的描写。全词仅有五十一个字，却被写得热火朝天，这真是作者的大本事。上阕先不忘歌颂太守的贤能。"铃斋无讼",说明州里没人前来告状打官司。长此以往,便可做到"狱空"(州牢里没有在押犯人)。而"狱空"是宋朝统治者提倡的理民最高境界,故而把太守的频频宴游归结为州无狱讼,实在是说到了痒处。随后是热热闹闹的歌舞场面,作者特地强调出时间的状态:绮席阑珊,凤灯明灭——可谓夜夜笙歌了。这样的描写似乎尚显平淡,故而在最后添加了"谁是意中人"一句,可以看做是调侃,也可以看做是"帮闲",总之使已经写腻了的歌舞场面平添了一些人情味。

少年游(帘垂深院冷萧萧)

帘垂深院冷萧萧①,花外漏声遥。青灯未灭,红窗闲卧,魂梦去迢迢。　薄情漫有归消息,鸳鸯被、半香消。试问伊家,阿谁心绪②,禁得恁无憀③。

[注释]

①萧萧:凄清寒冷。韩愈《谢自然》诗:"白日变幽晦,萧萧风景寒。"②阿谁心绪:谁那样的心情。阿谁,即谁。此处是疑问语态,指"哪个"、"谁人"。③禁(jīn)得:受得了。无憀(liáo):空闲而郁闷。范成大《枕上二绝效杨廷秀》之一:"藤枕频移触画屏,无憀滋味厌残更。"

[评析]

这是一首短小精悍的小词,写秋天里独自客居南国,想象北方恋人百无聊赖、思念远方情郎的情状。作者没有直书自己的孤寂无聊,而是设想汴京城里,那个曾经与自己山盟海誓过的女子,无情无绪地待在清冷的院落,听着远处令人心烦的更漏,青灯懒得去吹灭,懒散地靠在红窗之前。此刻如果她真的能入睡,也一定跟着梦境,奔向千里迢迢的南国来寻找她的情郎。下阕写女子的神思又清醒了，或是睡醒，或是根本就没有入睡。她开始哀哀地埋怨离她而去的情人：这折磨人的冤家呀，何时才能有北归的消息！你我曾经同床共枕的鸳鸯锦被，如今已经香消大半了！末三句是代女子向自己发问：你这个薄情郎，如今又作何等心绪？你难道能禁受得住这漫漫无期的无聊吗？在古代诗歌中，作者代心爱女子口吻写成的作品也不算少，本词巧在全篇借用女子口吻宣泄和嗔问，这就容易给读者一种互动的感觉，仿佛是在听两地相思的一对男女尽情诉说不得相见之苦，比单纯的叙述更显生动。

少年游（佳人巧笑值千金）

佳人巧笑值千金①。当日偶情深。几回饮散，灯残香暖，好事尽鸳衾。　　如今万水千山阻，魂杳杳②、信沉沉。孤棹烟波③，小楼风月④，两处一般心⑤。

[注释]

①巧笑：女子甜美的笑。《诗经·卫风·硕人》："巧笑倩兮，美目盼兮。"值千金：谓美人一笑千金难买。温庭筠《懊恼曲》："玉白兰芳不相顾，青楼一笑轻千金。"②杳（yǎo）杳：悠远之貌。柳宗元《早梅》诗："欲为万里赠，杳杳山水隔。"③孤棹（zhào）烟波：谓独自行进在烟波浩渺之间。棹，船桨，代指舟船。④小楼风月：指相恋的女子与自己分别后，独倚画楼，披风望月。⑤两处一般心：人在两地，相思之心却完全相同。

[评析]

这是一首羁旅词，文字不多，写得却很凝重，其相思之情溢于字里行间，孤寂无聊之态亦跃然纸上。上下两阕在情景、意绪等方面对比强烈，这也是柳词一贯的风格。

长相思（京妓）

画鼓喧街，兰灯满市①，皎月初照严城②。清都绛阙③夜景，风传银箭④，露瀁金茎⑤。巷陌纵横。过平康款辔⑥，缓听歌声。凤烛荧荧⑦。那人家、未掩香屏⑧。　　向罗绮丛中⑨，认得依稀旧日⑩，雅态轻盈。娇波⑪艳冶，巧笑依然，有意相迎。墙头马上⑫，漫迟留⑬、难写深诚⑭。又岂知、名宦拘检⑮，年来减尽风情⑯。

[注释]

①兰灯：精美雅致的灯具。韦应物《郡斋卧病绝句》："香炉宿火灭，兰灯宵影微。"满市：布满街市。②严城：警戒森严的城。唐皇甫冉《与张谭宿刘八城东庄》诗："寒芜连古渡，云树近严城。"古代城市晚间都要将城门关闭，城内亦有士卒彻夜巡城，严查酒徒盗贼，叫做禁夜。③清都：传说天帝居住之地。《列子·周穆王》："清都、紫微、钧天、广乐，帝之所居。"此处代指都城汴京。绛阙：宫殿寺观前的朱色门阙。代指皇城宫阙。唐独孤及《送陈兼应辟》诗："相逢绛阙下，应道轩车迟。"④银箭：以银为饰的计时漏箭。代指滴漏，亦泛指时间。司马光《宫漏谣》："铜壶银箭夜何长，杳杳亭亭未遽央。"⑤露瀁（ài）金茎：谓夜露滴满承露之盘。瀁本指云气浓盛之貌，此处指露水很浓。金茎，承露盘的铜柱。《文选》班固《西都赋》："抗仙掌以承露，擢双立之金茎。"李善注解说："金茎，铜柱也。"杜甫《秋兴》诗之五："蓬莱高阙对南山，承露金茎霄汉间。"此处为作者借用之词，实则汴京并没有承露盘。⑥平康：唐代长安城中妓女丛聚的街巷，代指妓女所居之处。款辔：勒马缓行。⑦凤烛：彩凤形的灯烛。俞文豹《清夜录》："都门龙灯凤烛相照。"荧荧：谓灯烛尚明。⑧未掩香屏：谓尚未锁门。屏，本指屏风，此处代指庭院的门户。⑨罗绮丛中：众多妓女之中。⑩认得依稀旧日：谓认出了往昔曾经亲近过的一位女子。⑪娇波：女子娇媚的眼波。⑫墙头马上：指男女偶

然相逢。参《少年游·层波潋滟远山横》注④。⑬漫迟留：白白地逗留。⑭难写深诚：意谓女子虽然有意相招，当此之际，也很难写出有情的词曲与之相欢。⑮名宦拘检：谓受到虚名仕宦生涯的拘束。拘检，拘束。⑯年来：近年来。减尽风情：男女欢爱的情绪几乎荡然无存。

[评析]

　　这首词与作者其他恋妓词的风格大不相同，整体情绪显得十分沧桑。大约是久在外藩，才回京城，故而上阕入手便写京城的夜景，将帝京繁华祥和之象刻画得十分生动。由街景的广角逐渐拉近，一直拉近到平康小巷，于是出现了作者的身影：他骑着马在此处闲逛，偶然间见到了曾经欢爱过的一位女子，这女子同时也认出了他，并向他示好。若是在平常，作者定会以柴就火，移步入门。然而这次他却没有动任何心思，尽管女子风韵依然，娇波艳冶，还是没能搅动他那颗疲惫的心。他似乎在向女子表示歉疚：常年的仕宦生活，已经将他原有的激情消磨得无影无踪了。就算是逢场作戏，那戏也必定索然无味。整首词里体会不到任何激情：男女激情没有了，是因为常年仕宦吗？其实仕宦的激情也没有，读书人向往的仕宦生涯，在作者看来，仅仅是一种拘系罢了。说它沧桑，就在于此时的作者失去了一切激情，这是不是他对人生的大彻大悟呢？又很不像。因为柳永的生命本身就是一个令人费解的谜团。

尾　犯（晴烟幂幂）

　　晴烟幂幂①。渐东郊芳草，染成轻碧②。野塘风暖，游鱼动触，冰澌微坼③。几行断雁，旋次第④、归霜碛⑤。咏新诗，手捻江梅，故人赠我春色⑥。　　似此光阴催逼。念浮生、不满百⑦。虽照人轩冕⑧，润屋珠金⑨，于身何益？一种劳心力⑩。图利禄，殆非长策。除是恁、点检笙歌⑪，访寻罗绮消得⑫。

[注释]

①幂（mì）幂：浓密之貌。韩愈《叉鱼招张功曹》诗："盖江烟幂幂，拂棹影寥寥。"宋梅尧臣《次韵景彝三月十六日范景仁家同饮还省宿》诗："匆匆跨马人归省，幂幂生烟树敛花。"《乐章集校注》释为"覆盖、笼罩"，误。②轻碧：浅绿色。五代南唐张泌《浣溪沙》词："隔帘零落杏花阴，断香轻碧锁愁深。"③游鱼动触，冰澌（sī）微坼（chè）：此二句连读，意谓水中游鱼动辄触碰到了尚未完全消融的残冰，竟使本已脆弱的残冰微微开裂。澌，同"澌"，解冻时流动的小块浮冰。《楚辞·九歌·河伯》："与女游兮河之渚，流澌纷兮将来下。"王逸注解说："流澌，解冰也。"坼，裂开。《淮南子·本经训》："天旱地坼。"④旋次第：很快便随意地。旋，宋元时期俗语，相当于今言"随后"之义。⑤霜碛（qì）：尚有冰霜的沙石浅滩。碛，沙石浅滩或浅滩中的沙洲。《史记·司马相如列传》："下碛历之坻。"张守节正义云："碛历，浅水中沙石也。"⑥手捻江梅，故人赠我春色：按：此二句当连读，乃是使用同一个典故，如果分开，便成片段。二句意谓手中捻着朋友赠给自己的梅花。江梅，一种野生梅花。范成大《梅谱》："江梅，遗核野生、不经栽接者，又名直脚梅，或谓之野梅。凡山间水滨荒寒清绝之趣，皆以此本也。花稍小而疏瘦有韵，香最清，实小而硬。"此处则是指江南之梅。《太平御览》卷九七〇引盛弘之《荆州记》："陆凯与范晔友善，自江南寄梅花一枝诣长安与晔，并赠诗曰：'折梅逢驿使，寄与陇头人。江南无所有，聊赠一枝春。'"《乐章集校注》"江梅"误作"红梅"，则使词的韵致大减。⑦不满百：慨叹人生苦短。唐薛逢《老去也》诗："惆怅人生不满百，一事无成头雪白。"⑧照人轩冕：炫人眼目的轩车冠冕。轩、冕都是达官显贵所用，因代指高官。⑨润屋珠金：使屋室生辉的珠宝金玉。润屋，极言其多。⑩一种劳心力：同样地劳心费力。一种，同样地。⑪除是恁、点检笙歌：除非是随心所欲地享受笙歌丝竹。⑫访寻罗绮：寻花问柳。消得：消受享用。宋赵长卿《念奴娇·席上即事》词："高唐云雨，甚人有分消得？"此二句连读，大意谓除非是终日里观赏歌舞，倚翠偎红，才算得上是真正的享乐，没有白过一生。高官和财宝，于自身有什么益处？

[评析]

　　这是一首感慨人生的词，应该作于在京外做小官时：官场本不得意，连京城美妓的享乐也弄没了，故发此慨。柳永一生花在女人身上的心思的确很多，直到晚年，依旧乐此不疲，这是他性格决定了的，很难改变。况且谁也没有权力让人家改变，连宋仁宗都只能"尊重个人选择"，充其量请他"且去填词"罢了。仁宗管不了他游走章台，却能管得了他的官场生涯。这就注定了他一生不可能在仕途上飞黄腾达。遗憾的是，这一点他到死都没弄明白，总以为怀才不遇，无人懂得他的本事。词中的感慨，几乎全是气话。如果他真的认为"照人轩冕，润屋珠金，于身何益"，"一种劳心力"，又何必一次又一次地与所恋妓女依依惜别？他完全可以不去做那些芝麻小官嘛。实际上他一次都没有错过，只是年纪老大而沉于下僚，感到非常憋屈；有所投献，也已经错过了最佳年龄段——您都白胡子一大把了，哪个还肯举荐您呀？举荐了又能有什么结果呀！大概柳永的身体一直很强健，并没有意识到年龄的衰老，那也只是他自己的感觉，别人知道的，只是他的年龄和经历。可能还有人会发出疑问：既然此人喜欢"点检笙歌"、"访寻罗绮"，这愿望并不难实现，走到哪里都可以享乐呀。用我读柳词的感受解释这个问题，或许与柳永内心所想沾点边：我们都不要忘了，此人是在京都日下的红楼翠幕混过来的人，汴京妓女的层次和素质，肯定是外地无法相比的。柳永也是个很挑剔的人，并非所有妓女都能入他的眼。与其与低层妓女厮混，毋宁躲在一边求个清净。所以他在外地的很多言情恋妓词，都是写对京城女子的赞赏和依恋，很少赞许外地女子有什么才情，这大概就是他在外地为官时时郁闷的原因之一。

木兰花（心娘自小能歌舞）

　　心娘①自小能歌舞。举意动容皆济楚②。解教天上念奴③羞，不怕掌中飞燕④妒。　　玲珑绣扇花藏语⑤。宛转香茵云衬步⑥。王孙若拟赠千金,只在画楼东畔住⑦。

[注释]

①心娘:作者在京城所恋的妓女名。②举意动容:一举一动,一颦一笑。济楚:美好可爱。张元幹《青玉案》词:"心字龙涎饶济楚。"③解教:懂得如何让。念奴:唐天宝中长安名妓,以善歌著称。元稹《连昌宫词》:"力士传呼觅念奴,念奴潜伴诸郎宿。"自注云:"念奴,天宝中名倡,善歌。每岁楼下酺宴,累日之后,万众喧隘。严安之、韦黄裳辈辟易而不能禁。众乐为之罢奏。玄宗遣高力士大呼于楼上曰:'欲遣念奴唱歌,邠二十五郎吹小管逐,看人能听否?'未尝不悄然奉诏。其为当时所重也如此。然而玄宗不欲夺侠游之盛,未尝置在宫禁。"④掌中飞燕:汉成帝皇后赵飞燕,相传身轻如燕,能掌中舞。⑤玲珑绣扇花藏语:此倒装之句,即"娇语藏在玲珑绣花团扇之后"。⑥宛转香茵云衬步:此亦倒装之句,即"彩云般美丽的香茵上旋转着心娘婉转的莲步。⑦王孙若拟赠千金,只在画楼东畔住:意谓即便公子王孙打算一掷千金买她一笑,也只能暂且住在画楼的东边等候。此句极言心娘爱才而不爱财,公子王孙没有才情,心娘不好面拒,却不愿就见其人。此亦作者得意之笔,谓自己才情甚高,方能得到心娘的爱恋。

[评析]

这是一首恋妓词,作于柳永在京城最无羁的那段时间,他以《木兰花》为调,写了一组"品花宝鉴",计有《心娘自小能歌舞》、《佳娘捧板花钿簇》、《虫娘举措皆温润》、《酥娘一搦腰肢袅》(此四首的写作风格和内容大致雷同,故本书只选这一首)。用老百姓的话说,柳永这阵子是"玩疯了"。

戚　氏（晚秋天）

晚秋天。一霎微雨洒庭轩。槛菊萧疏,井梧①零乱惹残烟。

凄然，望江关。飞云黯淡夕阳间。当时宋玉悲感②，向此临水与登山③。远道迢递④，行人凄楚，倦听陇水潺湲⑤。正蝉吟败叶，蛩响衰草，相应喧喧⑥。　　孤馆度日如年。风露渐变，悄悄至更阑。长天净，绛河⑦清浅，皓月婵娟⑧。思绵绵。夜永对景，那堪屈指，暗想从前。未名未禄，绮陌红楼⑨，往往经岁迁延。

帝里风光好，当年少日，暮宴朝欢。况有狂朋怪侣，遇当歌、对酒竞留连。别来迅景如梭，旧游似梦，烟水程何限？念利名、憔悴长萦绊。追往事、空惨愁颜。漏箭移⑩、稍觉轻寒。渐呜咽、画角数声残。对闲窗畔，停灯向晓，抱影无眠。

[注释]

①井梧：井边的梧桐树。古人喜欢在井边种植梧桐，故云。②宋玉悲感：战国时辞赋家宋玉在《九辩》中曾说："悲哉，秋之为气也，萧瑟兮，草木摇落而变衰。"③临水与登山：《文选》潘岳《秋兴赋》："若在远行，登山临水送将归。"李善注解说："远出之他方。升高望远，视江河也。"④迢递：曲折或高峻之貌。陶渊明《读山海经》诗之三："迢递槐江岭，是为玄圃丘。"⑤陇水：陇头流水。古天水郡有大阪曰陇坻，上有清水向下流淌，人称陇头水。古乐府有《陇头水》，描写旅人登陇山的行役之苦与听到陇头流水声后产生的凄凉怀乡心情。潺湲（yuán）：水流的样子。《楚辞·九歌·湘夫人》："慌忽兮远望，观流水兮潺湲。"⑥相应喧喧：指寒蝉与蟋蟀啼鸣之声像是在彼此诉苦。喧喧，声音喧闹杂乱。⑦绛河：天上的银河。古星象家以北极为基准，天河在北极之南，南方属火，色尚赤，因云绛河。元稹《月三十韵》诗："绛河冰鉴朗，黄道玉轮巍。"⑧婵娟：本指容貌姣好。亦喻月光润泽。孟郊《婵娟篇》："月婵娟，真可怜。"⑨绮陌：城市中交错的街道。绮，有花纹的丝织品。红楼：妓院的雅称。⑩漏箭移：随着漏壶中的水不断滴出，箭头所指也逐渐推移。漏箭，古代刻漏上指示时辰的箭。

[评析]

这是一首抒发个人怀抱的长调，写作手法上仍是极尽铺张之能事。首阕抒发悲秋之感，这也是封建时期知识分子最易产生的一种悲观情绪。秋天是寒、凉、冷的，肃杀的，它预示着一年中的美好时光即将过去，随之而来的是漫天冰雪的严冬。在这样的季节，一切景物的衰败都能触动士子脆弱的心灵：功名、欢爱、思乡、惜别，哪一样不是折磨人的枷锁？作者用宋玉悲秋、陇水呜咽两个典故，更加重了秋的萧瑟与悲凉。蝉鸣、蟋蟀啼，显得格外有气无力，这些熬不过严冬的小虫子，给作者带来的，也只能是凄苦和无奈。中阕先以写实的手法勾画出孤馆寒灯的悲凉，又以虚写的手法回忆了当年秦楼楚馆的放荡生活。下阕仍旧回忆当年的情景，感慨人生乐事不能兼得。柳永实在是个多情浪子，他一生中最好的时光都是与妓女和狎客朋友一起度过的，被读书人看做头等大事的功名利禄，他却每每因流连烟花而失之交臂。他并不是不需要功名，而在美色与功名发生矛盾时，他总是选择前者。他并没有反省自己不该风流放荡，他仍旧怀念着与他交往过的女子，只是为二者不可兼得而深深抱憾而已。词的末句很耐人寻味：他一生苦苦追求的三大乐事，如今却件件都落了空——朋友离他而去，歌女不知行踪，功名蹉跎不偶。暮年将至，落得个"抱影无眠"，表达出他对晚年凄惨结局的叹惋。

轮台子（一枕清宵好梦）

　　一枕清宵好梦，可惜被、邻鸡唤觉。匆匆策马登途，满目淡烟衰草。前驱风触鸣珂①，过霜林、渐觉惊栖鸟。冒征尘远况②，自古凄凉长安道③。行行④又历孤村，楚天阔、望中未晓。念劳生，惜芳年壮岁，离多欢少。叹断梗难停⑤，暮云渐杳。但黯黯魂消，寸肠凭谁表？恁驱驱⑥、何时是了。又争似、却返瑶京⑦，重买千金笑⑧。

[注释]

①鸣珂（kē）：古贵族所乘马以玉为饰，行走时发出响声，因名。南朝梁何逊《车中见新林分别甚盛》诗："隔林望行幰，下阪听鸣珂。"珂，白色似玉的美石。一说为贝类。《玉篇·玉部》："珂，石次玉，亦码（玛）瑙白如雪者。一云螺属。"《尔雅翼·释鱼》："贝，大者为珂，黄黑色，其骨白，可以饰马。"②远况：远行的滋味。况，况味。③长安道：汉乐府《横吹曲》名。因多写长安道上景象及客子感受，故名。《乐府诗集》卷二一《横吹曲词》："汉横吹曲二十八解，李延年造。魏、晋已来，唯传十曲：一曰《黄鹄》，二曰《陇头》，三曰《出关》，四曰《入关》，五曰《出塞》，六曰《入塞》，七曰《折杨柳》，八曰《黄覃子》，九曰《赤之扬》，十曰《望行人》。后又有《关山月》、《洛阳道》、《长安道》、《梅花落》、《紫骝马》、《骢马》《雨雪》、《刘生》八曲，合十八曲。"此处用古曲之意境，表现自己旅途的孤寂。④行行：行而又行，言路途遥远。《古诗十九首》："行行重行行，与君生别离。"⑤断梗难停：喻漂泊之身难以驻定。陆游《拆号前一日作》诗："飘零随处是生涯，断梗飞蓬但可嗟。"⑥驱驱：唐宋时期俗语，奔走辛劳之貌。《敦煌变文集·父母恩重经讲经文》："回干就湿最艰难，终日驱驱更不闲。"⑦却返：回返。瑶京：天帝所居之地。洪迈《夷坚甲志·蔡真人词》："尘世无人知此曲，却骑黄鹤上瑶京。"此处喻汴京。⑧重买千金笑：谓重新回到千金买美人一笑的生涯。

[评析]

这首词写行旅中的感受。词一开始，作者已经在行旅中了，他在客栈中好不容易做了个好梦，很快又被邻家的雄鸡吵醒了。无奈之下再次登程，所见者无非是"淡烟衰草"，点明时间是在秋季。一路走去，经过霜染的秋林，鸣珂惊醒了树上的鸟儿，引得它们唧啾不已。这些小生命的活跃并没有消除作者内心的烦闷，他依旧感到凄凉无比。这种凄凉，更多的是出于仕途的无望——虽然做了官，可那叫什么官哪，一个必须瞅着长官脸色行事、终日忙于簿书丛委中的小吏而已。"哀莫大于心死"，在仕途上，作者的心可谓已死。这就更增加了他心底的愁闷，也自然而然地想到：在这个世界上，并没有人需要他，他所需要的功名利禄也已经非常渺茫，唯一还能买到的，只有青楼女子的"一笑"而已。下阕转到一生买笑的回忆中，虽然"离多欢少"，毕竟还有"欢"的记忆。他坚信京城里的所欢，还在等待着与他重逢。或许只有那种时光，才能给他带来享受和愉悦。全词透出对仕途的厌倦，对人生的迷茫，也代表了封建时代失意士子颇具共性的落寞情怀，只不过有些士子逢到此时，会选择隐居，而作者渴望的，则是"隐"于青楼再也不出来！

引驾行（虹收残雨）

虹收残雨，蝉嘶败柳长堤暮。背都门①、动消黯②，西风片帆轻举。愁睹，泛画鹢③翩翩，灵鼍隐隐下前浦④。忍回首、佳人渐远，想高城、隔烟树。　　几许，秦楼永昼，谢阁⑤连宵奇遇。算赠笑千金，酬歌百琲⑥，尽成轻负⑦。南顾，念吴邦越国⑧，风烟萧索在何处？独自个、千山万水，指天涯去。

[注释]

①背都门：离开京都之门出行。②消黯：黯然销魂的怅惘情绪。宋高观国《喜迁莺·代人吊西湖歌者》词："感绿惊红，翳烟啼月，长是为春消黯。"此处特指离别之情。江淹《别赋》："黯然销魂者，惟别而已矣。"③画鹢（yì）：画船。古人往往把鹢鸟画在船头，故称船为画鹢。鹢，一种水鸟名。④灵鼍（tuó）隐隐下前浦：意谓在隐隐的鼓声中，船已经到了前面的水岸。灵鼍，鼓。李斯《谏逐客书》："建翠凤之旗，竖灵鼍之鼓。"⑤谢阁：出典不详。或是指当时某楼而言。薛瑞生《乐章集校注》认为是指晋代名士谢安，恐嫌牵强，亦与此词前后文意不符。⑥百琲（bèi）：百串宝珠。琲，成串的珠。《文选》左思《吴都赋》："珠琲阑干。"刘逵注解说："琲，贯也。珠十

贯为一俳。"⑦尽成轻负：此承上二句而言，谓一掷千金而买笑，百俳而酬歌女，不过是减轻自家的负担罢了。⑧吴邦越国：指作者将要赴任的杭州。唐末大乱，钱塘人钱镠建立吴越国，定都杭州。故此处称杭州为吴越之邦国。

[评析]

这是一首行旅词，作于离京到杭州赴任的当晚。那时正值"骤雨初歇"，天上挂着彩虹。秋蝉在半衰的柳树上无力地啼鸣，长堤渐渐为暮色所笼罩。作者与佳人依依惜别后，惨颜登上南去的船。当此之时，说作者是"悲心欲碎"，应该不算夸张，他多么留恋京城，多么留恋与他同枕度过许多良宵的多情女子。然而他却连回头张望一眼的勇气都没有了。高城烟树，隔断了一对情侣，从此之后，他不知应该如何度过那难挨的时光。随着暮色越来越浓重，他的心情也越来越沉重，本应使他兴奋的赴官之途，却令他因情思过重而无法成眠，他向南眺望，不知还需多少无聊的日夜才能到达要去的杭州，也不知即使到了杭州，又能给自己带来多少为官的风光。全词充满了读书人面对人生的矛盾心情：步入仕途，求取功名，这是那个时代对士子起码的要求。然而真正从中得到乐趣的又有几人？大概很多士子得官后的感觉，都像吴敬梓《儒林外史》所说"及至到手，不过味同嚼蜡"吧。渴望温情，贪恋欢爱，这是人之常情，但终日里偎红倚翠，卿卿我我，又不为尘世所容。记得年轻时看过一本苏联长篇小说，书名叫《你到底要什么》。以这句话问问柳永，估计他一时也无法回答，因为如果他真的知道自己要什么，就不至于在秦楼谢阁和千里赴官之间犹豫不决了。

望远行（绣帏睡起）

绣帏睡起。残妆浅，无绪匀红补翠①。藻井②凝尘，金梯铺藓③。寂寞凤楼十二④。风絮纷纷⑤，烟芜苒苒⑥，永日画阑，沉吟独倚。望远行⑦，南陌春残悄归骑⑧。　　凝睇⑨。消遣离愁无计。但暗掷、金钗买醉。对好景、空饮香醪，争奈转添珠泪⑩。待伊游冶归来⑪，故故解放翠羽⑫，轻裙重系⑬。见纤腰，图信人憔悴⑭。

[注释]

①无绪：没有意绪。匀红补翠：指女子清晨起床后梳洗打扮。匀红，指重新将脸上的红粉抹匀。补翠，指重新用青黛描眉。②藻井：古代建筑中天花板上的一种装饰。一般做成圆形、方形或多边形的凹面，上有各种花纹、雕刻和彩画。《文选》张衡《西京赋》："蒂倒茄于藻井，披红葩之狎猎。"薛综注解说："藻井，当栋中交木方为之，如井幹也。"唐杨巨源《月宫词》："藻井浮花共陵乱，玉阶零露相裴回。"③金梯：即金阶，楼前的台阶。铺藓：长满了苔藓。④凤楼：女子所居之楼。江淹《征怨》诗："荡子从征久，凤楼箫管闲。"十二：不详所指。或是指一天十二时辰。⑤风絮纷纷：指风吹柳絮纷纷扬扬。⑥烟芜苒苒：烟霭中的碧草已经茂盛。苒苒，草绿之貌。唐孙鲂《芳草》诗："萋萋绿远水，苒苒在空林。"⑦望远行：凝望着渐渐远去的行人。此处"远行"作名词用，指远行之人，即女子所送的情郎。⑧南陌：南面的道路。唐沈佺期《李舍人山园送庞邵》诗："东邻借山水，南陌驻骖騑。"悄归骑：谓女子送走情郎，独自默默地骑马回家。⑨凝睇（dì）：凝神远望。⑩空饮香醪，争奈转添珠泪：白白地面对美酒，怎奈反而落下香泪。此言饮酒本应欣快，因为女子思念远行的情郎，反而落下伤心的眼泪。⑪游冶归来：出门归来。古称男子外出求取功名等行为为"游冶"或"冶游"。⑫故故：屡屡。杜甫《月》诗之三："时时开暗室，故故满青天。"仇兆鳌注解说："故故，犹云屡屡。"解放翠羽：谓卸下翠羽首饰。解放，解开。翠羽，翠鸟的羽毛，古多用作饰物。《文选》曹植《七启》："戴金摇之熠耀，扬翠羽之双翘。"刘良注解说："金摇，钗也；熠烁，光色也；又饰以翡翠之羽于上也。"⑬轻裙：轻纱制成的裙。重系：重新拴系。⑭见纤腰，图信人憔悴：谓见到纤细的腰肢，料想你才会相信我是多么憔悴。图，通"度"，料想。按：此句一本作"见纤腰围小，信人憔悴"，似更易解。

[评析]

　　这首词写男女离别。比较新颖巧妙的是，全词只有一个主人公，且是离开情人的女子。也就是说，作者采用了"换位"的手法，完全代入了与他离别的那位女子，并以她的口吻来叙述离情。措辞用语方面，打乱了时空的顺序，恰好表现出女子为情所困，弄不清昨天还是今天、今天还是明天：开篇写女子已经睡醒，由于心绪烦闷，连匀脸画眉的事都懒得去做，没情没绪地望着生尘的藻井和长满苔藓的台阶，之后懒洋洋地倚在画栏旁，任凭柳絮飘飞，芳草凝碧，都无法排解满怀的愁思。她清清楚楚地记得：送他"游冶"后，心情是多么沉重，她默默地，悄悄地，不愿让任何喧嚣打扰她，回到了那个温柔不再、一切都变得冰冷的庭院里。她久久地凭栏眺望，眺望着情郎远去的方向。面对佳景和美酒，她品尝到的却只有苦涩，以至流下伤心的眼泪。她不知道情人何时才能归来，但她知道，等到那一天时，她一定消瘦得不成样子了！由于作者是在替女子写词，其情思的抒写更显得细腻和柔丽。

彩云归（蘅皋向晚舣轻航）

　　蘅皋向晚舣轻航①。卸云帆、水驿鱼乡②。当暮天、霁色如晴昼③，江练④静、皎月飞光。那堪听、远村羌管⑤，引离人断肠。此际浪萍风梗⑥，度岁茫茫⑦。　　堪伤。朝欢暮宴，被多情、赋与凄凉。别来最苦，襟袖依约，尚有余香。算得伊、鸳衾凤枕，夜永争不思量。牵情处，惟有临歧，一句难忘⑧。

[注释]

①蘅皋：长有香草的沼泽。《文选》曹植《洛神赋》："尔乃税驾乎蘅皋，秣驷乎芝田。"刘良注解说："蘅皋，香草之泽也。"舣（yǐ）：使船靠岸。《文

选》左思《蜀都赋》:"舣轻舟。"刘逵注解说:"南方俗谓正船回济处为舣。"轻舡:轻舟。②卸云帆、水驿鱼乡:卸下征帆歇息之处,已经是南方鱼水之乡了。③霁色如晴昼:谓此时刚刚雨过天晴,虽然天色向晚,却明如白日。④江练:形容江水白如丝绢。谢朓《晚登三山还望京邑》诗:"余霞散成绮,澄江静如练。"⑤羌管:羌笛。范仲淹《渔家傲》词:"羌管悠悠霜满地,人不寐。"⑥此际:自此之后的日子。浪萍风梗:浪中的浮萍,风中的衰草。喻漂泊无定。⑦度岁茫茫:即"度日如年"之意。茫茫,渺茫难测。王安石《吴任道说应举时事》诗:"独骑瘦马冲残雨,前伴茫茫不可寻。"⑧惟有临歧,一句难忘:此句连上读,意谓情思浓时,唯有临别时女子那句永不分离的誓言,永远不会忘却。

[评析]

这也是一首羁旅词,主要述说作者自身的漂泊无依之感。上阕全在铺叙途中的凄凉和陌生。古代行船,到了傍晚,便要舣舟靠岸,来日天明再行。作者选取了这个时间,原本赏心悦目的景致,被一声羌笛彻底打破:水乡的黄昏,霁色如昼,澄江如练,皎洁的月儿悬在晴空,一切都那么静谧安详。此时作者并没有出现烦躁的情绪,当呜咽的笛声划破天空时,也同时划破了作者那颗原本脆弱的心,他立刻联想到今后漫漫无期的外乡生活,没有心爱的女子陪在身边,想象不出那种日子将如何度过。下阕准确地为从今而后的无聊时日做出"堪伤"的定义,又很自然地回想起在京城时的畅快和甜美,乃至用"襟袖依约,尚有余香"来表达对女子深情的怀恋,写得精准而又传神。末句"惟有临歧,一句难忘",表达出作者和女子两人对爱情的忠贞,姑且不说日后如何,仅此一句,倘若远在京城的女子心灵有所感应,也会激动得泪下千行!

离别难（花谢水流倏忽）

花谢水流倏忽①,嗟年少光阴。有天然、蕙质兰心②。美韶容③、何啻④值千金。便因甚、翠弱红衰，缠绵香体，都不胜任。算神仙、五色灵丹无验⑤，中路委瓶簪⑥。　　人悄悄，夜沉沉。闭香闺、永弃鸳衾⑦。想娇魂媚魄非远⑧，纵洪都方士⑨也难寻。最苦是、好景良天，尊前歌笑，空想遗音⑩。望断处，杳杳巫峰十二⑪，千古暮云深⑫。

[注释]

①花谢水流：如花之凋谢，如水之不返。喻某青楼女子病逝。倏忽：顷刻之间。《淮南子·修务训》："倏忽变化，与物推移。"②蕙质兰心：兰的心性，蕙的仪态。指聪颖雅致的仪态和秉性。蕙，香草名，俗称佩兰。③韶容：女子美丽的容貌。五代后蜀顾敻《甘州子》词："绮筵散后绣衾同，款曲见韶容。"④何啻（chì）：何比，何止。陆游《桐庐县泛舟东归》诗："宦游何啻路九折，归卧恨无山万重。"⑤五色灵丹：谓久经烧炼所得具有五色祥光的丹药。唐李群玉《半醉》诗："何烦五色药，尊下即丹丘。"无验：没有证验，即没有医好女子的病。⑥中路：人生的半路。谓中途夭折。委：丢弃，丢下。瓶簪：谓瓶沉水底难觅，簪断难续。喻男女分离或女子去世。白居易《井底引银瓶》诗："井底引银瓶，银瓶欲上丝绳绝；石上磨玉簪，玉簪欲成中央折。瓶沉簪折知奈何，似妾今朝与君别。"⑦永弃鸳衾：永远地抛弃了与男子欢爱的鸳鸯被。⑧娇魂媚魄非远：谓女子的香魂媚魄不会走得太远。这是作者内心的祈愿。⑨洪都方士：洪都西山的方士。洪都指洪州，在今江西南昌。其西有仙山，自古多方士。《读史方舆纪要》卷八十四："西山在（豫章）城西大江之外三十里。一名厌原山，又名南昌山。高二千丈，周三百里，跨南昌、新建、奉新、建昌四县地。……自石头西行二十余里，得梅岭山，岭峻折，羊肠而上十里，有梅仙坛，即梅子真学仙处。自岭纡徐南行六七里，得葛仙峰，山下有川曰葛仙源。自葛仙羊肠而下，高下行三十里，有洪崖，石壁陡绝，飞湍奔注，下有炼丹井，亦曰洪井。"⑩空想遗音：谓斯人已逝，如今只能回想她动听的歌声了。⑪巫峰十二：指巫山的十二座峰。峰名分别为：望霞、翠屏、朝云、松峦、集仙、聚鹤、净坛、上升、起云、飞凤、登龙、圣泉。此处仅用宋玉《高唐赋序》中巫山神女旦为行云暮为行雨之典，代指男女欢爱之事。五代前蜀李珣《河传》词："朝云暮雨，依旧十二峰前，猿声到客船。"

⑫千古暮云深：此依旧化用《高唐赋序》，谓女子一去千古，朝云暮雨之事不可再得。

[评析]

这是一首悼亡词。毕竟所悼非作者亲故，所以其遣词用语，只停留在对待一个妓女的层面。面对曾经活泼泼的一个美人，如今骤然离去，作者最伤感的不是一个生命的消亡，更多表现在自己情绪的失落。他最先想到的是：再也听不见她动人的歌声，再也看不见她艳丽的韶容，以及能拨动他心弦的蕙质兰心。与当今理念更有不同的是词的末句，他竟然还在惦念着云雨私情，深深遗憾无法再与此女寻欢缱绻，表现出在作者的心目中，妓女的地位铁定不能等同于良家女子，她们低下的社会角色，注定连死去后给人留下的哀伤都带有下贱的痕迹。当然，整首词的凄美和哀怨，以及为女子百药难医的无奈，表达得还算到位。可以想见，对于此女的离世，作者内心是很难过的，否则他完全可以不写这么一首词。在相当长的封建社会里，青楼女子的地位低下是不可改变的事实。宋代还有蓄养家妓的风气，一般士子都可以养活一个甚至几个家妓。她们也是妓女，但只侍奉一家之主人。这些女子也谈不上社会地位，主人可以随时将她们转赠或遣散。相对于那些心地冷酷的官吏，柳永能真心诚意地写词悼念一位青楼丽人，还是很难得的。

击梧桐（香靥深深）

香靥①深深，姿姿媚媚②，雅格奇容天与③。自识伊来，便好看承④，会得妖娆心素⑤。临歧再约同欢⑥，定是都把、平生相许。又恐恩情，易破难成，不免千般思虑。　　近日书来，寒暄⑦而已，苦没忉忉⑧言语。便认得、听人教当⑨，拟把前言轻负⑩。见说兰台宋玉，多才多艺善词赋⑪。试与问、朝朝暮暮，行云何处去⑫。

[注释]

①香靥（yè）：透着香气的酒窝。靥，俗称酒窝。班婕妤《捣素赋》："两靥如点，双眉如张。"②姿姿媚媚：姿容妩媚。此为"姿媚"的重复形式。③雅格奇容天与：娴雅的仪态和绝美的面容乃是上天赐予。与，动词，给予。④便好看承：此承上句，谓自打结识了你，便小心翼翼地待承你。即所谓在女子面前"伏低做小"之意。⑤会得：懂得，看得出。妖娆：娇媚的女子。曹植《感婚赋》："顾有怀兮妖娆，用搔首兮屏营。"心素：心意。此处特指心性妖媚活泛，与志诚人不一样。此二句大意谓此女心活，不好伺候，需要小心待承才能拢住她。⑥临歧：将要离别之时。再约同欢：相约彼此不弃，何时重逢，再相欢好。⑦寒暄：用法与今同，指一般性的问候。⑧忉（dāo）忉：忧思。《诗经·齐风·甫田》："无思远人，劳心忉忉。"毛亨传云："忉忉，忧劳也。"孔颖达疏解说："忧也，以言劳心，故云忧劳也。"扬雄《法言·修身》："田圃田者莠乔乔，思远人者心忉忉。"⑨便认得、听人教当：便认定此女一定是受到了别人的挑唆或诱惑。教当，教唆。⑩拟把前言轻负：打算辜负从前的誓约。⑪兰台宋玉，多才多艺善词赋：《文选》宋玉《风赋》："楚襄王游于兰台之宫，宋玉、景差侍。"宋玉写过很多辞赋，故云多才多艺。此处是作者自比于宋玉。⑫朝朝暮暮，行云何处去：此处仍用《高唐赋序》之典，意在问女子：你舍弃堪比宋玉的大才子，不知你还能与何人成其云雨？

[评析]

这是一首很有意趣的词，写自己与一位妖娆美女有帷幄之欢，离别之际，二人相约永不变心，何时柳永回来，再续前好。当柳永南来后，收到女子一封信，打开看时，只见信中尽皆寒暄客套之语，没有忧思眷恋、盼望他早日回京之类的话，柳永很快意识到：这小女子一定是受了别人的挑唆变了心。好在作者内心并没有受到重创，只是且怜且憾地自语：你这个小傻瓜，离开我柳七，再想遇见望我项背的男子，绝对是难于登天！既然你不懂得珍惜柳七，那就随你便吧,日后不后悔才怪呢。说此词有些意趣,主要表现在词的叙述之妙与情节之陡转两个方面。请您注意:此女乃是妖冶之辈,绝不是个省油的灯。"自识伊来,便好看承,会得妖娆心素"——作者早就埋下伏笔了。大凡妖冶之女,对男子具有极大的诱惑是自然之理,但聪明的男子应该做到心中有数,她如果朝三暮四,你可千万别太认真,认真就把自己坑死了。柳永是情场老手,见怪不怪,这等一段风流,过去就过去了,不值得为她难过得死去活来!

夜半乐(冻云黯淡天气)

冻云①黯淡天气,扁舟一叶,乘兴离江渚②。渡万壑千岩,越溪③深处。怒涛渐息,樵风④乍起,更闻商旅相呼。片帆高举。泛画鹢⑤、翩翩过南浦⑥。　　望中酒旆闪闪⑦,一簇烟村,数行霜树。残日下,渔人鸣榔归去⑧。败荷零落,衰杨掩映,岸边两两三三,浣沙游女。避行客、含羞笑相语。　　到此因念,绣阁轻抛⑨,浪萍难驻⑩。叹后约丁宁竟何据⑪。惨离怀,空恨岁晚归期阻。凝泪眼、杳杳神京路。断鸿声远长天暮。

[注释]

①冻云:带有寒意的浓云。陆游《好事近》词:"扶杖冻云深处,探溪梅消息。"②离江渚:离开江中的小洲。按:此词为柳永任定海晓峰场盐官赴任经过越溪时所作。③越溪:即若耶溪,在今浙江省绍兴市南二十里,相传为越国美女西施浣纱处。④樵风:山风。《后汉书·郑弘传》载:郑弘少年时入山打柴,拾得一箭。不多时分,有人来寻,郑弘便把箭还给了他。那人问郑弘有何要求,郑弘知道他是神仙,便说道:"若耶溪上运柴十分困难,愿早晨刮北风,晚上刮南风。"后代作家遂以"樵风"指顺风。⑤画鹢(yì):画船。

见《引驾行·虹收残雨》注③。⑥南浦：泛指水滨送行之处。《楚辞·九歌·河伯》："子交手兮东行，送美人兮南浦。"王逸注解说："愿河伯送己南至江之涯。"⑦酒斾：酒店门前张挂的酒旗，俗称"酒望子"。闪闪：谓酒旗在眼前闪动。⑧桹（láng）：又作"根"，渔夫用来敲打船帮传达信息的一种长木棍，有时也作为唱歌时击打节拍的工具。《文选》潘岳《西征赋》："纤经连白，鸣桹厉响。"李善注解说："言曳纤经于前，鸣长桹于后，所以惊鱼，令入网也。"⑨绣阁轻抛：为了一介微官，轻易地离开了绣阁中的女子。⑩浪萍难驻：谓宦途身不由己，不知何日才能驻身。浪萍，浪迹萍踪的省称。⑪后约丁宁竟何据：意谓事后的誓约、叮咛又有什么凭据呢。丁宁，联绵字，义同"叮咛"。

[评析]

　　这是一首行旅词。与其他同类的词相比较，本词最明显的特点，就是前、后反映出作者矛盾变化的情感，而不像同类词一味疏泄愁苦悲凉的情绪。作者的仕途很不顺利，好不容易得到了一官半职，心情自然愉悦，所以上阕描写行旅途中，尽管是"冻云黯淡天气"，但一路所见，还是时时使他感到愉悦：怒涛渐渐平息了，顺风也刮起来了，兰桡画鹢翩翩然飞过南浦，多么惬意。中阕继续描写岸边景色，酒旗、烟村、霜树、残阳，这一连串的景致，还没有改变作者的情绪，直到看见浣纱的女子，才使他的心情陡然发生了巨变，在做官与恋爱二者不可得兼的现实中，一路上积聚的愉悦之情顷刻间荡然无存，此后再见到、听到的一切，也全然不似原来那样使他神往了。鸿声是断鸿，长天是暮天，在断鸿暮天之中，作者想到心上人所居的京城离自己是那么遥远，不禁泪水涟涟。全词先轻快后凄凉，以景物烘托人的思绪变化，自然熨帖，没有突兀之感。清人许昂霄《词综偶评》说此词："第一叠言道途所经，第二叠言目中所见，第三叠乃言去国离乡之感。'到此因念，绣阁轻抛'二句，接上一片。"将词的层次辨析分明。

过涧歇近（淮楚）

淮楚①。旷望极②，千里火云烧空③，尽日西郊无雨。厌行旅。数幅轻帆旋落，舣棹兼葭浦④。避畏景⑤，两两舟人夜深语⑥。　　此际争可，便恁奔名竞利去⑦？九衢尘里⑧，衣冠⑨冒炎暑。回首江乡，月观风亭⑩，水边石上，幸有散发披襟处⑪。

[注释]

①淮楚：指今安徽中部及江苏中北部地区，因淮河流经此处，故自古称这片地区为淮南。北宋时有淮南东路和淮南西路，分别置治所于扬州和庐州（今安徽合肥）。②旷望极：极目眺望。《文选》谢朓《郡内高斋闲坐答吕法曹》诗："结构何迢遰，旷望极高深。"李善注引《广雅》说："旷，远也。"吕延济注解说："言远尽见高深也。"③火云烧空：谓晚霞像熊熊大火般燃烧在天空。火云，多指炎夏的云霞。南朝梁萧统《锦带书十二月启·蕤宾五月》："冻雨洗梅树之中，火云烧桂林之上。"④舣棹：即舣舟，停泊船只。蒹葭浦：长满水草的岸边。蒹、葭，两种水草。⑤畏景：夏天。白居易《早热》诗之二："持此聊过日，焉知畏景长。"⑥两两舟人夜深语：谓撑船的人也畏惧炎热，直到夜深，还在两两闲聊。⑦此际争可，便恁奔名竞利去：意谓自己怎么会选择这样的季节赴官呢。⑧九衢（qú）尘里：京师之内。九衢，纵横交叉的大道。代指汴京。⑨衣冠：为官者。古代士以上戴冠，亦指士以上的服装，代指士族。《管子·形势》篇："衣冠正则臣下肃。"⑩月观风亭：可以赏月的楼观，可以乘凉的风亭。⑪散发披襟处：谓京城之外的地方，士子无须像京官那样装束严整，可以散发，可以披襟，逍遥自在。披襟，敞开衣襟。宋玉《风赋》："楚襄王游于兰台之宫，宋玉、景差侍。有风飒然而至，王乃披襟而当之曰：'快哉此风！寡人所与庶人共者邪？'"

[评析]

这是一首行旅词，写炎夏赴官的感受。作者很善于调动词语，环境被他描绘得连读者都感到快冒汗了：云是"火云"，天是"畏景"，连号称"劳动人民"的艄公也快被炎炎夏日蒸熟了，不得不趁着深夜难得的凉快，赶紧享受一时。您想，这样的天气，谁受得了？下阕联系到自己：怎么偏巧在这种当口儿"奔名竞利"？不过很快他又找到了安慰自己的理由：知足吧！想想京城里那些当官的，这么热的天，还得穿得整整齐齐，不得有丝毫的随意。这么一想，心里舒服了：幸亏自己赴的是外官，可以到月观风亭、水边石上，散发披襟，岂不美哉？此词不过是作者的自我调侃而已，并没有"影射"哪个的意味。清朝人黄蓼园却别出心裁地给柳永戴了顶高帽儿，他在《蓼园词评》中说："柳者卿'淮楚。旷望极'。趋炎附热、势利熏灼、狗苟蝇营之辈，可以'九衢尘里，衣冠冒炎暑'二语尽之。……此词实令触热者读之，如冷水浇背矣。意不过为'衣冠冒炎暑'五字下针砭，而凌空结撰，成一篇奇文。"大意是说柳永写这首词的本意在于讥讽京城官员趋炎附势，不辞辛劳，柳永看他们不起。黄氏挖掘出的这种"深意"，实在不敢苟同，甚至觉得非常可笑：人家柳永仅仅是说自己在外地做官比京官舒服，何尝有什么针砭之意？尽管"诗无达诂"，可也不能理解得太离谱。我想柳永如果看到黄氏这么评价他，一定会笑：老人家饶了我吧，我现在还没热糊涂，您怎么先糊涂了！

安公子（长川波潋滟）

长川①波潋滟。楚乡淮岸迢递，一霎烟汀②雨过，芳草青如染。驱驱携书剑③。当此好天好景，自觉多愁多病，行役心情厌④。　　望处旷野沉沉，暮云黯黯。行侵夜色⑤，又是急桨投村店⑥。认去程将近⑦，舟子相呼⑧，遥指渔灯一点⑨。

[注释]

①长川：长河。②烟汀（tīng）：烟霭笼罩的水边平地。陆游《秋雨北榭作》诗："飘零露井无桐叶，断续烟汀有雁群。"③驱驱：奔走辛劳之貌。携书剑：带着书与剑。书、剑都是古代读书人出行须带的物品，即读书人的"标签"。唐许浑《别刘秀才》诗："三献无功玉有瑕，更携书剑客天涯。"④行役：因公务而出外跋涉。《诗经·魏风·陟岵》："予子行役，夙夜无已。"厌：厌烦。此句指作者赴官出行，故云"行役"。古代"役"有公差的含义。⑤行侵夜色：意谓又走了一天，此刻天快黑了。侵，临近。杜甫《陪诸贵公子丈八沟携妓纳凉晚际遇雨》诗之二："缆侵堤柳系，幔卷浪花浮。"仇兆鳌注解说："侵，迫近也。"⑥急桨投村店：言船工为抢时间加快了划船的速度，赶在天大黑之前投宿在岸边客栈。⑦去程将近：指作者将要抵达的目的地快到了。⑧舟子：船夫。《诗经·邶风·匏有苦叶》："招招舟子，人涉卬否。"毛亨传云："舟子，舟人，主济渡者。"相呼：呼唤他。⑨遥指渔灯一点：意谓船夫指着远处一盏渔灯，告诉他那就是他要去的地方。

[评析]

这是一首行役词，写的是作者赴官途中将要到达目的地前的景况。大概此时作者的心境不错，所以全词的格调相当轻快，且饶有兴味。尽管他苦诉"当此好天好景，自觉多愁多病，行役心情厌"，也只是因坐船太久，急于到站，而并非对"未来"有多少厌倦。或许此词作于柳永初次为官时，词中显露出他内心的某些矛盾："驱驱携书剑"是他自己的选择，何必"行役心情厌"？可见他"厌"的是旅途劳顿，而不是"携书剑"本身。这就如同今天某些人急于到某地做官或赚钱，对前景非常渴望，但对旅途一定感到太"漫漫"道理相同。可以断定，当舟子告诉他：前面那盏渔灯处就是你的"终点站"时，作者的心情必然大大放松：终于要到了，谢天谢地！此刻他或许想象出明天穿着官服料理公务的场景，只不知此时，京城相好的女子还在不在他心坎儿里。

菊花新（欲掩香帏论缱绻）

欲掩香帏论缱绻①，先敛双蛾愁夜短②。催促少年郎③，先去睡、鸳衾图暖④。　　须臾放了残针线。脱罗裳、恣情无限。留取帐前灯，时时待、看伊娇面。

[注释]

①缱绻（qiǎn quǎn）：男女欢爱之貌。陆游《避暑漫抄》："不过执衣侍膳，未尝得一缱绻。"②敛双蛾愁夜短：蹙起双眉哀叹夜太短。③少年郎：此为女子对作者的昵称。④鸳衾图暖：谓鸳鸯锦被必须得暖了方才可睡。意即让男子先去为她暖被。

[评析]

这是一首狎妓词，依旧采用白描的手法，大约作于作者年轻之时。这首词很怪，作者没有写填词作曲，也没写女子的美貌纤腰以及二人的浅斟低唱。总体风格与作者其他同类词大不相同。这位女子不但没奉承作者，反而撒了一把赖：还不赶紧把被窝暖热！"须臾放了残针线"一句更为奇特：这位女子居然还懂得针黹刺绣。在风尘之中有此娴雅，确实显得与众不同。

望汉月（明月明月明月）

明月明月明月，争奈作圆还缺。恰如年少洞房人，暂欢会、依前离别。　　小楼凭槛①处，正是去年时节。千里清光②又依旧，奈夜永、厌厌人绝③。

[注释]

①凭槛：当作"凭栏"。槛义为门槛，无可凭借。②清光：月亮的清辉。韩愈《夜歌》："静夜有清光，闲堂仍独息。"③厌厌人绝：意谓精神萎靡，凭栏望月，直到夜深，人迹已绝。厌厌，通"恹恹"，精神委靡之貌。唐刘兼《春昼醉眠》诗："处处落花春寂寂，时时中酒病恹恹。"

[评析]

这是一首怀人小词，语句无多，情感却很浓烈。上阕开篇连用三个"明月"，可见作者动笔之先，已经心潮汹涌。如果我们拿此词的前两句与苏轼《水调歌头》"明月几时有，把酒问青天"、"人有悲欢离合，月有阴晴圆缺，此事古难全"相比较，可以体会出：后者的遗憾中满含着隽永，而前者的遗憾更多透出的是气急败坏。这种情绪直到下阕才渐为收敛，变得"隽永"了些：去年今日，清光千里；今年今日，清光依旧。他终于明白：明月不能理解他内心的煎熬，任凭他凭栏到天明，明月依旧是亘古不变的冰冷的明月！

燕归梁（织锦裁编写意深）

织锦裁编①写意深。字值千金②。一回披玩③一愁吟。肠成结④、泪盈襟。　　幽欢已散前期远⑤，无憀赖、是而今。密凭归雁寄芳音⑥。恐冷落、旧时心。

[注释]

①织锦："织锦回文"的省略，指女子写诗给心爱的男子。参《定风波·伫立长堤》注③。裁编：裁剪编织。喻撰写词章。②字值千金：即"一字值千金"的省略，极言对来书的珍视。③披玩：披阅玩味。指反复阅读女子的来书。④肠成结：形容人极度愁闷，如肠打结一般。《文选》司马迁《报任少卿书》："肠一日而九回，居则忽忽若有所亡，出则不知其所往。"⑤幽欢已散前期远：谓与女子的幽欢已经成为往事，再次相会不知等到何时。前期，下

次幽会的日期。⑥密凭归雁寄芳音：暗自写封回信，寄托对女子的爱慕之情。凭归雁，借助大雁传书。

[评析]

这是一首怀人词。上阕写作者收到了京城女子寄来的书信，不禁喜出望外，一时间就像得到了明月珠、连城璧，捧在手里反复阅读，与其说是阅读，毋宁说是把玩。然而一喜之后，随之而来的是无限的伤感："一回披玩一愁吟。肠成结、泪盈襟。"正所谓喜极而泣，悲从中来。俗话说"见字如见人"，其实这种说法很不准确，"见字伤人"才更能表达"见字"者的实际情感，因为此前的麻痹猛然间被这支看似救命实为要命的针扎进心里时，谁还能无动于衷，泰然处之？下阕写这种刺痛稍稍缓解后，情绪逐渐恢复，于是提笔给恋人修书，诉说自己离别后的百无聊赖，并向女子表达永不离弃的深情。他的本意是"恐冷落、旧时心"，可谁又能想到，当女子得到这封书信时，又何尝不似他今日顿生悲凉？她会不会更加觉得"冷落"？全词在悲与喜、珍爱与刺伤之间游走不定，真实地反映出有情男女离别之后的复杂情思。

长寿乐（尤红殢翠）

尤红殢翠①。近日来、陡把狂心牵系②。罗绮丛中，笙歌筵上，有个人人可意③。解严妆巧笑④，取次言谈成娇媚⑤。知几度、密约秦楼尽醉。仍携手，眷恋香衾绣被。　　情渐美。算好把、夕雨朝云相继，便是仙禁⑥春深，御炉⑦香袅，临轩亲试⑧。对天颜咫尺⑨，定然魁甲登高第⑩。等恁时、等着回来贺喜。好生地，剩与我儿利市⑪。

[注释]

①尤红殢翠：指沉溺在花街柳巷之中。红谓红粉，翠谓翠眉，均指青楼女子。②陡把狂心牵系：意谓原本已经收敛的狂心，陡然间又被牵惹起来。陡把，顿时便把。陡，表示突然之间。③有个人人可意：此句连上读，意谓冶游之间，遇到了一个十分可心的女子。这也是作者"陡把狂心牵系"的原因。可意，谓中意。④解：懂得。严妆巧笑：装束严整，笑意甜蜜。⑤取次言谈成娇媚：意谓随便几句言谈，便透出女子的千娇百媚。取次，唐宋时期俗语，相当于今言"随意"、"不经意"。元稹《使东川·清明日》诗："常年寒食好风轻，触处相随取次行。"此言女子的娇媚出于天然，不假修饰。⑥仙禁：皇家的宫禁。因皇城禁卫森严，臣下不得任意出入，故称。唐张九龄《奉和圣制送尚书燕国公说赴朔方军》："宠锡从仙禁，光华出汉京。"此处指科举殿试的崇政殿。殿在皇宫之内，故云"仙禁"。⑦御炉：御香炉，供皇帝用的香炉。黄庭坚《乞姚花》诗之二："乞取好花天上看，宫衣黄带御炉风。"⑧临轩亲试：指由皇帝亲自主持的科举殿试。宋代科举制度，礼部会试中第后还不能算是进士，尚须皇帝亲自主持的殿试通过，才算进入了官籍。殿试制度始于宋太祖开宝年间，此后一直未改。《宋史·选举志一》载，开宝五年（972），礼部奏合格进士、诸科共二十八人，太祖召对讲武殿，还没有举行殿试。次年，翰林学士李昉知贡举，取宋准以下十一人，而进士武济川等二人水平甚陋，回答太祖发问时前言不搭后语，太祖将二人黜落。事后查明，武济川为李昉同乡，有作弊之嫌。于是太祖取终场者一百九十五人，御殿，给纸笔，别试诗赋。"命殿中侍御史李莹等为考官，得进士二十六人，《五经》四人，《开元礼》七人，《三礼》三十八人，《三传》二十六人，《三史》三人，学究十八人，明法五人，皆赐及第，又赐钱二十万以张宴会。昉等寻皆坐责。殿试遂为常制。"太祖曾对大臣们说："昔者科名多为势家所取，朕亲临试，尽革其弊矣。"⑨对天颜咫尺：面对天子近在咫尺。此亦指殿试时情景。⑩魁甲登高第：这是作者吹牛之辞，意谓此科定能夺得魁首鼎甲，荣登榜首。宋代进士分三甲、五甲，故云。⑪剩与我儿利市：意谓"我儿，你就等着发利市吧"。剩，谓有余。我儿，对女子的戏称。利市，好买卖。《左传·昭公十六年》："尔有利市宝贿，我勿与知。"杨伯峻注解说："利市，犹言好买卖。"

[评析]

　　这首词十分有趣,充分显现了柳永放荡不羁的放荡才子性格。词作于某场科举考试之先。上阕坦言"近日来、陡把狂心牵系",可见作者为了应付考试,不得不暂时收敛狂荡之心。然而江山易改本性难移,不知过了多久,他又熬不住,重新回到"罗绮丛中,笙歌筵上",而且发现了一位貌美可人的女子,进而一发不可收,三天两头到女子院中与之绸缪。大约是女子偶然问到他:大考临近,君子还这么纵情女色,不怕名落孙山吗?作者的回答十分肯定:不论是国家会试,还是天子亲临的殿试,我柳七都是胜券在握,到时候拔个头筹,你就等着大发利市吧!这也是很多读书人常有的轻狂,尤其是在心爱的女子面前,更要显示自己才华横溢。说它有趣,并不在于他吹了牛,而在于吹完牛并没有成为事实。我们虽然弄不清他参加的究竟是哪年的会试,但可以肯定的是:该科考试时他的年纪还不算太大,应该是在三十几岁。柳永直到将近五十岁才中进士,此前连连落榜,不知道这次放榜时找不到他的名字,他还有没有面子重新回到那女子身旁。就算他有这个勇气,那女子等他"利市"时,他又会怎么回答?按柳永的脾气,他一定会说:"这些饭桶考官,真是有眼无珠,生生把柳七这个栋梁之材给错过了!"

望海潮（东南形胜）

　　东南形胜①,江吴都会②,钱塘自古繁华③。烟柳画桥④,风帘翠幕⑤,参差⑥十万人家。云树绕堤沙⑦。怒涛卷霜雪⑧,天堑无涯⑨。市列珠玑,户盈罗绮,竞豪奢。　　重湖叠巘⑩清嘉。有三秋桂子⑪,十里荷花。羌管弄晴⑫,菱歌泛夜⑬,嬉嬉钓叟莲娃。千骑拥高牙⑭。乘醉听箫鼓⑮,吟赏烟霞。异日图将好景,归去凤池夸⑯。

[注释]

①东南：杭州处于汴京的东南方向。形胜：山川壮美之地。高适《观宓子贱神祠碑》诗："形胜驻群目，坚贞指苍穹。"②江吴都会：一本作"三吴都会"。按：似当以"江吴"为是，指长江下游与三吴之地。③钱塘：杭州治所所在县，亦代指杭州。此种情况古今甚多，如长沙郡治长沙县之类。《元丰九域志》卷五："杭州，大都督府，余杭郡，宁海军节度。唐镇海军节度。皇朝淳化五年，改宁海军。治钱塘、仁和二县。"自古繁华：杭州在唐朝时，因李泌、白居易等名臣曾任知州，始有盛名。五代时期又为吴越国都城，其繁华可想而知。④烟柳：烟雾笼罩的柳林或柳树。宋惠洪《青玉案·和贺方回韵》词："绿槐烟柳长亭路，恨取次分离去。"画桥：弯环如画的拱桥。此处不可理解为绘有图画的桥。⑤风帘翠幕：以薰风为帘帷，以翠树为屏幕。⑥参差：高下相错之貌。杭州境内多山，山间亦有人家，故云参差。⑦云树：耸入云中的树木。唐崔橹《华清宫》诗之一："草遮回磴绝鸣銮，云树深深碧殿寒。"堤沙：指西湖之堤。此二句亦以高下错落言杭州之美。⑧怒涛卷霜雪：言钱塘大潮来临时，怒涛如同翻卷着白色的霜雪，气势恢弘。周密《武林旧事》卷三："浙江之潮，天下之伟观也，自既望以至十八日为最盛。方其远出海门，仅如银线，既而渐近，则玉城雪岭，际天而来，大声如雷霆，震撼激射，吞天沃日，势极雄豪，杨诚斋诗云'海涌银为郭，江横玉系腰'者是也。"⑨天堑无涯：此承上句而言，谓钱塘江潮之来，宛如天堑，望之漫无涯际。⑩重（chóng）湖：湖中有湖，湖相重也。唐杭州刺史白居易筑白堤，将西湖分为内、外两湖。《乐章集校注》注为"以白堤、苏堤将西湖分为里湖和外湖"，不切。当时苏轼尚未担任杭州知州，何来苏堤？叠巘（yǎn）：重重叠叠的山峦。巘，山。《诗经·大雅·公刘》："陟则在巘，复降在原。"毛亨传云："巘，小山，别于大山也。"⑪三秋：深秋，即秋季的第三个月。桂子：桂花。白居易《忆江南》："江南忆，最忆是杭州。山寺月中寻桂子，郡亭枕上看潮头。何日更重游。"⑫羌管弄晴：谓羌笛在晴日里悠悠吹奏。羌管，即羌笛，古代管乐器。长二尺四寸，三孔或四孔。因出于羌中，故名。范仲淹《渔家傲》词："羌管悠悠霜满地，人不寐。"⑬菱歌泛夜：采菱之歌在夜空中飘荡。

菱歌，南方采菱女唱的民歌。王勃《采莲赋》："听菱歌兮几曲，视莲房兮几珠。"⑭千骑拥高牙：上千的骑从簇拥着高擎的牙旗。牙旗，旗杆上饰有象牙的大旗。多为主将主帅所建，亦用作仪仗。《文选》张衡《东京赋》："戈矛若林，牙旗缤纷。"薛综注解说："牙旗者，将军之旌。谓古者天子出，建大牙旗，竿上以象牙饰之，故云牙旗。"此处指所投献者的仪仗。⑮箫鼓：箫与鼓。泛指乐奏。江淹《别赋》："琴羽张兮箫鼓陈，燕赵歌兮伤美人。"⑯归去凤池夸：意谓任满归朝，可在凤凰池与同官相夸。凤池，指中书省。《晋书·荀勖传》："勖久在中书，专管机事。及失之，甚罔罔怅怅。或有贺之者，勖曰：'夺我凤凰池，诸君贺我邪！'"

[评析]

这首词是柳永的名篇，大凡宋词选本或文学教材，几乎一例选录。先说此词究竟是投献给何人的。唐圭璋认为此词是柳永景德四年（1007）写给两浙转运使孙何的。大专院校文科教材《中国文学史》引此词时相当谨慎，只说此词是"为歌颂杭州州将的政绩写的"（"州将"一词使用不当，确切地说，应该是"知杭州兼两浙路兵马钤辖"。杭州本州是没有所谓"州将"的，这是个概念问题）。《宋史》卷三〇六《孙何传》："出为京东转运副使。……未几，徙两浙转运使，加起居舍人。景德初，代还，判太常礼院。俄与晁迥、陈尧咨并命知制诰，赐金紫，掌三班院。何先已被疾，勉强亲职。一日，奏事上前，坠奏牍于地，俯而取之，复坠笏。有司劾以失仪，诏释之。何惭，上章求改少卿监，分司西京养疾，上不许，第赐告，遣医诊视。医勉其然艾，何答曰：'死生有命。'卒不听。是冬卒，年四十四。上在澶渊，闻之悯惜。"这段话明确说明，孙何景德元年冬已卒，故景德四年之说显然站不住脚。此事《乐章集校注》用了大量篇幅进行辨正，以证明此词并非投献孙何，而是投给杭州知州孙沔的。结合《早梅芳·海霞红》、《瑞鹧鸪·吴会风流》两词观之，《乐章集校注》的说法更近事实。唯《校注》云此词作于皇祐五年（1053），乃是画蛇添足之笔。《乾道临安志》卷三守臣题名："皇祐五年四月壬午，以枢密直学士、给事中孙沔知杭州，行至南京，召为枢密副使。……至和元年二月壬戌，以枢密副使、给事中孙沔为资政殿学士、知杭州。嘉祐元年八月戊午，加资政殿大学士、京东东路安抚使、知青州。"可知皇祐五年孙沔有杭州之命而未赴，知谏院李兑顶替他为杭州知州，直到至和元年（1054）二月，孙沔才真正到杭州赴任。确切地说，此词应该作于至和元年。此词最大的长处在于作者把杭州的繁华与清丽巧妙地结合在一起，用语考究，美不胜收，读之令人心驰神往，难怪南宋罗大经《鹤林玉露》捕风捉影地说：金主完颜亮读了这首词，"欣然有羡于三秋桂子，十里荷花，遂起投鞭渡江之志"。虽不可靠，却可以想见它的社会影响（《中国文学史》第三册）。看来许多读者都陶醉在眼前的美景之中，至于它究竟是不是投献词，投献给谁的，几乎可以忽略不计了。

如鱼水（轻霭浮空）

　　轻霭浮空，乱峰倒影，潋滟十里银塘①。绕岸垂杨。红楼朱阁相望。芰荷香。双双戏、鸂鶒②鸳鸯。乍雨过、兰芷汀洲③，望中依约似潇湘④。　　风淡淡，水茫茫。动一片晴光。画舫相将⑤。盈盈红粉清商⑥。紫薇郎⑦，修禊饮⑧、且乐仙乡。更归去，遍历銮坡凤沼⑨，此景也难忘。

[注释]

　　①银塘：谓阳光照耀下闪着银光的池塘。②鸂鶒（xī chì）：水鸟名，形大于鸳鸯，多紫色，好并游。俗称为紫鸳鸯。温庭筠《开成五年秋以抱疾郊野一百韵》："溟渚藏鸂鶒，幽屏卧鹧鸪。"顾嗣立补注引《临海异物志》说："鸂鶒，水鸟，毛有五采色，食短狐，其中溪中无毒气。"③兰芷汀洲：长满兰

花白芷的洲渚。兰、芷，皆香草名。《楚辞·离骚》："兰芷变而不芳兮，荃蕙化而为茅。"王逸注解说："言兰芷之草，变易其体而不复香。"④潇湘：湖南境内的两条河流名。⑤画舫相将（jiāng）：画船前后左右相并相随。⑥红粉清商：指丽人及美妙的歌曲。清商，古五音中的商声，古谓其调凄清悲凉，故称。⑦紫薇郎：又作"紫微郎"，唐宋时期对中书舍人的美称。白居易《紫薇花》诗："独坐黄昏谁是伴，紫薇花对紫薇郎。"前蜀韦庄《寄右省李起居》诗："已向鸳行接雁行，便应双拜紫薇郎。"⑧修禊饮：古代三月三日人们到河里洗浴祛除不祥的民俗节日。⑨銮坡：唐德宗时，尝移学士院于金銮殿旁的金銮坡，后遂以銮坡为翰林院的别称。王安石《送郓州知府宋谏议》诗："纶掖清光注，銮坡茂渥沾。"凤沼：凤凰池。参《望海潮·东南形胜》注⑯。此处仍指中书舍人。

[评析]

这是一首投献词。被投献者究竟为谁？《乐章集校注》（中华书局1994年12月版第176页）再次采用排他法，认为此人当是吕夷简。其"附考"云："此词赠主当为既有翰林仕履又曾任中书侍郎者。……《宋史》卷三一一《吕夷简传》、《宋大臣年表》、《北宋经抚年表》、《续资治通鉴长编》四籍相参，知夷简于真宗朝入翰林知制诰，仁宗天圣七年（1029）入相，明道元年（1032）加中书侍郎，二年四月罢为武胜军节度使出知陈州，同年八月复入相。景祐四年（1037）四月以镇安军节度使、同平章事出判许州，宝元元年（1038）十二月改天雄军节度使（领大名府），康定元年（1040）复入相，至庆历三年（1043）九月致仕，翌年即卒。其判陈州在明道二年四月至八月，与词中'修禊饮'句不侔。古时以三月三日为禊辰，故知此词写于宝元元年三月。……惟颍州（今安徽阜阳）有西湖，长三里，广十里，又有颍、汝二水于境内会入淮河，颇与潇、湘二水会于零陵相似。准此，知此词为柳永于宝元元年三月写于颍州。其时吕夷简或按部颍州，又因与王曾聚讼于帝前而俱罢相判许州。词中'且乐仙乡。更归去，遍历銮坡凤沼，此景也难忘'乃谀、慰兼焉。"我们首先肯定地说：薛说完全是错误的。笔者初读"附考"时，百思不得其解者，校注者何以断定此人"既有翰林仕履又曾任中书侍郎"？仔细体会，大概是校注者将"凤沼"当成了中书侍郎。即便如此，还是解释不通，因为"凤沼"乃是柳永揣测此人归朝后可能经历之官，此时还没有成为现实，校注者怎么就断定此人有"中书侍郎"之经历呢？此时被投献者只是个"紫薇郎"，即中书舍人知制诰。柳永阿谀称：自此归朝，就算是遍历"鳌坡"（翰林学士）、"凤沼"（中书舍人），也不会将这段经历忘掉。根据这番陈述，则此人不是吕夷简明矣。吕夷简天禧三年（1019）即任中书舍人知制诰，天圣七年入相，明道二年四月因仁宗郭皇后一句"夷简也是刘党"的话被罢为武胜军节度使出知陈州，同年八月复入相。此后渐为权臣，坚不可摧。这样一个大人物，何曾行部到颍州？又何须柳永这样的小人物阿谀宽慰？更不可能鼓励吕夷简说：你回朝遍历翰林、中书。那岂不是在贬低久任权相的吕夷简吗？"且乐仙乡。更归去"二句，明是言被投献者姑且安心享受仙乡之乐，待到任满，再归朝去（任官），怎么可能是"行部"二字可以搪塞的呢？行部少则一天，多则数日，完全谈不上"且乐仙乡"。另外，校注者将"凤沼"理解为"中书侍郎"也过于拘泥，在宋代，一个人到了"中书侍郎"的高位，绝对不可能再用"历"字。如同今天，一个人已经当了国务院总理，还能"历"多高的官职？故而此处"凤沼"，实则仍指中书舍人而言无疑。为了更好地理解此词所献，姑且将词的后半部分翻译成白话如下："您这位中书舍人，当此禊饮，姑且在这仙乡纵情欢乐。将来任满回朝，就算是遍历翰林、中书，也不会忘掉今天的美景。"读罢这段文字，谁还能同意被投献者是吕夷简呢？根据笔者耳目所及，此被投献者或当是宝元初年任杭州知州的柳植。《乾道临安志》卷三杭州守臣题名："宝元元年六月癸未，徙知苏州、尚书工部郎中、知制诰柳植知杭州。二年八月辛未，以植为翰林学士。"《宋史》卷二九四《柳植传》："柳植字子春，真州人。……直集贤院、知秀州。除三司度支判官，出知宣州。擢修起居注、知制诰。求知苏州，徙杭州，累迁尚书工部员外、郎中。召还，为翰林学士，迁谏议大夫、御史中丞。既而以疾辞，改侍读学士、知邓州。"正应了柳永所谓"更归去，遍历銮坡凤沼"之说。或许更有哲人考证出此词所投亦非柳植，然据以上分析，绝非吕夷简则是百分之百可以断定的。

玉蝴蝶（望处雨收云断）

望处雨收云断，凭阑悄悄，目送秋光。晚景萧疏①，堪动宋玉悲凉②。水风轻，蘋花③渐老，月露冷、梧叶飘黄。遣情伤。故人何在，烟水茫茫。　　难忘，文期酒会④，几孤风月⑤，屡变星霜⑥。海阔山遥，未知何处是潇湘⑦。念双燕、难凭远信⑧，指暮天、空识归航。黯相望。断鸿声里，立尽斜阳。

[注释]

①晚景：晚年。据此可知，此词作于作者老之将至的年岁。萧疏：寂寞凄凉。杜牧《八六子》词："凤帐萧疏，椒殿闲扃。"②宋玉悲凉：亦用宋玉悲秋的典故，参《雪梅香·景萧索》注②。③蘋花：白蘋的花。蘋是一种水生植物，叶冠稍大，夏、秋间开小白花，故称白蘋。④文期酒会：古代文人相约赋诗论文的聚会。⑤几孤风月：辜负了多少风花雪月。孤，通"辜"。⑥屡变星霜：谓星辰一年转一周，秋霜每年遇寒而降，因以星霜喻年岁。白居易《岁晚旅望》诗："朝来暮去星霜换，阴惨阳舒气序牵。"⑦潇湘：潇水和湘水，是湖南境内两条最大的河流。南朝梁柳恽《忆江南曲》有"洞庭有归客，潇湘逢故人"之句，后遂以"潇湘"代称故人重逢之地。⑧念双燕、难凭远

信:谓路途遥遥,双燕自顾呢喃,哪里能把书信传到远方。

[评析]

这是一首抒发朋友相思之情的词,全词先以"宋玉悲秋"为主线并笼罩全篇,接下来是一连串细腻的描写:轻拂的水风、渐老的苹花、冰冷的月光露珠、发黄的梧桐叶子,一切能调动"悲秋"的景象网罗殆尽,增加了悲凉的气氛。在这样的环境中,孤处异乡的人自然会产生无限的"情伤",正所谓情与景合。下阕回忆往日文期酒会的欢快热烈,接着写失去这种欢快的惆怅以及重新得到它的渴求。这种渴求写得很动人:作者明知朋友不会自天而降,但他依然痴痴地站在夕阳之中,盯着归帆细看,企盼着会出现意外的惊喜。当然他知道,读者也知道,这种痴人说梦式的期盼,最终是一个什么样的结局。

玉蝴蝶(渐觉芳郊明媚)

渐觉芳郊明媚,夜来膏雨①,一洒尘埃。满目浅桃深杏,露染风裁②。银塘静、鱼鳞簟展③,烟岫④翠、龟甲屏开⑤。殷晴雷⑥。云中鼓吹⑦,游遍蓬莱⑧。 徘徊。隼旟⑨前后,三千珠履⑩,十二金钗⑪。雅俗熙熙⑫,下车⑬成宴尽春台。好雍容、东山妓女⑭,堪笑傲、北海尊罍⑮。且追陪⑯。凤池归去,那更重来⑰!

[注释]

①膏雨:滋润万物的霖雨。《汉书·贾山传》:"膏雨降,五谷登。"②露染风裁:谓浅桃深杏如同露水染就,薰风裁剪。言其自然而娇美。③银塘静、鱼鳞簟(diàn)展:意谓银白色的湖面如鱼鳞席层层展开。此指水中细细的波纹而言。簟,竹席或苇席。④烟岫(xiù):烟雾笼罩的山峦。岫,本指有洞穴

的山,亦泛指山。⑤龟甲屏开:谓远处重重叠叠的山峦,如同龟甲屏风一样层层展开。李贺《蝴蝶飞》诗:"杨花扑帐春云热,龟甲屏风醉眼缬。"⑥殷晴雷:意谓晴天响起一声惊雷。《诗经·召南·殷其雷》:"殷其雷,在南山之阳。"⑦云中鼓吹:此句承上句而言,将雷声比做云间的鼓吹。鼓吹,谓击鼓奏乐。即古代的器乐合奏。⑧游遍蓬莱:遍游人间仙境。蓬莱,传说中海中三神山之一。⑨隼旟(sǔn yú):画有隼鸟的旗帜。为古代州郡长官所建之旗。《周礼·春官·司常》:"鸟隼为旟,龟蛇为旐。……州里建旟,县鄙建旐。"贺铸《玉京秋》词:"且追随、隼旟行乐。"此处"隼旟"与《望海潮》之"高牙"所言相近,皆指知州的仪仗旗帜。⑩三千珠履:谓门下宾客甚多,且都穿着华美。珠履,珠饰之履。《史记·春申君列传》:"春申君客三千余人,其上客皆蹑珠履。"陆游《题郭太尉金州第中至喜堂》诗:"帐前犀甲罗十万,幕下珠履逾三千。"⑪十二金钗:喻美女之多。南朝梁武帝《河中之水歌》:"头上金钗十二行,足下丝履五文章。"其言"金钗十二行"者,本以形容美女头上金钗之多,后人移花接木,以"十二金钗"喻众多的姬妾。唐长孙佐辅《古宫怨》诗:"三千玉貌休自夸,十二金钗独相向。"⑫熙熙:和乐之貌。《老子》第二十章:"众人熙熙,如享太牢,如春登台。"⑬下车:指太守到任。苏轼《与朱康叔书》之十七:"自闻下车,日欲作书。"⑭东山妓女:晋代谢安居于东山,日与所蓄歌舞妓游赏。《世说新语·识鉴》:"谢公在东山畜妓。简文曰:'安石必出。既与人同乐,亦不得不与人同忧。'"⑮北海尊罍:孔融的酒樽。《后汉书·孔融传》:"(孔融)好士,喜诱益后进。及退闲职,宾客日盈其门。常叹曰:'坐上客恒满,尊中酒不空,吾无忧矣。'"⑯追陪:追随伴随。韩愈《奉酬卢给事荷花行见寄》诗:"上界真人足官府,岂如散仙鞭笞鸾凤终日相追陪。"⑰凤池归去,那更重来:此句承上句而言,意谓自己须把握住机会,及时追陪孙知州。否则一旦知州回朝入相,哪里还会回到杭州!此句作者在《望海潮·东南形胜》中亦有相似用法:"异日图将好景,归去凤池夸。"

[评析]

　　这还是一首投献词,所投之人是杭州知州孙沔。关于这一点,《乐章集校注》及其他柳永词论述均未言及。从时间上看,此词作于至和元年（1054）春孙沔刚到杭州之时，"下车成宴尽春台"一句可证（古称"下车"者，皆言太守新到任所）。词的开篇写得十分清丽，作者故意将"芳郊"置于一夜春雨的洗刷之后，天是清的，地是潮的，整个空间里没有一丝尘埃。满眼的桃杏争相绽放，花瓣上还沾着夜来的清露，这种意境，本身就令人感到身心俱畅。随后出现在读者眼中的是银白色的湖面，微风涟漪；烟云中的远山，如同画屏。更有别出新意之处，作者在静中突然插入一声惊雷，给过分的宁静增添了令人震动的声响，这个"殷晴雷"，实在出乎所有人的意料。下阕转到人的描写：刚刚下车的太守，隼旟高扬，宾客三千，美女成行，极力渲染新官的非凡气象。其后不失时机地选用谢安东山携妓的风流倜傥、北海孔融一醉方休的豪侠大度，很成功地树立了新太守的形象。末句用自己的谦恭衬托太守的高峻，也写得恰如其分。总体而言，全词的架构安排、用语，都堪称无懈可击。

玉蝴蝶（误入平康小巷）

误入平康①小巷，画檐深处，珠箔微褰②。罗绮丛中，偶认旧识婵娟③。翠眉开、娇横远岫④，绿鬓亸⑤、浓染春烟⑥。忆情牵⑦。粉墙曾恁，窥宋三年⑧。　　迁延⑨。珊瑚筵⑩上，亲持犀管⑪，旋叠香笺。要索新词，媊人含笑立尊前⑫。按新声⑬、珠喉渐稳，想旧意、波脸增妍⑭。苦留连。凤衾鸳枕，忍负良天⑮。

[注释]

①平康：唐代都城长安丹凤街有平康坊，亦称平康里，为妓女聚居之地。后因以"平康"为妓女所居的代称。孙棨《北里志·海论三曲中事》："平康入北门，东回三曲，即诸妓所居。"元李好文《长安志图》："平康为朱

雀街东第三街之第八坊。"②珠箔：珠帘。《汉武故事》："武帝起神室，以白珠织为箔。"李白《陌上赠美人》诗："美人一笑褰珠箔，遥指红楼是妾家。"微褰（qiān）：半卷。③偶认旧识婵娟：偶然之间遇见了曾经交往过的一位美人。④娇横远岫（xiù）：谓其娇美之态，尽在两道远山之眉。远岫，即远山，古代女子一种画眉的名称。《西京杂记》卷二："（卓）文君姣好，眉色如望远山。"杜牧《少年行》："豪持出塞节，笑别远山眉。"⑤绿鬓：翠鬓。軃（duǒ）：下垂之貌。⑥浓染春烟：意谓女子翠鬓宛如浸染在浓浓的烟云之中。⑦忆情牵：回忆起当年欢好之情。⑧窥宋三年：谓女子因爱慕男子才情，隔墙窥视很久。宋玉《登徒子好色赋》："天下之佳人，莫若楚国，楚国之丽者，莫若臣里，臣里之美者，莫若臣东家之子。……然此女登墙窥臣三年，至今未许也。"⑨迁延：徘徊迟疑之貌。司马相如《美人赋》："有女独处，婉然在床，奇葩逸丽，淑质艳光，睹臣迁延，微笑而言。"⑩珊瑚筵：丰盛之宴。言酒食之器皆以珊瑚等珍贵之物制成。唐张说《安乐郡主花烛行》诗："珊瑚刻盘青玉尊，因之假道入梁园。"⑪犀管：犀角制成的笔管。代指精美的笔。⑫殢（tì）人：缠着人。殢，沉湎。⑬按新声：演奏新声乐曲。按，弹奏。《文选》宋玉《招魂》："陈钟按鼓，造新歌些。"刘良注解说："按，犹击也。"⑭波脸增妍：春波荡漾的俊脸，比先前更加美艳。波，指眼波。⑮良天：美好的时节。

[评析]

　　这是一首恋妓词，写作的角度却与寻常之作很不相同，故而显得颇为新奇。上阕开篇平平，无非说自己耐不住寂寞，再次走进了"鸡儿巷"，一番逢场作戏后，作者猛然间遇到了几年前曾经欢好过的一位佳丽，眼瞅着她的翠眉绿鬓，回想起往日里二人默默无语却彼此动情的一幕幕。下阕用颇带感叹色彩的"迁延"二字，准确地表达出此时作者"悔当初"的遗憾：如此美人，又对自己含情脉脉，当初为什么没有与她有更深的交往呢？此刻的她，亲手取来纸笔，娇痴地请求他写一首新词，大有不得新词不罢休的意味。那凝眸巧笑之态，不由作者不抽思挥毫。听着女子美妙的歌声，体会着女子旧日的情意，作者在此久久流连，一直到偿了夙愿。词的故事性很强，遇到文章高手，将这段情缘敷衍成一篇小说，也不是不可能的事。正因为如此，此词给读者留出了很大的想象空间：他们曾经是如何相恋的？他们当下是什么心境？明天的他们又将如何？作者能对得起这位恋他几年的纯情女子吗？这一切，大概连柳永本人也无法做出回答。

满江红（暮雨初收）

暮雨初收，长川静、征帆夜落。临岛屿、蓼烟①疏淡，苇风萧索。几许渔人飞短艇②，尽载灯火归村落。遣行客、当此念回程，伤漂泊。　　桐江③好，烟漠漠④。波似染，山如削。绕严陵滩⑤畔，鹭飞鱼跃。游宦区区成底事⑥，平生况有云泉约⑦。归去来⑧、一曲仲宣⑨吟，从军乐⑩。

[注释]

①蓼（liǎo）烟：蓼草浅滩上笼罩的烟霭。蓼，一年生或多年生草本植物。有水蓼、红蓼等。此处特指水蓼。《诗经·周颂·良耜》："以薅荼蓼。"毛亨传云："蓼，水草也。"②飞短艇：谓将小船划得飞快。③桐江：流经浙江桐庐境内的江名。顾祖禹《读史方舆纪要》卷八九《浙江》："（金溪）与东阳江合流。此浙江西南别出之源也。二江既合，东北流百余里，至严州府城东南二里，而与新安江会。三源同流，东过桐庐县，或谓之桐江。又东北入杭州府富阳县界，而为富春江。经县城南，又东经府城南，而谓之钱塘江。"④烟漠漠：烟霭迷蒙之貌。李白《菩萨蛮》词："平林漠漠烟如织，寒山一带伤心碧。"⑤严陵滩：《读史方舆纪要》卷九十《浙江》："富春山，（桐庐）县西三十里，一名严陵山。前临大江，汉子陵钓处，人号严陵濑。有东西二钓台，各高数百丈。"严，指东汉初年高士严光，曾与光武帝刘秀有旧。刘秀为帝之后，严光隐于富春山垂钓为乐，拒不入朝为官。后称其钓处为严陵濑，或

严陵滩。⑥游宦区区：谓因微不足道的小官奔走于宦途。区区，谓微末。底事：何事。赵翼《陔余丛考·底》："江南俗语，问何物曰底物，何事曰底事。唐以来已入诗词中。"⑦云泉约：白云清泉之约。指隐居之约。司马光《重经车辋谷》诗："云泉佳处须速去，登山筋力行蹉跎。"⑧归去来：用晋代陶渊明《归去来兮辞》之语。表示归去隐居之意。⑨仲宣：汉末王粲的字。《三国志·魏书·王粲传》："王粲字仲宣，山阳高平人也。……年十七，司徒辟，诏除黄门侍郎，以西京扰乱，皆不就。乃之荆州依刘表。"王粲后归曹操，官至军谋祭酒，拜侍中。⑩从军乐：指王粲所作《从军诗五首》。其一云："从军有苦乐，但问所从谁。所从神且武，焉得久劳师。相公征关右，赫怒震天威。一举灭獯虏，再举服羌夷。西收边地贼，忽若俯拾遗。"

[评析]

　　这是一首行旅词，作于作者赴任睦州军事推官途中。睦州宋代属两浙路，治所在今浙江省建德市东。《元丰九域志》卷五："睦州，新定郡，军事。治建德县。"所辖有青溪、桐庐、分水、遂安、寿昌五县。词中提到的桐江，属桐庐县，在睦州州治以东。《元丰九域志》卷五："上，桐庐。（睦）州东一百五里。"宋朝的州郡推官为知州的主要僚属，主管按问狱讼。与之并列的还有判官，主管审理判决案件，按现在的说法，两官都属于"公检法"系统。在我见到的相关论述中，都仅称其任"睦州推官"，这是个简称。宋代州郡分为四等：军事、节度、团练、刺史。睦州既为军事州，其推官全称即为"睦州军事推官"。我们读宋朝书时可能还见过"节度推官"之类的说法，根据就在于此。柳永何时任睦州军事推官，历来有不同的说法。唐圭璋《词学论丛》说是在景祐元年（1034）范仲淹担任睦州知州时。这种说法已被不少学者证明是不正确的。原因之一：柳永中进士不可能在景祐元年；之二：柳永中进士后先任监晓峰盐场（宋朝称为监当官，比睦州推官更微），就算他景祐元年中进士，也不可能当年就任睦州推官。故而此词之作，最早也在宝元之后。据词中难得一见的"一曲仲宣吟，从军乐"之句推断,更大的可能是写于康定元年(1040)或庆历初年宋夏开战之后。此词所表现出的思想比较复杂,虽然没有寻死觅活地想青楼女子,总体情绪还是比较低沉。"游宦区区成底事"一句,道出了作者对游宦生涯的失望,要知道他和别的进士有极大的年龄差距,人家二十岁就中进士的有大把时间在地方小官任上寻找机会,柳永不行,他等不起,所以急于仕进的焦躁情绪明显比年轻官员强烈。恰恰又途经严陵滩,更勾起他"要么做大官,要么学严光"的赌气情绪。当然,还有一条路,学三国的王粲,当兵打仗去!他真是个书呆子,就他那副身板儿,又是花丛里混惯了的人,能打仗吗?

引驾行(红尘紫陌)

红尘紫陌①,斜阳暮草长安道,是离人、断魂处,迢迢匹马西征。新晴。韶光②明媚,轻烟淡薄和气暖,望花村③、路隐映,摇鞭时过长亭④。愁生。伤凤城仙子⑤,别来千里重行行⑥。又记得临歧,泪眼湿、莲脸盈盈⑦。　　消凝⑧。花朝月夕,最苦冷落银屏⑨。想媚容、耿耿无眠,屈指已算回程⑩。相萦⑪。空万般思忆,争如归去睹倾城⑫。向绣帏、深处并枕,说如此牵情。

[注释]

①红尘:车马扬起的飞尘。班固《西都赋》:"红尘四合,烟云相连。"紫陌:郊野的道路。刘禹锡《元和十一年自朗州召至京戏赠看花诸君子》诗:"紫陌红尘拂面来,无人不道看花回。"②韶光:指明媚的春光。南朝梁简文帝《与慧琰法师书》:"五翳消空,韶光表节。"③花村:开满鲜花的村落。④长亭:古代置于路旁供人休息的亭子。北周庾信《哀江南赋》:"十里五里,长亭短亭。"⑤凤城仙子:指所恋的京城女子。杜甫《夜》诗:"步檐倚杖看牛斗,银汉遥应接凤城。"仇兆鳌注引赵次公曰:"秦穆公女吹箫,凤降其城,

因号丹凤城。其后言京城曰凤城。"⑥别来千里重行行：谓分别已经千里之远，尚在不停地向前行走。《古诗十九首》之一："行行重行行，与君生别离。相去万余里，各在天一涯。"⑦莲脸：美若莲花的面庞。盈盈：指泪水。张先《临江仙》词："况与佳人分凤侣，盈盈粉泪难收。"⑧消凝：因伤感而凝神。⑨银屏：银饰的屏风。多指闺房之屏风。白居易《长恨歌》："揽衣推枕起徘徊，珠箔银屏迤逦开。"⑩屈指已算回程：谓目的地还没到，已经在掐着指头计算归程了。极言归心如箭。⑪相萦：为情所牵。萦，谓萦绕在心。⑫争如：怎如。归去睹倾城：回到京师欣赏女子的倾城之貌。

[评析]

这是一首羁旅词，写于作者前往西北任官途中。全词意绪哀怨，如泣如诉。上阕还是从描写景物入手，紫陌红尘之中，出现了自己的形象：离开所爱之人，匹马西行。接下来的笔墨重新回到景物上：虽然是雨后新晴，春光明媚，"轻烟淡薄和气暖，望花村、路隐映"的良辰美景，却没能唤起作者赏春的兴趣，他心里满满装着的，还是那个不忍割舍的多情女子。无数遍地回想两人分别时，那双盈盈泪眼，实在令他守不住魂魄。下阕接着写离情，虽然自知"空万般思忆"是没用的，却生出了更加不着边际的念头：空想有什么用？不如策马回京，重睹倾城啊！由此可以看出，作者的思绪一直处在昏乱状态，这种昏乱，才是他当时最真实的写照。如果十分清醒，那倒不是柳七郎了。

望远行（长空降瑞）

长空降瑞①，寒风剪，淅淅瑶花②初下。乱飘僧舍，密洒歌楼，迤逦渐迷鸳瓦③。好是渔人，披得一蓑归去，江上晚来堪画。满长安，高却旗亭酒价④。　　幽雅。乘兴最宜访戴，泛小棹、越溪潇洒⑤。皓鹤夺鲜⑥，白鹇失素⑦，千里广铺寒野。须信《幽兰》⑧歌断，彤云⑨收尽，别有瑶台琼榭⑩。放一轮明月，交光清夜⑪。

[注释]

①降瑞：降下瑞雪。②渐渐：象声词，物体轻轻擦动的声音。白居易《竹窗》诗："绕屋声渐渐，逼人色苍苍。"此处指雪花刷刷落下的声音。瑶花：琼瑶之花，喻雪花。唐张九龄《立春日晨起对积雪》诗："忽对林亭雪，瑶华处处开。"古"花"、"华"通用。③迤逦渐迷鸳瓦：意谓雪花飘飘洒洒，逐渐将楼上的鸳鸯碧瓦遮盖起来。④高却旗亭酒价：指由于下雪，城里酒店的酒价骤然抬高。唐郑谷《辇下冬暮咏怀》："烟含紫禁花期近，雪满长安酒价高。"旗亭，张挂旗子的市楼。⑤乘兴最宜访戴，泛小棹、越溪潇洒：此二句用的是同一个典故。《世说新语·容止》："王子猷居山阴，夜大雪，眠觉，开室命酌酒，四望皎然。因起彷徨，咏左思《招隐诗》。忽忆戴安道。时戴在剡，即便夜乘小舟就之。经宿方至，造门不前而返。人问其故，王曰：'吾本乘兴而行，兴绝而返，何必见戴？'"越溪，通到越州的溪，即剡溪。⑥皓鹤夺鲜：由于雪色洁白，白鹤此时已经不再显得鲜洁。⑦白鹇（xián）：鸟名。雄的背部白色，有黑纹；雌的全身棕绿。《文选》班固《西都赋》："招白鹇，下双鹄。"李善注解说："《西京杂记》曰：闽越王献高帝白鹇、黑鹇各一双。"按：以上二句全用谢惠连《雪赋》中语。《雪赋》云："于是台如重璧，逵似连璐。庭列瑶阶，林挺琼树。皓鹤夺鲜，白鹇失素。"失素：失去了满身白羽的素雅。⑧《幽兰》：古歌曲名。《文选》谢惠连《雪赋》："曹风以麻衣比色，楚谣以《幽兰》俪曲。"李善注解说："宋玉《讽赋》曰：'臣尝行至，主人独有一女，置臣兰房之中，臣援琴而鼓之，为《幽兰》、《白雪》之曲。'"⑨彤云：红云。《文选》陆机《汉高祖功臣颂》："彤云昼聚，素灵夜哭。"李善注解说："彤，丹色也。"⑩别有：另外有了。瑶台琼榭：白玉砌成的瑶台和美玉筑成的亭榭。此皆言亭台楼榭都布满了白雪，宛如仙人所居的瑶台玉榭。⑪交光清夜：谓天上的明月之光射向地面，地面上的白雪又将银光反射到太空，形成了交相辉映的清湛之夜。

[评析]

　　这是一首咏物词,所写雪景异常清丽,给人一种宛如仙境的清凉感受。此词在遣词用语方面表现出相当高超的技能。上阕写雪花如同寒风裁剪的一般淅淅洒落,飘在僧舍上,飘在歌楼上,飘在所有建筑上。原本耀眼夺目的琉璃碧瓦,很快都变成一片银白。作者展开想象:此时江上的渔翁,定然披蓑归去,那幅美景,比图画更有诗意。而城市之中,机灵的商人马上操作的,则是将酒价抬高,因为王孙公子最喜踏雪前来,拥炉饮酒,此时不宰他们,更待何时!下阕打头二字是"幽雅",既这么说,作者便必须给"幽雅"贴上相应的标签。雪夜最浪漫的故事,莫过于晋代名士王徽之寻访戴安道,所谓"乘兴而来",其实乘的是赏雪之兴;所谓"兴尽而返",还是因雪已赏过,其余何必计较!可惜了一个戴安道,竟平白无故当了王徽之一个"托儿"。王徽之哪里是什么"访戴",分明是任情肆意地玩一把雪罢了。您说此事雅不雅?更有雅者,谢惠连《雪赋》是也。尽管作者全盘袭用《雪赋》成句,可是用得天衣无缝,又会有谁指责作者在抄袭呢?古人可没那么刻薄。结句尤其令人叫绝:雪霁天晴,皎月当空,好一个上下交辉的琉璃世界!

八声甘州（对潇潇、暮雨洒江天）

　　对潇潇、暮雨洒江天,一番洗清秋。渐霜风凄惨,关河冷落,残照当楼[①]。是处红衰翠减[②],苒苒物华休[③]。惟有长江水,无语东流。　　不忍登高临远,望故乡渺邈,归思难收。叹年来踪迹,何事苦淹留?想佳人、妆楼颙望[④],误几回、天际识归舟[⑤]。争知我、倚阑干处,正恁凝愁。

[注释]

①残照当楼：残阳斜挂在楼头。②是处：到处。红衰翠减：红花已经衰败，绿草已经发黄。③苒（rǎn）苒：渐渐。南朝梁宣帝《樱桃赋》："既离离而春就，乍苒苒而冬迎。"物华：自然景物。杜甫《曲江陪郑南史饮》诗："自知白发非春事，且尽芳樽恋物华。"休：衰败死亡。④颙（yóng）望：抬头凝望。唐李赤《望夫山》诗："颙望临碧空，怨情感离别。"⑤误几回、天际识归舟：此为作者想象之词，意谓心中的佳人时时盼望着情郎的归来，不知有多少次，误把他人的归舟当成了自己等的船。

[评析]

这是一首抒情词。作者身在异乡，面对暮雨江天、楼头残照、花谢草枯、关河萧索，自然生出思乡之慨。全词如泣如诉，情真意切，极少有造作的痕迹，故而颇能动人。苏轼对柳永的词颇有好感，他被贬在海南岛时，曾赞赏此词说："世言柳耆卿曲俗，非也。如《八声甘州》云：'霜风凄惨，关河冷落，残照当楼。'此语于诗句，不减唐人高处。"（《苏轼文集·佚文汇编》卷五）意思是说这三句话如果放在诗中，并不比唐人的诗句逊色。其实还不仅仅是这几句，柳词中感人之笔俯拾皆是。就如本词下阕"误几回、天际识归舟"，读上两三遍，就会如入其境，油然生发出阵阵酸楚。

临江仙（梦觉小庭院）

梦觉小庭院，冷风淅淅，疏雨潇潇。绮窗①外，秋声败叶狂飘。心摇。奈寒漏永，孤帏悄，泪烛②空烧。无端处，是绣衾鸳枕，闲过清宵。　　萧条。牵情系恨，争向年少偏饶③。觉新来、憔悴旧日风标④。魂消。念欢娱事，烟波阻、后约方遥⑤。还经岁，问怎生禁得，如许无聊。

[注释]

①绮窗：雕刻或绘饰精美的窗户。《文选》左思《蜀都赋》："开高轩以临山，列绮窗而瞰江。"吕向注解说："绮窗，彤画若绮也。"②泪烛：即点燃的蜡烛。古人称蜡油为蜡泪，故称燃烧的蜡烛为泪烛。③争向年少偏饶：此句连上读，意谓男女的欢情和离恨，越是年轻越是浓烈。饶，富有，多。④风标：风度。唐杨炯《和刘长史答十九兄》诗："风标自落落，文质且彬彬。"⑤后约方遥：谓离别前与女子的誓约，距再次相会还遥遥无期。

[评析]

这是一首怀人词。据词中"烟波阻、后约方遥"、"还经岁"两句，此词当作于刚刚与女子离别后不久。此时作者年岁方壮，故词中又说："牵情系恨，争向年少偏饶。"全词写得凄切哀怨。上阕叙述独自一人在小院歇息，夜半醒来，不能再眠，耳听窗外秋声落叶，眼见屋里蜡泪空流，很自然联想到曾经相欢的女子：虽然两人曾山盟海誓，永不分离，但毕竟岁月无情，想要重温旧好，起码还得等上一年。一想到这么长久的时日，作者不由惊呼：如此漫长，怎生熬过！词中有三个"眼"，上阕的"心摇"，下阕的"萧条"、"魂消"。虽然加起来只有六个字，却在全词中起到了凸显情怀的关键作用。作者巧妙地利用了词调的二字句格律，将能表现情怀的三个短语镶嵌在词的三个转折点上，给读者一种起伏顿宕之感。

竹马子（登孤垒荒凉）

登孤垒①荒凉，危亭旷望②，静临烟渚③。对雌霓挂雨④，雄风⑤拂槛，微收烦暑。渐觉一叶惊秋⑥，残蝉噪晚，素商时序⑦。览景想前欢，指神京，非雾非烟深处⑧。　　向此成追感，新愁易积，故人难聚。凭高尽日凝伫。赢得⑨消魂无语。极目霁霭霏微⑩，瞑鸦零乱，萧索江城暮。南楼画角，又送残阳去。

[注释]

①孤垒：孤立耸起的山冈。②危亭：建在孤垒上的亭子。旷望：极目远望。《文选》谢朓《郡内高斋闲坐答吕法曹》诗："结构何迢遰，旷望极高深。"吕延济注解说："言远尽见高深也。"③烟渚：青烟缭绕的洲渚。孟浩然《宿建德江》诗："移舟泊烟渚，日暮客愁新。"④雌霓：古称并出的彩虹为虹霓，颜色亮者为雄虹，颜色暗者为雌霓。东方朔《七谏·自悲》："借浮云以送予兮，载雌霓而为旌。"挂雨：谓彩虹刚出，此前的雨滴似乎还挂在霓虹之上没有落尽。⑤雄风：清冷的风。宋玉《风赋》："此大王之雄风也。"⑥一叶惊秋：谓秋天将至。《淮南子·说山训》："见一叶落，而知岁之将暮。"⑦素商：指秋天。古人五行之说，五色中秋季尚白素，故以白色属秋；五音中秋季尚清，故以商属秋。时序：季节，节序。⑧非雾非烟深处：指祥云笼罩的帝京深处。即作者在汴京寻欢的青楼。《史记·天官书》："若烟非烟，若云非云，郁郁纷纷，萧索轮囷，是谓卿云。卿云，喜气也。"⑨赢得：唐宋时期俗语，相当于今言"只落得"。⑩霁霭：天气放晴后弥漫的雾气。霏微：烟雾弥漫的样子。

[评析]

这是一首描写羁旅行愁的词。作者独自登上高垒眺望，尽管是夏末秋初的清爽季节，但那一叶落而知秋的凄凉之感，仍勾起他对京城繁华的回忆和对青楼女子的怀念。词的上阕从荒凉的孤垒、平静的烟渚、高挂的虹霓、拂槛的秋风，一直写到聒噪的鸣蝉，极力铺排自夏入秋的种种景物，直到最后一句，才点破主题：原来是触景生情，想起了远在京城的佳丽。下阕则直抒愁怀。由于"新愁易积，故人难聚"，所以尽管终日伫立，也不可解开满怀的愁思；他切盼着能够解脱这折磨人的相思，所以才终日伫立，凝神望远，最终只能是浑浑噩噩，目送着残阳下山。可以想象，作者的愁思无法排解，他明天可能还会登上这荒凉的孤垒。然而可以预料的是，那必然还是今天的重复。

小镇西犯（水乡初禁火）

水乡初禁火①，青春未老。芳菲②满、柳汀烟岛③。波际红帏缥缈④。尽杯盘小。歌祓禊⑤，声声谐楚调⑥。　　路缭绕。野桥新市里，花秾⑦妓好。引游人、竞来喧笑。酩酊谁家年少，信玉山倒⑧。家何处，落日眠芳草。

[注释]

①禁火：谓古代清明前几天的寒食节不举火炊饭。南朝梁宗懔《荆楚岁时记》："去冬节一百五日，即有疾风甚雨，谓之寒食，禁火三日。"②芳菲：香花芳草。唐李峤《二月奉教作》诗："乘春重游豫，淹赏玩芳菲。"③柳汀（tīng）：柳树成行的水边平地。陆龟蒙《冬柳》诗："柳汀斜对野人窗，零落衰条傍晓江。"汀，水边的平地或水中的小洲。烟岛：烟波笼罩的岛屿。陆龟蒙《奉和袭美暇日独处见寄》："冷梦汉皋怀鹿隐，静怜烟岛觉鸿离。"④红帏缥缈：谓远水之际一座又一座临时搭起的红色帷帐宛如仙境，缥缥缈缈。此指游春的人。⑤祓禊（fú xì）：古代祭祀名。三国魏以前多在三月上巳，魏以后确定在三月三日。这一天里，人们都到水边洗涤，谓可以祛除不祥。《后汉书·礼仪志上》："是月上巳，官民皆絜于东流水上。"刘昭注解说："《论语》：'暮春者，春服既成，冠者五六人，童子六七人，浴乎沂，风乎舞雩，咏而归。'自上及下，古有此礼。今三月上巳，祓禊于水滨，盖出于此。"⑥楚调：南方歌曲的音调。《乐府诗集》卷二十六《相和歌辞》："《唐书·乐志》曰：'平调、清调、瑟调，皆周房中曲之遗声，汉世谓之三调。又有楚调、侧调。楚调者，汉房中乐也。高帝乐楚声，故房中乐皆楚声也。侧调者，生于楚调，与前三调总谓之相和调。'……楚调曲有《白头吟行》、《泰山吟行》、《梁甫吟行》、《东武琵琶吟行》、《怨歌行》。其器有笙、笛弄、节、琴、筝、琵琶、瑟七种。"⑦花秾（nóng）：花木茂盛浓密。《诗经·召南·何彼秾矣》："何彼秾矣，唐棣之华。"朱熹集传说："秾，盛也。"⑧信：真的，果然。玉山倒：

谓人喝醉后摇摇晃晃要摔倒的样子。参《凤栖梧·帘下清歌帘外宴》注⑧。

[评析]

　　这是一首游春词,时间在清明寒食之间。上阕开篇言"水乡",则可知此词是作者在南方任官时所作。其写作方法依然是柳氏传统的"声色俱到":柳汀、烟岛、红帏,分别点染了绿、白、红三色,不知不觉间,让人感受到了春季自然界的五彩斑斓。随后则是"歌祓禊,声声谐楚调",出现了吴楚之音的声调。下阕接着写自然景物中的"人":有面容姣好的妓女,有兴高采烈的游人,当然还有作者自己。柳永自从南来,心绪一直不佳,主要是思念曾经有过誓约的京城女子。由于这段痴情,他对南国女子似乎很没兴趣,可见此人并不像人们褒贬的那样贪恋女色。他喜欢京城女子的大气和仗义,越女吴娃在这点上是无法与北国女子相比的。这在很多柳词中都能得到印证。就拿这首词来说,他并不否认此处的"妓好",但丝毫没能引起他的兴趣。此时他最需要的恰恰是美酒,他宁可喝得酩酊大醉,醉得连自家都不认得,索性睡倒在芳草地上。综观全词,作者的情绪难得如此轻松,或许是明知京城难回,干脆想借着酒兴潇洒一天吧。

迷神引（一叶扁舟轻帆卷）

　　一叶扁舟轻帆卷。暂泊楚江①南岸。孤城暮角,引胡笳②怨。水茫茫,平沙雁、旋③惊散。烟敛寒林簇,画屏展。天际遥山小,黛眉浅④。　　旧赏⑤轻抛,到此成游宦⑥。觉客程劳,年光晚。异乡风物,忍萧索、当愁眼。帝城赊⑦,秦楼阻,旅魂乱。芳草连空阔,残照满。佳人无消息,断云远。

[注释]

①楚江：指长江的中下游。这一带地区上古时属楚国，故云。②胡笳：古代流行于北方的一种管乐器，其声哀怨呜咽。因其是汉代张骞自胡地携入，故称胡笳。后汉末蔡琰曾写过《胡笳十八拍》，即以胡笳为主要乐器的乐词。③旋（xuàn）：唐宋时期俗语，相当于今言"很快"、"随之"、"随后"。④黛眉浅：形容天边的远山如美人所描画的浅眉。温庭筠《春日》诗："草色将林彩，相添入黛眉。"⑤旧赏：旧时曾欣赏爱恋的女子。⑥游宦：经常调任奔走于途的地方官吏。⑦赊：遥远。唐吕岩《七言》诗："常忧白日光阴促，每恨青天道路赊。"

[评析]

柳永中第前，长期流连于京城的青楼妓馆，与一些妓女产生了很深的感情，但在封建时代，士子的功名又不可抛弃，哪怕是州县小吏，也总算是步入了仕途。既然成了朝廷的官吏，自然要听从朝廷的驱遣，这就使他不得不为了一个江南微职而抛弃相交已久的青楼女子。这首词作于作者赴任南行途中，从词中的描写可以看出：他还没有上任"过把瘾"，就已经为此举感到后悔了。此时此刻，他心中最挂念的还是他那无法释怀的"旧赏"，做官的威风、江南的秀色，此刻都显得淡乎寡味。全词情景交融，缠绵悱恻，凄婉之态，溢于言表。

临江仙（鸣珂碎撼都门晓）

鸣珂碎撼都门晓①，旌幢拥下天人②。马摇金辔破香尘。壶浆盈路③，欢动一城春④。　　扬州曾是追游地，酒台花径仍存⑤。凤箫依旧月中闻⑥。荆王魂梦⑦，应认岭头云⑧。

[注释]

①鸣珂：古贵族所乘马以玉为饰，行走时发出响声，因名。参《轮台子·一枕清宵好梦》注①。碎撼都门晓：意谓新任扬州知州清晨上马从京城出发。都门，指汴京之门。此时作者应在汴京，乃是为新扬州知州送行之作。②旌幢拥下天人：意谓旌旗围幢之间走出天上之人。③壶浆盈路：即"箪食壶浆"充满道路的省称。喻扬州百姓提着饮食欢迎新知州的到来。④欢动一城春：欢呼之声使扬州全城沉浸在浓浓春色之中。这是作者想象之辞。⑤扬州曾是追游地，酒台花径仍存：谓扬州乃盛度曾经担任过太守的地方，曾经饮酒的台榭、曾经游历的花径依然存在，可供追忆旧游。⑥凤箫依旧月中闻：用秦穆公女弄玉与其夫萧史月夜吹箫仙去的典故。参《笛家弄·花发西园》注⑨。⑦荆王魂梦：用楚顷襄王梦游兰台之宫梦朝云的典故。参《雪梅香·景萧索》注⑥。⑧岭头云：此承上句而言，谓岭头之朝云。

[评析]

这是一首送行词，是作者在京师时为新任扬州知州盛度送行时所作。薛瑞生《乐章集校注》（中华书局1994年12月版第205页）认为此词乃是作者投献给扬州知州刘敞之作，主要根据是词中有"荆王魂梦"四字，并认为此"荆王"乃西汉荆王刘贾而非楚顷襄王，于是得出结论，认为此词的被投献者必是"姓刘而又有知扬仕履者"。进而推断此人为嘉祐三年（1058）扬州知州刘敞，再进而得出柳永或卒于嘉祐三年之后，对唐圭璋所论柳永卒于皇祐五年（1053）之说提出质疑。该书"附考"云："《北宋经抚年表》载，嘉祐元年知制诰刘敞知扬州，三年，敞改郓州，知制诰冯京来代。欧阳修《居士集》卷三五《集贤院学士刘公墓志铭》云：'至和二年（1055）八月，奉使契丹。……三年，使还，以亲嫌求知扬州，岁余，迁起居舍人，徙知郓州，兼京东西路安抚使。'《年表》谓嘉祐元年知扬，三年徙郓。欧文谓：'岁余，迁起居舍人，徙知郓州。'两相参照，刘罢扬州任当在嘉祐三年上半年或春季。按宋制，改官移任不径往，必赴阙。《宋史》本传载刘在郓政绩尤著，至州无盗贼，路不拾遗，而词不略及。故知此词写于刘离扬赴阙时也。当在嘉祐三年春夏间。果否，待详考。又，唐圭璋断柳永卒于皇祐五年，似有误。"此段文字刚好把当时的状态弄颠倒了：如果是刘敞离开扬州，那么"壶浆盈路"迎的是谁？"欢动一城春"的"城"又是指哪座城？且薛说"荆王"不是指楚顷襄王，而是指刘贾，那么其后所说的"魂梦"难道是刘贾的梦吗？刘贾传里从没说他做过什么梦，更不知"岭头云"所指何意了。且"楚"与"荆"原本通用，唯秦时因避讳而临时改"楚"为"荆"而已。故而薛说过于牵强，由此得出柳永卒于嘉祐三年之后，更是险论，不可妄从。全词所叙并不复杂，言新任扬州知州清晨上马从京城出发，想象此人一路上必然受到扬州之民的热情欢迎，以至满城春色。扬州乃是新扬州知州曾任知州的旧地，饮酒之台、寻芳之径宛然犹在。太守此去，必是依旧风流。据笔者所撰《宋两淮大郡守臣易替考》，盛度在仁宗天圣七八年间（1029~1030）曾担任扬州知州；宝元二年（1039）十一月第二次受命任扬州知州，符合"扬州曾是追游地"之说，且北宋两度任扬州知州者，唯盛度一人而已。《长编》卷一二五："（宝元二年十一月）丁酉，降宁武节度使、知枢密院事盛度为尚书右丞、知扬州。"《宋史》卷二九二《盛度传》云："盛度字公量，世居应天府，后徙杭州余杭县。……丁谓贬，起为祠部郎中，复兵部郎中，迁太常少卿、知筠州，更虔、滁、苏三州。还知审刑院，以右谏议大夫知扬州，加集贤院学士。……景祐二年（1035），拜参知政事。……迁知枢密院事。……坐令开封府吏冯士元强取其邻所赁官舍，以尚书右丞罢。复知扬州，加资政殿学士、知应天府。暴感风眩，以太子少傅致仕，卒。"词中言"旌幢拥下天人"，亦符合盛度以朝廷宰辅之身份出知扬州的实际。凡考据者，委实不可只顾其一而不顾其余。《乐章集校注》作者在柳永交游方面所作的考证主观臆断成分太多，多不可信，此又一例也。如果排除薛说之谬,则柳永究竟卒于皇祐五年还是卒于嘉祐三年之后的学术争论可以顿息矣。

凤归云(向深秋)

向深秋,雨余爽气肃西郊。陌上夜阑,襟袖起凉飙①。天末残星,流电②未灭,闪闪隔林梢。又是晓鸡声断,阳乌③光动,渐分山路迢迢。　驱驱行役④,苒苒⑤光阴,蝇头利禄⑥,蜗角功名⑦,毕竟成何事,漫相高⑧。抛掷云泉⑨,狎玩尘土⑩,壮节等闲消⑪。幸有五湖烟浪⑫,一船风月,会须归去老渔樵。

[注释]

①襟袖起凉飙:谓衣襟袖口都感到了冷风吹入。②流电:闪电。③阳乌:传说日中有三足乌,故称太阳为阳乌。《文选》左思《蜀都赋》:"羲和假道于峻岐,阳乌回翼乎高标。"李善注解说:"阳成于三,故日中有三足乌,乌者,阳精。"④驱驱行役:漫漫无尽的路途。驱驱,奔走辛劳之貌。古称因公事出行为行役。⑤苒苒:通"冉冉",谓时光渐渐流逝。⑥蝇头利禄:喻微小的名利。宋周紫芝《醉落魄》词:"如今始信从前错,为个蝇头,轻负青山约。"⑦蜗角功名:微不足道的功名。《庄子·则阳》:"有国于蜗之左角者曰触氏,有国于蜗之右角者曰蛮氏,时相与争地而战,伏尸数万,逐北旬有五日而后反。"这两句话后来为苏轼采用。苏轼《满庭芳》词:"蜗角虚名,蝇头微利,算来著甚干忙。"⑧漫相高:徒自彼此夸耀。相高,争高下。唐李咸用《鸡鸣曲》:"鸳瓦冻危金距趞,夸雄斗气争相高。"⑨云泉:白云清泉。司马光《重经车辋谷》诗:"云泉佳处须速去,登山筋力行蹉跎。"此处亦指隐居之胜境。⑩狎玩尘土:意谓终日与尘土相伴。指行路之间,唯有尘土相伴可玩。狎玩,玩弄。⑪壮节:壮烈的节操。宋苏舜钦《己卯冬大寒有感》诗:"予闻古烈士,自誓立壮节。"等闲消:谓壮节就在这毫无意义的宦途奔走中消磨殆尽。⑫五湖烟浪:隐居之处的烟雨波浪。唐胡曾《咏史诗·五湖》:"东上高山望

五湖,雪涛烟浪起天隅。"

[评析]

　　这首词写于羁旅之间,发的是厌倦仕途的感慨。由于作者及第甚晚,故而仕途蹭蹬,后半辈子大多在州县担任幕僚。这就与作者自视甚高的秉性发生了很大的冲突。作者自认为实堪大任,但朝廷选官又必须考虑士子的经历。宋朝又是个极重考课的朝代,在某一级官任上必须待够几年,才能经考课升迁上一级官职,经高官举荐而越级升擢者不能说没有,毕竟是凤毛麟角。柳永得第前名声就不好,连仁宗都看他不起,想迅速高升,几乎是不可能的。不能在壮年时得到升迁,其委顿于幕僚或小官之位,是再正常不过的事。而疯玩了大半辈子的柳永却当局者迷,自以为才高八斗,理当平步青云,谁会买他的账?全词充满消极情绪,上阕先写行役之无聊,鸡鸣未已,便须上路,这使他感到十分烦闷,于是下阕感叹:蝇头微利,蜗角虚名,于己有何用处!就算是大富大贵,也不过是过眼烟云而已。大有看破红尘的意味。这是旧时代很多读书人极易产生的想法,因为当官的日子其实很不好过:小官人家看不起,大官人家惦记着,尔虞我诈,钩心斗角,你死我活,朝为卿相客,暮为阶下囚,没几个觉得舒心的。士子一旦失意,很自然会想到隐居江湖,躲开争斗。柳永仅仅是因为官小辛苦而感到厌倦,这在封建士大夫中,还算是幸运儿呢。

木兰花令(有个人人真堪羡)

　　有个人人真堪羡①,问著洋洋回却面②。你若无意向他人,为甚梦中频相见? 不如闻早还却愿③。免使牵人虚魂乱。风流肠肚不坚牢④,只恐被伊牵引断。

[注释]

①堪美：值得爱慕。②洋洋：女子娇美之貌。回却面：扭回头把脸朝向他处。言女子娇羞之态。③还却愿：即"还愿"，谓酬了鱼水相谐的心愿。④风流肠肚不坚牢：此作者自谓，禁不住美色诱惑的意思。

[评析]

这是一首调情小词，写作者看中一位青楼女子，惹起相思之情，甚至梦里几度见到，于是渴望得到女子之芳心，与之谐鱼水之欢。全词只写自己的心理活动，且只有相思的过程，没有具体的结果。虽然属于艳词，但尚在婉丽之间，不到艳冶地步，算是一首精巧小词。

甘州令（冻云深）

冻云①深，淑气②浅，寒欺绿野。轻雪伴、早梅飘谢。艳阳天，正明媚，却成潇洒③。玉人④歌，画楼酒，对此景、骤增高价。　　卖花巷陌，放灯台榭。好时节、怎生轻舍？赖和风，荡霁霭⑤，廓清良夜。玉尘铺，桂华⑥满，素光里、更堪游冶。

[注释]

①冻云：冬天的阴云。陆游《好事近》词："扶杖冻云深处，探溪梅消息。"②淑气：温和之气。唐柳道伦《赋得春风扇微和》诗："青阳初入律，淑气应春风。"③潇洒：雨雪飘落之貌。唐韦应物《夏夜忆卢嵩》诗："不知湘雨来，潇洒在幽林。"按："潇洒"之义甚多，据下文"赖和风，荡霁霭"二句，知作者此处所谓"潇洒"，乃是言飘了一阵雪旋即停下。④玉人：美女。元稹《莺莺传》："隔墙花影动，疑是玉人来。"⑤荡霁霭：此句连上读，意谓一阵和风，将雨后的烟霭一扫而光。⑥桂华：月光。旧说月中有桂花树，故称为月桂或桂月，月光为桂华。

[评析]

　　这是一首写景词,据词中"轻雪伴、早梅飘谢"、"卖花巷陌,放灯台榭。好时节、怎生轻舍"数句,知此词是写元宵佳节的。元宵节在每年夏历正月十五(约当今之2月中下旬)。此时阳气回归,天气渐暖,但"冻云"、春雪还时不时地降临,即李清照所谓"乍暖还寒时候"。上阕一句"寒欺绿野"十分传神:原野已经发绿,却还要受到寒冷气候的侵扰。下句"轻雪伴、早梅飘谢"也很形象:梅花飘落,雪也在飘落,又是一个冷暖之间的天气。接着,"艳阳天,正明媚,却成潇洒",写天气在极短时间之内的变化,刚刚还是明媚的艳阳天,忽然间飘飘洒洒下起了雪。以上数句的描写,让读者感觉到一切都是"活"的,有生气的。下阕依旧在写一个"活"的佳节:卖花巷陌,放灯台榭,和风霁霭,玉尘素光,一切都那么静谧却又充满灵动,大有"人在画中游"的意境。

西　施(苎萝妖艳世难偕)

　　苎萝妖艳世难偕①。善媚悦君怀。后庭恃宠②,尽使绝嫌猜③。正恁朝欢暮宴,情未足,早江上兵来④。　　捧心调态军前死⑤,罗绮旋变尘埃⑥。至今想,怨魂无主尚徘徊⑦。夜夜姑苏⑧城外,当时月,但空照荒台⑨。

[注释]

　　①苎萝:西施的家乡。《嘉泰会稽志》卷九:"越王使相者求美女于国中,得之苎萝山鬻薪之女西施、郑旦,饰以罗縠,教以行步,习于土城,教于都巷。三年学服,而献吴王。旧经引《州僚记》云:越王作土城,以贮西施。即此山。下有浣沙石。"妖艳世难偕:谓西施的艳丽天下无双。②后庭恃宠:指西施被越王献给吴王夫差之后,宠冠后庭。③尽使绝嫌猜:意谓吴王对西施

的宠爱,是其他嫔妃嫉妒都没有用的。古语云:"入宫见妒。"这句话就是针对此事而言。④江上兵来:指越王勾践恢复实力之后,渡江攻打吴国,吴国亡。⑤捧心调态:俗传西施有心痛之病,经常以手捧心作苦痛之态。《庄子·天运》:"故西施病心而颦其里,其里之丑人见之而美之,归亦捧心而颦其里。其里之富人见之,坚闭门而不出;贫人见之,挈妻子而去之走。彼知颦美,而不知颦之所以美。"军前死:据《吴越春秋》说,越军攻破吴国后,西施沉江而死。一说吴亡后,西施与越相范蠡泛游五湖,不知所终。⑥罗绮旋变尘埃:美女瞬间化为尘埃。指西施香消玉殒。此说本于吴国灭亡后西施沉江而死。⑦怨魂无主尚徘徊:意谓西施魂魄不死,直到如今,尚在九泉之下徘徊。言其死无辜也。⑧姑苏:苏州的代称,以境内有姑苏山而得名。⑨荒台:姑苏台。陆广微《吴地记》:"姑苏台在吴县西南三十五里。阖闾造,经营九年始成。其台高三百丈,望见三百里外,作九曲路以登之。"

[评析]

这是一首咏史词,当是作者逗留苏州时所作。此词的词牌名《西施》,乃是作者自度之曲,故全词以西施为主线,凭吊一千多年前的这位美人,以及她与吴、越两国的兴亡联系在一起的无奈与无辜。这是一个很古老的话题,作者所抒发的感慨也没有太多出奇之处,唯最后两句"夜夜姑苏城外,当时月,但空照荒台",颇有"秦时明月汉时关"的韵味,使人随之而起思古之幽情。

河 传(淮岸向晚)

淮岸向晚,圆荷向背,芙蓉深浅①。仙娥画舸②,露渍红芳交乱。难分花与面。 采多渐觉轻船满,呼归伴。急桨烟村远。隐隐棹歌③,渐被蒹葭遮断。曲终人不见④。

[注释]

①圆荷向背,芙蓉深浅:圆荷指圆圆的荷叶,芙蓉指荷花。这两句谓圆

圆的荷叶有的朝前,有的朝后,美丽的荷花有的颜色深红,有的颜色粉红。②仙娥:作者所见水中的采莲女。美如天仙,故称仙娥。画舸(gě):画有图案的船。唐岑参《早春陪崔中丞泛浣花溪宴》诗:"红亭移酒席,画舸逗江村。"③棹歌:行船时所唱的歌曲。汉武帝《秋风辞》:"箫鼓鸣兮发棹歌,欢乐极兮哀情多。"④曲终人不见:唐钱起《省试湘灵鼓瑟》诗:"曲终人不见,江上数峰青。"

[评析]

　　这是一首十分轻快、充满诗情画意的写景小词。在短短五十几个字里,容纳了远近高低既有层次又浑然一体的众多江乡美景,除第一句交代地点和时间之外,其余笔墨,都在描摹眼前动静相叠的画面:满湖的莲藕,绿叶向背,红花参差,仅仅八个字,便把荷塘的美艳用写意的笔法勾画得生动传神,读者若是闭目静思,不论你想象如何丰富,大概总难脱出这番描绘。接着动态的"人"出现了:彩绘的船上是仙娥般美丽的采莲姑娘,轻露之中,女子们缓缓地穿行在荷花荡里,好一幅"人在画中游"的水乡画卷。更令人惊叹的是,究竟是荷花更艳丽,还是采莲姑娘更艳丽,实在说不清了。画面已经很美,作者又给它配上了声音:有姑娘们互相招呼伙伴的声音,还有她们清脆而又若有若无的甜美歌声。歌声为什么若有若无呢?作者给出的解释是那么具有孩童的天真:蒹葭苍苍,太多太密,竟然把姑娘们的歌声阻隔得若断若续!歌声渐渐远去,人也渐渐远去,这幅一直在变化当中的画卷,是否也该随着天色的更"晚"而卷起玉轴了呢?

透碧霄(月华边)

　　月华①边,万年芳树起祥烟。帝居壮丽,皇家熙盛,宝运当千②。端门清昼③,甋棱④照日,双阙中天⑤。太平时、朝野多欢。遍锦街香陌,钧天歌吹⑥,阆苑神仙⑦。　　昔观光得意⑧,狂游风景,再睹更精妍⑨。傍柳阴,寻花径,空惌軃辔垂鞭⑩。乐游雅戏,平康艳质,应也依然⑪。仗何人、多谢婵娟⑫。道宦途踪迹,歌酒情怀,不似当年。

[注释]

①月华:月亮。前蜀韦庄《捣练篇》诗:"月华吐艳明烛烛,青楼妇唱《捣衣曲》。"②宝运:国运。《北史·周纪·宣帝纪》:"朕以眇身,祗承宝运。"当千:谓大宋国运千年不衰。这是作者歌颂皇朝之言。③端门:宫殿正南门。《后汉书·左雄传》:"诸生试家法,文吏课笺奏,副之端门。"王先谦集解引胡三省曰:"宫之正南门曰端门。尚书于此受天下奏章,令举者诣公府课试,以副本纳之端门,尚书审核之。"清昼:谓月光明亮,照耀端门宛如清晰的白昼。④甋棱:古代宫阙上转角处的瓦脊呈方角棱瓣之形。亦借指宫阙。《文选》班固《西都赋》:"设璧门之凤阙,上甋棱而栖金爵。"吕向注解说:"甋棱,阙角也。"宋王观国《学林·甋角》云:"所谓甋棱者,屋角瓦脊成方角棱瓣之形,故谓之甋棱。"⑤双阙:古代宫前两边高台上的楼观。《古诗十九首·青青陵上柏》:"两宫遥相望,双阙百余尺。"中天:直插高天。言其高壮。按:宋代都城宫殿前已经不再设双阙,这是作者以古况今之说,夸饰皇都之壮丽。⑥钧天歌吹:钧天之乐。指天上的音乐。《文心雕龙·乐府》:"钧天九奏,既其上帝。"⑦阆(làng)苑:阆风之苑,传说中仙人的住处。王勃《梓州郪县灵瑞寺浮图碑》:"玉楼星峙,稽阆苑之全模。"此处指汴京如神仙住处。以上数句皆是将汴京比做仙城仙宫之语。⑧昔观光得意:当年来到汴京,正值少年得意之时。观光,观览国都之盛德光辉。《周易·观卦》:"观国之光,利用宾于王。"⑨再睹更精妍:如今再次回到汴京,眼见风致景物更胜从前。妍,美丽。⑩軃(duǒ)辔垂鞭:意谓马辔头和马鞭都垂在马下。喻骑马人无精打采之貌。⑪乐游雅戏,平康艳质,应也依然:此三句连读,意谓以前中意的游玩雅戏以及与青楼女子的缠绵缱绻,也同样如"傍柳阴,寻花径",情绪已经很淡。⑫仗何人、多谢婵娟:意谓不知委托何人向有意的女子深致歉意。婵娟,美丽的女子。

[评析]

这是一首抚今追昔感慨人生的词,作于作者老年回到汴京之后。上阕极言皇都之壮丽:"端门清昼,觚棱照日,双阙中天"三句,已把汴京的宏壮气象勾画了出来,又用"锦街香陌,钧天歌吹,阆苑神仙"来烘托帝京的祥和。读了这几句,人们都能感受到仁宗那个时代,的确是北宋最为物阜民康的仁爱时代。下阕进一步用今昔对比的手法说:当年来国观光,已是壮美非常,如今老年再到,景物更为精妍。这也符合北宋中期的实际情况。《宋史·仁宗纪赞》说:"(仁宗)在位四十二年之间,吏治若偷惰,而任事蒇残刻之人;刑法似纵弛,而决狱多平允之士。国未尝无弊幸,而不足以累治世之体;朝未尝无小人,而不足以胜善类之气。君臣上下恻怛之心,忠厚之政,有以培壅宋三百余年之基。子孙一矫其所为,驯致于乱。《传》曰:'为人君,止于仁。'帝诚无愧焉。"清代王弈清等《历代词话》卷四说柳永"词意妥帖,承平气象,形容曲尽",评价也很客观。对帝京的歌咏之后,又说到他自己:如今老来况味,完全无法与少年时相比,踏青春游之兴消磨殆尽,连秦楼楚馆,也无法吸引他的脚步了。这样的感慨,不禁使人想道:人生的一切喧嚣,如功名利禄、金钱美女,都不可能永恒,最终必然归于平静。柳永晚年的一些词作,已经透出隐于江湖的意愿,只不过这首词表达得更加深沉凝重而已。

木兰花慢(拆桐花烂漫)

拆桐花烂漫,乍疏雨、洗清明。正艳杏浇林①,缃桃②绣野,芳景如屏。倾城。尽寻胜③去,骤雕鞍、绀幰出郊坰④。风暖繁弦脆管,万家竞奏新声。　　盈盈,斗草⑤踏青。人艳冶、递逢迎⑥。向路傍往往，遗簪堕珥⑦，珠翠纵横。欢情。对佳丽地⑧，信金罍罄竭玉山倾⑨。拼却明朝永日⑩，画堂一枕春酲⑪。

[注释]

①艳杏浇林：美艳的杏花片片如水，像是把杏林浇灌了一层。②缃桃：浅黄色的桃花。南朝梁江淹《木莲颂》："缃丽碧巘，红艳桂洲。"按：以上二句在描写花儿色彩上用了错位的修辞手段：杏花是淡粉色或白色，并不艳丽，作者故意说成"艳杏"；桃花是红色或浅红色，很艳丽，作者却故意说成是浅黄色。③寻胜：寻找胜境。唐李复言《续玄怪录·张逢》："策杖寻胜，不觉极远。"④绀幰（gàn xiǎn）：青红色的车帷。绀，天青或青里透红的颜色。古人常用这种颜色的布制作车帷。南朝梁何逊《寄江州褚谘议》诗："连镳戏浅草，游幰遵长薄。"郊坰：郊外。《诗经·鲁颂·駉》："駉駉牡马，在坰之野。"毛亨解释说："坰，远野也。邑外曰郊，郊外曰野，野外曰林，林外曰坰。"⑤斗草：古代一种游戏名。⑥递逢迎：意谓不断有熟人相遇。逢迎，对面相逢。唐田娥《寄远》诗："忆昨会诗酒，终日相逢迎。"⑦遗簪堕珥（ěr）：冶游忘情而将簪子、耳坠之类饰物丢在路旁。《史记·滑稽列传》："前有堕珥，后有遗簪。"珥，玉做的耳坠。⑧佳丽地：美景如画的地方。谢朓《鼓吹曲》："江南佳丽地，金陵帝王州。"⑨金罍（léi）：金属制成的盛酒器。外形或圆或方，小口圆足，有盖和鼻，与壶相似。《诗经·周南·卷耳》："我姑酌彼金罍，维以不永怀。"朱熹注解说："罍，酒器，刻为云雷之象，以黄金饰之。"罄竭：把酒倒尽，纵情畅饮。玉山倾：指人喝醉摇摇晃晃的样子。《世说新语·容止》："山公（山涛）曰：'嵇叔夜（嵇康）之为人也，岩岩若孤松之独立；其醉也，傀俄若玉山之将崩。'"⑩拼却明朝永日：意谓豁出去明天休息一天。永日，从早到晚一整天。汉刘桢《公燕》诗："永日行游戏，欢乐犹未央。"⑪春酲（chéng）：春睡。酲，酒醉后神志不清。《诗经·小雅·节南山》："忧心如酲，谁秉国成。"毛亨注解说："病酒曰酲。"

[评析]

这是一首纪游词，全词用了大半的篇幅写春景，只在最后两句，才把自己的欢愉心情托出，随后立即刹住。词的用语相当考究，除注解中已经言及的"艳杏"、"缃桃"之外，动词也用得出人意表：成片的杏花在"浇"树林，美艳的桃花在"绣"芳野，何其生动，何其传神。色彩的运用还表现在对游人的点染上：马上是雕鞍，车子是绀幰，人是盈盈，地是佳丽，一切都是那样美不胜收。正因为美不胜收，才会有"遗簪堕珥，珠翠纵横"的忘情，才会有"金罍罄竭"、玉山将倾的快感。全词具有很强的感染力，使人读罢油然产生罄身将入的意愿。

木兰花慢（古繁华茂苑）

古繁华茂苑①，是当日、帝王州②。咏人物鲜明，土风细腻③，曾美诗流④。寻幽⑤，近香径⑥处，聚莲娃钓叟簇⑦汀洲。晴景吴波练静⑧。万家绿水朱楼。　　凝旒⑨，乃眷东南⑩，思共理⑪、命贤侯⑫。继梦得文章⑬，乐天惠爱⑭，布政优优⑮。鳌头⑯。况虚位久⑰，遇名都胜景阻淹留⑱。赢得兰堂⑲酝酒，画船⑳携妓欢游。

[注释]

①古繁华茂苑：谓苏州在春秋时为繁华之地。茂苑，又名长洲苑。故址在今江苏苏州。后亦为苏州的代称。左思《吴都赋》："造姑苏之高台，临四远而特建。带朝夕之浚池，佩长洲之茂苑。"白居易《初到郡斋寄钱湖州李苏州》诗："霅溪殊冷僻，茂苑太繁雄。"②是当日、帝王州：谓苏州曾经是吴国的都城。古称帝王建都之地为帝王州。南朝齐谢朓《入朝曲》："江南佳丽地，金陵帝王州。"③土风：民俗。细腻：指此地人性格比较细腻，不像北方人那样豪放。④曾美诗流：曾经出现过很多诗人。诗流，指诗人。杨万里《都下和同舍客李元老承信赠诗之韵》："诗流倡和秋虫鸣，僧房问答狮子吼。"⑤寻幽：寻求幽胜之处。李商隐《闲游》诗："寻幽殊未极，得句总堪夸。"⑥香径：采香径，苏州名胜之地。⑦莲娃钓叟：采莲女子与渔钓之翁。这组词作者

在《望海潮》词中曾经用过。簇：聚集。⑧吴波：指苏州河湖的水波。练静：谓水面平静如丝绢。此处化用谢朓《晚登三山还望京邑》诗"余霞散成绮，澄江静如练"之句。⑨凝旒（liú）：帝王。代指宋仁宗。凝旒，冕旒静止不动。形容帝王态度肃穆专注。前蜀韦庄《和郑拾遗秋日感事》诗："负扆劳天眷，凝旒念国章。"《旧唐书·杨虞卿传》："陛下初临万宇，有忧天下之志，宜日延辅臣公卿百执事，凝旒而问，造膝以求。"张孝祥《丑奴儿》词："主人白玉堂中老，曾侍凝旒。"⑩乃眷东南：此句承上而言，谓天子眷顾东南百姓，思用贤哲以治之。苏州在汴京东南，故云。⑪思共理：意谓考虑与贤侯共同治理东南之地。此处言"共理"，是沿用古义。春秋时期天子分封诸侯，由诸侯治理畿外之地。宋朝朝廷所派出的知州，形式上与春秋时的诸侯相类，故以喻之。⑫命贤侯：委命贤哲的大臣。此处用"侯"代指知州，也是沿用古义。⑬梦得文章：唐代文章妙手刘禹锡曾任过苏州刺史。《新唐书·刘禹锡传》："刘禹锡字梦得。……擢进士第，登博学宏辞科，工文章。……宰相裴度兼集贤殿大学士，雅知禹锡，荐为礼部郎中、集贤直学士。度罢，出为苏州刺史。以政最，赐金紫服。……禹锡恃才而废，褊心不能无怨望，年益晏，偃蹇寡所合，乃以文章自适。素善诗，晚节尤精，与白居易酬复颇多。"⑭乐天惠爱：谓唐代白居易也曾担任苏州刺史，且有惠爱于苏人。《新唐书·白居易传》："白居易字乐天，其先盖太原人。……为杭州刺史。……久之，以太子左庶子分司东都。复拜苏州刺史，病免。文宗立，以秘书监召，迁刑部侍郎，封晋阳县男。"⑮布政：谓地方官宣布朝廷政教，即施政。《史记·孝文本纪》："人主不德，布政不均。"按：此处当作"敷政"，见下引《诗经》语。优优：宽和之貌。《诗经·商颂·长发》："敷政优优，百禄是遒。"毛亨传云："优优，和也。"⑯鳌头：旧称翰林学士或状元为鳌头。此处代指朝廷宰辅。按：鳌头乃第一或最高之喻，未必非特指某官或某位。⑰虚位久：此句亦承上句而言，谓朝廷宰辅已经虚位甚久，等待赵公回朝主政。虚位，空出关键的高位。《战国策·齐策四》："梁王虚上位，以故相为上将军，遣使者，黄金千斤、车百乘，往聘孟尝君。"⑱遇名都胜景阻淹留：意谓赵公可巧遇到了名都和胜景，不愿回朝，因而"淹留"于此。名都、胜景，都是指苏州。⑲赢得：乐得。兰堂：厅堂的美称。《文选》张衡《南都赋》："揖让而升，宴于兰堂。"吕延济注解说:"兰者,取其芬芳也。"⑳画船:装饰华美的游船。范仲淹《献百花洲图上陈州晏相公》诗:"步随芳草远,歌逐画船移。"

[评析]

这是一首投献词,所献对象是苏州知州赵概,时间在仁宗庆历六年(1046)。关于赵概,本书中《永遇乐·天阁英游》的"解析"部分有较详的辨正,可以参看。薛瑞生《乐章集校注》(中华书局1994年12月版第221页)据词中"鳌头"二字可指状元,认为此词是投献给宝元元年(1038)状元吕溱的。该书"附考"云:"词写苏州景物,又谓'鳌头',赠主当为状元出身之苏州太守。据明成化《姑苏志·守令表》,真宗大中祥符至仁宗嘉祐年间,先后知苏州者二十余人,其中状元出身者唯吕溱一人。《宋史》卷三二〇《吕溱传》:'吕溱字济叔,扬州人。进士第一。'范成大《吴郡志》卷二八《进士题名》载:'宝元元年吕溱榜。'两籍相参,知吕溱中状元在仁宗宝元元年。《姑苏志·守令表》谓吕溱在庆历三年二月至四年三月知苏州。又据前《一寸金·井络天开》阕考,知柳永庆历四年三四月间在成都,而成都距苏州远甚,非三数月莫达。此词又写春景,故知此词决非写于庆历四年,当写于庆历三年吕溱初到苏州任时。欧阳修在《举吕溱自代状》一文中谓吕溱'首登辞科,素有文学','躬勤政事,今苏州治状,为两浙第一'。故知'梦得文章,乐天惠爱'云云,亦非虚美。"按:薛论误在"鳌头"二字过于拘泥,于是用排他法,认定此人必是吕溱。实则非也。词中称此太守为"贤侯",可知此人必是级别相当高的官员,而《姑苏志》卷三苏州守臣题名云:"吕溱,庆历三年二月,以秘书省著作佐郎、直集贤院知苏州,四年三月戊辰,入为度支三司判官。"吕溱官著作佐郎、直集贤院,年纪也很轻,距称"侯"差得太远,柳永不可能如此过分阿谀一位年轻太守。且"鳌头"之说,未必一定指状元。《汉语大词典》"鳌头"条首云:"唐宋时翰林学士、承旨等官朝见皇帝时立于镌有巨鳌的殿陛石正中，因称入翰林院为上鳌头。"唐姚合《和卢给事酬裴员外》："鸳鹭簪裾上龙尾，蓬莱宫殿压鳌头。"五代李瀚《留题座主和凝旧阁》："座主登庸归凤阙，门生批诏立鳌头。"宋江休复《江邻几杂志》："刘子仪侍郎三入翰林，意望入两府，颇不怿。诗云：'蟠桃三窃成何事，上尽鳌头迹转孤。'称疾不出。"其后才说可以"借指状元"。即便按照薛先生理解，则"鳌头"用在赵概身上，亦无不可：赵概出任苏州知州前为"知制诰"，与翰林学士并称"两制"，是否也可以作"鳌头"解？且柳永词"鳌头"句后紧接"况虚位久"。按照情理，填补"虚位"必是指非同寻常之位，即笔者所说宰辅之位，而非一般性的回朝任京官。吕溱仅为小小著作佐郎，距宰辅绝非一步之遥，两者根本不能同日而语。若是投献赵概，则一切疑问皆可以冰释：本书中《永遇乐·天阁英游》词称"棠郊成政，槐府登贤，非久定须归去"，与此词所说"况虚位久，遇名都胜景阻淹留"情理甚符，如出一辙。王鏊《姑苏志》卷三苏州知州题名载："赵概，庆历五年戊辰，以尚书兵部员外郎、知制诰出知苏州。六年二月到郡，七月十五日，母丧解官。"亦符合薛先生所说"此词又写春景"。综上所述，此词绝非投献吕溱无疑。可以肯定，《永遇乐·天阁英游》写作在前，本词写作在其后，完全顺理成章。作此辨正，以正薛先生之误。其余艺术之得失，词语之考究，请读者自行体味。

临江仙引（上国、去客）

上国、去客①。停飞盖②、促离筵③。长安古道绵绵④。见岸花啼露，对堤柳愁烟。物情人意，向此触目，无处不凄然。

醉拥征骖⑤犹伫立，盈盈泪眼相看。况绣帏人静，更山馆春寒。今宵怎向漏永⑥，顿成两处孤眠。

[注释]

①上国、去客：即将离开京城的人。春秋时称中原各诸侯国为上国，与吴、楚诸国相对而言。《左传·昭公二十七年》："（吴）使延州来季子聘于上国，遂聘于晋，以观诸侯。"孔颖达疏解说："上国，中国也。盖以吴辟在东南，地势卑下，中国在其上流，故谓中国为上国也。"②飞盖：高高的车篷。亦代指车子。古代车上有一张大伞，用于遮挡日晒或雨雪，称为"盖"。《陈书·徐陵传》："高轩继路，飞盖相随。"③促离筵：此句承上句而言，谓车子已经停在旁边，好像在催促宴会尽快结束，以便行人上路。离筵，送行告别的宴席。④长安古道：远行的道途。参《轮台子·一枕清宵好梦》注③。绵绵：谓道路漫漫。⑤征骖（cān）：驾车远行的马。亦指旅人远行的车。唐王勃《饯韦兵曹》诗："征骖临野次，别袂惨江垂。"⑥漏永：长长无尽的刻漏声。喻漫漫长夜。

[评析]

这是一首离别词，写得十分动人。上阕实写"停飞盖、促离筵"的凄然场景，其后用了两个拟人的短句，称花瓣上的露水宛如美人的香泪，堤岸上杨柳间飘拂的烟霭宛如离人的万缕情愁。这两句无论是立意还是渲染，都达到了出神入化的境界，堪称神来之笔。因为有了这些铺垫，才会有"向此触目，无处不凄然"的真实情绪。下阕首句"醉拥征骖犹伫立"，也写得凄美感人，它能使读者深深感触到一对恋人依依难舍的种种情态——早该上路，因离筵不散，以致耽搁；好不容易宴席结束，上车之前，又抱住马头驻足不前，四目相视，泪眼模糊！由眼下的凄然联想到今夜里女子是"绣帏人静"，自己则是"山馆春寒"，只落得两处孤眠。写到结尾处，两人的情绪也被推向了最高点。全词婉丽而情思绵绵，细腻而不失激越。

瑞鹧鸪（吴会风流）

吴会①风流。人烟好，高下水际山头②。瑶台绛阙③，依约蓬丘④。万井千闾⑤富庶，雄压十三州⑥。触处青蛾画舸⑦，红粉朱楼。　　方面委元侯⑧。致讼简时丰，继日欢游。襦温袴暖⑨，已扇民讴⑩。旦暮锋车⑪命驾，重整济川舟⑫。当恁时，沙堤⑬路稳，归去难留。

[注释]

①吴会：三吴之中心。作者曾作《望海潮》词云："东南形胜，江吴都会，钱塘自古繁华。"是以杭州为吴会。此处仍指杭州。②高下水际山头：谓杭州的地貌，山峦高下，湖海傅城。③瑶台：传说中神仙所居之处。王嘉《拾遗记·昆仑山》："傍有瑶台十二，各广千步，皆五色玉为台基。"绛阙：亦指仙人所居之宫阙。苏轼《水龙吟》词："古来云海茫茫，道山绛阙知何处。"④依约：大约，仿佛。苏轼《江神子》词："忽闻江上弄哀筝，苦含情，遣谁听？烟敛云收，依约是湘灵。"蓬丘：蓬莱仙山。东方朔《海内十洲记·聚窟洲》："蓬丘，蓬莱山是也。"《史记·封禅书》："自威、宣、燕昭使人入海求蓬莱、方丈、瀛洲。此三神山者，其传在勃海中，去人不远。……其物禽兽尽白，而黄金银为宫阙。未至，望之如云；及到，三神山反居水下。"⑤万井：千家万户。张孝祥《水调歌头·桂林中秋》词："千里江山如画，万井笙歌不夜。"千闾（lú）：亦千家万户之意。闾，本指里巷大门。后亦泛指门户。《荀子·大略》："庆者在堂，吊者在闾。"杨倞注解说："闾，门也。"⑥雄压十三州：五代钱镠建立吴越国，统十三个州郡，故后人习称杭州所统为十三州。唐罗隐《献尚父大王》诗："数年铁甲定东瓯，夜渡江山瞻斗牛。今日朱方平珍后，虎符龙节十三州。"⑦青蛾：青黛画的美人之眉。南朝宋刘铄《白纻曲》："佳人举袖辉青蛾，掺掺擢手映鲜罗。"画舸：画船。⑧方面：指一方军政要职或其长官。《后汉书·冯异传》："（异）受任方面，以立微功。"李贤

注解说："谓西方一面专以委之。"元侯：指后汉邓禹。此处喻杭州知州孙沔。参《早梅芳·海霞红》注⑩。⑨襦温袴（kù）暖：《后汉书·廉范传》："（范）建初中，迁蜀郡太守。……旧制禁民夜作，以防火灾，而更相隐蔽，烧者日属。范乃毁削先令，但严使储水而已。百姓为便，乃歌之曰：'廉叔度，来何暮？不禁火，民安作。平生无襦今五袴。'"后以此典作为称颂地方官施行善政之词。袴，即"裤"。⑩民讴：发自百姓的歌谣。此处特指"五袴讴"，参上注。⑪旦暮：一早一晚之间，言不会等得太久。锋车：即追锋车，古代一种轻便疾速的使车。《晋书·舆服志》："追锋车，去小平盖，加通幰，如轺车，驾二。追锋之名，盖取其迅速也。"《宋书·五行志》二："会帝疾笃，急召之，乃乘追锋车东渡河。"⑫济川舟：《尚书·说命》上："爰立作相，王置诸其左右。命之曰：'朝夕纳诲，以辅台德。若金，用汝作砺；若济巨川，用汝作舟楫。'"后以"济川"喻辅佐帝王或辅佐帝王的宰辅重臣。⑬沙堤：唐代专为宰相通行车马所铺筑的沙面大路。李肇《唐国史补》卷下："凡拜相，礼绝班行，府县载沙填路。自私第至于子城东街，名曰沙堤。"张元幹《满庭芳·寿富枢密》词："此去沙堤步稳，调金鼎，七叶貂蝉。"

[评析]

这是一首投献词。《乐章集校注》谓所投献者仍为《早梅芳·海霞红》中提到的孙沔，甚是。此词分为截然两阕，上阕写法与《望海潮·东南形胜》和《早梅芳·海霞红》完全相同，都是极尽铺叙杭州繁华富庶之能事，甚至个别词语都显得雷同，就这一点而言，写惯了恋妓词的柳永真可谓"技止此耳"。当然，就整体而论，其状景状物，还是相当成功。如"高下水际山头"一句，便可窥见作者对景物高度的概括能力，且其中充满灵动之气。"青娥画舸，红粉朱楼"两个小句，也紧紧抓住了杭州繁华的代表性标志。下阕依旧褒谀孙知州为镇守方面的"元侯"，其"五袴民讴"仅仅一笔带过，接下来的文字用得既准确又颇显铿锵，读来令人感到震撼。像"济川"、"沙堤"这样的词语，受献者即使头脑十分清醒，也一定很喜欢听。受献者喜欢听，就意味着此词达到了想要达到的目的。看来柳永的文笔,不仅能博得妓女们的垂青,就连朝廷大员,也被他哄得心痒难耐。

忆帝京（薄衾小枕凉天气）

薄衾小枕凉天气。乍觉别离滋味。展转①数寒更。起了还重睡。毕竟不成眠,一夜长如岁。　　也拟待、却回征辔。又争奈、已成行计。万种思量,多方开解,只恁寂寞厌厌②地。系我一生心,负你千行泪。

[注释]

①展转:亦写作"辗转",联绵字,翻来覆去的样子。《诗经·周南·关雎》:"求之不得,寤寐思服。悠哉悠哉,辗转反侧。"②厌厌:通"恹恹",精神萎靡之貌。唐刘兼《春昼醉眠》诗:"处处落花春寂寂,时时中酒病恹恹。"

[评析]

这是一首怀人词,作者是在南行赴官途中的客舍,所怀之人则是爱恋的青楼女子。"凉天气",表示在秋季。"薄衾小枕",一个不算豪华的客馆。与情人的离别,折磨得作者辗转反侧,无法成眠。他尝到了什么叫"悲莫悲兮生别离"的滋味。在这地狱般的异乡孤馆,一夜竟然比一年还要难挨!下阕写内心的煎熬与矛盾:自从南行之后,也曾动过返回京城重温鸳梦的念头,却一直没能下决心,毕竟熬到知天命之年才得到一介微官,也总算是个官,是个表示"踏入仕途"的标志。可是为了这么个芝麻大的官,竟然要忍受如此煎熬,值得吗?词的最后两句,历来被认为是宋词名句:爱与痛永远咬啮着我的内心,泪与愁永远沾挂在你的粉面!可以想见,在这样的纠结中,他这个官会做成什么样子。

塞 孤（一声鸡）

一声鸡，又报残更歇。秣马巾车①催发。草草主人灯下别。山路险，新霜滑。瑶珂②响、起栖乌③，金镫④冷、敲残月⑤。渐西风紧，襟袖凄冽。　　遥指白玉京⑥，望断黄金阙⑦。还道何时行彻⑧。算得佳人凝恨切⑨。应念念，归时节。相见了、执柔荑⑩，幽会处、偎香雪⑪。免鸳衾、两恁虚设。

[注释]

①秣马：喂马。《国语·吴语》："吴王昏乃戒，令秣马食士。"巾车：以帷幕装饰车子。指整车出行。《孔丛子·记问》："巾车命驾，将适唐都。"②瑶珂（kē）：马笼头上的装饰物。珂，贝类的壳，色白如玉，相击有声，常用作马勒的饰物。《初学记》卷二二引服虔《通俗文》："凡勒饰曰珂。"③起栖乌：惊起晚宿的归鸦。南朝梁王筠《和卫尉新渝侯巡城口号诗》："栖乌城上返，晚雀林中度。"④金镫：金饰的马镫。⑤敲残月：仿佛击打着残月。⑥白玉京：天帝所居之处。李白《经乱离后天恩流夜郎忆旧游书怀》诗："天上白玉京，十二楼五城。"⑦黄金阙：黄金筑就的宫阙。李商隐《五言述德抒情诗一首四十韵献上杜七兄仆射相公》诗："帝作黄金阙，仙开白玉京。"此处即从李商隐诗演化而来。按：白玉京、黄金阙，均指汴京。作者爱恋的女子在京城，故曰遥指、望断，言心情之迫切。⑧何时行彻：何时能走完旅程到达京城。彻，底，目的地。⑨佳人凝恨切：谓等待自己的美人已经深恨归期太久。切，深。⑩柔荑（tí）：本指柔软而白的茅草嫩芽。喻女子的纤纤玉手。《诗经·卫风·硕人》："手如柔荑，肤如凝脂。"朱熹集传："茅之始生曰荑，言柔而白也。"⑪香雪：喻女子肌肤温润如清香的白雪。唐魏承班《渔歌子》词："柳如眉，云似发，鲛绡雾縠笼香雪。"

[评析]

这是一首很特殊的行旅词。通常行旅诗词大都是写出发之后的漫漫长路,孤栖无聊。这首词写的却是从外地往京城赶路的情景。作者王命已毕,匆匆回京。有趣的是,词中没有一句写完成王命的轻松与欣快,满纸全是如何尽快见到相恋的情人,见到情人后如何牵手偎香。不难想见,此人回京之后,未必先去回复圣命,只恨不得一步跨进女子的庭院,以消渴思,朝廷那儿嘛,用不着太急!这首词的上、下两阕分割得比较清晰:上阕全在写旅途景致与自己急切的归心,下阕开始勾画见到女子时的情景。这些情景在柳词中出现的频率相当高,没见太多新意,倒是上阕一连串的排比,凸显出作者行色匆匆的状态和归心似箭的心情:残更刚歇,他便迫不及待地喂马套车,与客栈主人在灯下告别。顾不得山路险峻,新霜路滑,西风渐紧,襟袖凄冽,现在只有一个念想儿:啥都无所谓,但求早一刻踏进红楼的大门!读者感觉到的似乎是个疯子,可这就是最真实、不装假的柳永!

瑞鹧鸪(天将奇艳与寒梅)

天将奇艳与寒梅①。乍惊繁杏腊前开②。暗想花神、巧作江南信③,鲜染燕脂细剪裁④。 寿阳妆罢无端⑤饮,凌晨酒入香腮。恨听烟坞⑥深中,谁恁吹羌管、逐风来。绛雪纷纷落翠苔⑦。

[注释]

①天将奇艳与寒梅:意谓上天把珍奇的艳丽赋予了冬梅。②乍惊繁杏:使杏花吃惊。腊前开:腊月之前便开放了。③江南信:江南迎春的音信。即梅花开放,便离次年春天不远了。④鲜染燕脂细剪裁:此为对梅花的摹状。鲜染燕脂,指天工将鲜红的颜色点染在花瓣上。细剪裁,指天工将梅花的形状进行了精细的剪裁。燕脂,即"胭脂"。⑤寿阳妆:寿阳公主的梅花妆。《太平御览》卷九七〇引《宋书》:"(南朝宋)武帝女寿阳公主,人日卧于含章檐下,

梅花落公主额上，成五出之华，拂之不去。皇后留之，自后有梅花妆。"无端：无缘无故。《楚辞·九辩》："寒充倔而无端兮，泊莽莽而无垠。"王逸注解说："媒理断绝，无因缘也。"⑥烟坞（wù）：烟霭弥漫的村落。坞，村落。北周庾信《杏花诗》："依稀映村坞，烂漫开山城。"⑦绛雪：红色的雪片。喻梅花的落英。按：此句连上读，是用古曲《梅花落》的典故。《乐府诗集》卷二四《横吹曲辞》："《梅花落》，本笛中曲也。按，唐大角曲亦有《大单于》、《小单于》、《大梅花》、《小梅花》等曲，今其声犹有存者。"

[评析]

　　这是一首咏物词。柳永的词，很多都是在词的开篇便定下基调，此词也不例外，"天将奇艳与寒梅"七字，不但点出梅花盛开的特殊季节，且确立了梅花的"奇艳"，这个季节，这个"奇"，立刻让人联想到此花的孤傲性格和不同寻常的姿容。古人往往用鲜花比喻美女，有时也用美女比喻鲜花，此词便用了寿阳公主落梅不去，遂为梅花妆的典故，将鲜花美女融而为一，更增加了词的隽永。大概是作者深惜如此美丽的花儿终将败落，适时地又暗用古曲《梅花落》，造成令读者怅惘的凄凉——好花不常开，好景不常在。顽强高傲如梅花，也无法摆脱最终"零落成泥"的归宿。这种广角的吟咏，寄托了作者对生命的感悟。

瑞鹧鸪（全吴嘉会古风流）

　　全吴嘉会古风流①。渭南往岁忆来游②。西子③方来、越相功成去④，千里沧江⑤一叶舟。　　至今无限盈盈者，尽来拾翠芳洲⑥。最是簇簇寒村⑦，遥认南朝路⑧、晚烟收。三两人家古渡头⑨。

[注释]

①全吴嘉会：即"吴会"，指苏州。古风流：谓苏州自古乃风流名胜之地。参《双声子·晚天萧索》注③。②渭南往岁忆来游：谓回忆当年，自渭水之南的长安来到此处游历。柳永曾到过关中之地。据此词可知，其到苏州乃是从长安而来。③西子：指春秋时美女西施为救越国，被越王送到吴国献给吴王，以女色瓦解其斗志。④越相功成去：指越国大夫范蠡灭吴之后，拒绝越王勾践的封赏，携西施泛舟五湖而去。《国语·越语下》："范蠡不报于王，击鼓兴师以随使者，至于姑苏之宫，不伤越民，遂灭吴。反至五湖，范蠡辞于王曰：'君王勉之，臣不复入越国矣。'王曰：'不穀疑子之所谓者何也？'对曰：'臣闻之，为人臣者，君忧臣劳，君辱臣死。昔者君王辱于会稽，臣所以不死者，为此事也。今事已济矣，蠡请从会稽之罚。'王曰：'所不掩子之恶，扬子之美者，使其身无终没于越国。子听吾言，与子分国。不听吾言，身死，妻子为戮。'范蠡对曰：'臣闻命矣。君行制，臣行意。'遂乘轻舟以浮于五湖，莫知其所终极。"范蠡泛舟五湖究竟是否与西施同行，历来说法不一。⑤沧江：即江流。以江水呈苍色，故称。陈子昂《群公集毕氏林亭》诗："子牟恋魏阙，渔父爱沧江。"此处特指范蠡泛舟之江湖。⑥拾翠：拾取翠羽以为首饰。多指妇女游春。曹植《洛神赋》："或采明珠，或拾翠羽。"芳洲：芳草丛生的小洲。《楚辞·九歌·湘君》："采芳洲兮杜若，将以遗下女。"王逸注解说："芳洲，香草丛生水中之处。"⑦簇簇寒村：一丛一簇的村落。江南乡村多临水，给人一种寒意，故云寒村。⑧南朝路：通往建康的路。南北朝时南四朝均建都金陵（今江苏南京），故称。⑨古渡头：古代就有的渡口。唐崔涂《金陵晚眺》诗："苇声骚屑水天秋，吟对金陵古渡头。"

[评析]

这是一首怀古词，所怀为江南苏州，也是作者曾经长期居留的地方。上阕先用"全吴嘉会古风流"定格其历史：这里曾经发生过多少风流故事，听作者一一道来。此地大名鼎鼎的美女当然非西施莫属。西施的故事尽人皆知，可您知道吗？吴王死后，西施随着范蠡游于五湖，不知所终。西施的如此命运，究竟是喜剧还是悲剧呢？不论怎样，美女为这座古城增添了无限的魅力，以至于千载以来,这里都是美女丛簇之地。词的末尾将时间挪移到南北朝时期,那曾经繁华的金陵古城,也同样承载了无数动人的故事。全词格调高古,意绪深沉,但时空的错位给人以突兀之感,甚至不知道他究竟要抒发何种情怀。

洞仙歌(嘉景)

嘉景,向少年彼此,争不雨沾云惹①。奈傅粉②英俊,梦兰品雅③。金丝帐暖银屏亚④。并粲枕⑤、轻偎轻倚,绿娇红姹。算一笑,百琲明珠非价⑥。　　闲暇。每只向、洞房深处,痛怜极宠,似觉些子轻孤⑦,早恁背人沾洒⑧。从来娇多猜讶⑨。更对剪香云⑩,须要深心同写。爱揾了双眉⑪,索人重画。忍孤艳冶,断不等闲轻舍⑫。鸳衾下。愿常恁、好天良夜。

[注释]

①少年彼此,争不雨沾云惹:谓少年男女之间,怎么可能没有些云情雨意。②傅粉:形容人生得十分白皙。参《斗百花·煦色韶光明媚》注⑦。③梦兰:用燕姞佩兰之典。《左传·宣公三年》:"郑文公有贱妾曰燕姞,梦天使与己兰,曰:'余为伯鯈。余,而祖也。以是为而子。以兰有国香,人服媚之如是。'既而文公见之,与之兰而御之。辞曰:'妾不才,幸而有子。将不信,敢征兰乎?'"此处表示梦中总与美女相偎。品雅:品味女子的雅致。④银屏:银饰的屏风。白居易《长恨歌》:"揽衣推枕起徘徊,珠箔银屏迤逦开。"亚:低。⑤并:相并排。粲枕:华美的枕头。《诗经·唐风·葛生》:"角枕粲兮,锦衾烂兮。"⑥百琲(bèi):百串。《文选》左思《吴都赋》:"珠琲阑干。"刘逵注解说:"琲,贯也;珠十贯为一琲。"此二句意谓美人一笑,百串明珠都买不来。⑦些子:宋元时期俗语,相当于今言"些少"、"有些"。轻孤:没有顾有到的辜负和歉疚。此二句意谓自己虽然对美人极尽怜香惜玉,还是难免有宠她不周之处。⑧背人沾洒:背着自己暗自流泪。⑨娇多猜

讶:谓美女心事多多,总喜欢猜疑。讶,疑怪。⑩剪香云:将头发剪下以明志。古称女子的头发为香云。⑪揾(wèn)了双眉:谓将已经画过的双眉揩去。揾,揩抹。⑫断不等闲轻舍:断断不会将这种讨好美女的机会轻易失去。

[评析]

这是一首近乎白描的叙事词,上下阕的分隔不甚明晰,能看出作者直欲一气呵成。全词只有两个人物形象,一个是自诩"傅粉英俊"的作者自己,另一个便是"绿娇红姹"的青楼女子。作品虽称白描,但很少直写鸳帏内事,更多的是刻画女子的种种娇嗔,比如"早恁背人沾洒"、"从来娇多猜讶"两句,可知此女爱哭,心眼小喜欢猜疑;"爱揾了双眉,索人重画"两句,可知此女动辄撒娇,需要男子哄她才开心。这些颇具个性的描述,使人物性格十分鲜明,同时作者"忍孤艳冶,断不等闲轻舍"。人家怎么撒娇,他就怎么奉承,不肯轻失巴结丽人的任何机会,其怜香惜玉的性格也就相应地鲜明起来。

安公子(梦觉清宵半)

梦觉清宵半。悄然屈指听银箭①。惟有床前残泪烛,啼红相伴②。暗惹起、云愁雨恨情何限。从卧来、展转千余遍。恁数重鸳被③,怎向孤眠不暖。　　堪恨还堪叹。当初不合④轻分散。及至厌厌独自个,却眼穿肠断。似恁地、深情密意如何拚⑤。虽后约⑥、的有于飞⑦愿。奈片时难过,怎得如今便见。

[注释]

①银箭:银饰的标记时刻以计时的漏箭。司马光《宫漏谣》:"铜壶银箭夜何长,杳杳亭亭未遽央。"②啼红相伴:指夜已深,蜡烛本体和已经燃烧过的部分各占一半。啼指蜡泪,红指蜡烛尚未燃烧的部分。古称蜡烛燃烧不充分

流下的膏状蜡油为蜡泪。③数重鸳被：此句连下读，谓盖着几床被子，还是冻得睡不着觉。④不合：不应该。⑤深情密意如何拚（pàn）：两好之情如何了却。拚，谓不顾一切地实现某事或某愿。五代牛峤《菩萨蛮》词："须作一生拚，尽君今日欢。"⑥后约：日后永不分离的誓约。⑦的（dì）：的确，确实。于飞：男女相欢。《诗经·邶风·燕燕》："燕燕于飞，差池其羽。"

[评析]

这是一首怀人词，作者独处外地，孤枕难眠，想起在京时与所爱无限欢好的情景，恨不得马上回到女子身边，重温旧好。题材并不新颖，但写情写意，表达得非常浓烈。上阕写昏昏睡到半夜，突然醒来，再也无法入睡，听着滴滴答答的刻漏声，看着燃烧过半的红蜡，辗转反侧"千余遍"，反而愈加清醒。下阕写离别后的悔恨心情：早知如此，还不如留在京城！然而官身不由己，明知不可能，想它又有何用？本词表达情意之浓烈，主要表现在一些寻常话语的使用上，如"展转千余遍"、"片时难过，怎得如今便见"，读来简直就是小孩子的话。恰恰是这些带有童趣的话语，最能表达作者真实的情感。这也是柳永最擅长的一点：此人不做作，不遮掩，说什么都是直抒胸臆，真称得上是性情中人，比那些遮遮掩掩的假道学坦诚多了。

倾　杯（金风淡荡）

金风淡荡①，渐秋光老、清宵永。小院新晴天气，轻烟乍敛，皓月当轩练净②。对千里寒光，念幽期阻、当残景。早是多情多病。那堪细把，旧约前欢重省③。　　最苦碧云信断④，仙乡⑤路杳，归鸿难倩⑥。每高歌、强遣离怀，惨咽⑦、翻成心耿耿⑧。漏残露冷。空赢得、悄悄无言，愁绪终难整。又是立尽，梧桐碎影⑨。

[注释]

①金风：秋风。《文选》张协《杂诗》："金风扇素节，丹霞启阴期。"李善注解说："西方为秋而主金，故秋风曰金风也。"淡荡：平和舒缓。陈子昂《与东方左史虬修竹篇》诗："春风正淡荡，白露已清泠。"②练净：形容月光如绢般洁净。练，素色丝绢。③那堪细把，旧约前欢重省（xǐng）：哪有心情把往昔的誓约和曾经的欢爱一一回忆。省，回想。④碧云信断：书信断绝。碧云，喻很快消散一切化为乌有。⑤仙乡：女子所在的帝京。⑥归鸿难倩（qiàn）：旧说鸿雁能为人传书。此处谓鸿雁也很难借助。倩，请托。⑦惨咽：因悲伤而哽咽说不出话。欧阳修《玉楼春》词："尊前拟把归期说，未语春容先惨咽，人生自是有情痴，此恨不关风与月。"⑧翻成心耿耿：反而变得更加烦躁。耿耿，因心事过重而烦躁不安。《楚辞·远游》："夜耿耿而不寐兮，魂茕茕而至曙。"洪兴祖补注："耿耿，不安也。"⑨梧桐碎影：古人多在院落内种植梧桐树，谓可招引凤鸟。碎影，指月光透过梧桐叶隙照到地上，乃成疏落散碎之影。

[评析]

这是一首怀人词。与作者同类词相比较，这首词写情绪变化更加细腻，如"每高歌、强遣离怀"、"惨咽、翻成心耿耿"，一句之中所述的状态本身就是矛盾的。但这种矛盾之情在读者看来，又很真切。说明作者在写此词时，一是动了真情，二是他及时把当时错综复杂的情绪记录了下来，用摄影的术语打比方，等于将最精彩最难得的一瞬"抓拍"了下来。清代有人说柳永的词分片不太在意，以至有个叫丁绍仪的人，在他的《听秋声馆词话》中，专就柳词的分段进行了细致的研究，更正了此前不少错误的分段。柳永是个音乐家，他的词更注重的是"唱出来"之后的效果。本词的上、下阕，也没有截然的独立性，他只管将难以按捺的悲情一泻千里，似乎只有如此，才能稍稍舒解一点内心的憋闷。事实上他这样写，的确达到了他想要达到的效果，读者也从他奔涌不羁的叙写中，体会到了他当时情感的激荡。但毕竟他写的是词，所以当他意识到激荡到最深处时，立即将文字舒缓下来，宛如一道涧水，奔泻落地后，很快变成涓涓溪流。词的结尾，用"立尽，梧桐碎影"的宁静收束，应该是十分及时的。至于他在梧桐碎影中立了多久，那就没必要追究了。

倾　杯（鹜落霜洲）

鹜落霜洲①，雁横烟渚，分明画出秋色。暮雨乍歇，小楫夜泊，宿苇村山驿。何人月下临风处，起一声羌笛②。离愁万绪，闻岸草、切切蛩吟如织。　　为忆，芳容别后，水遥山远，何计凭鳞翼③。想绣阁深沉，争知憔悴损、天涯行客。楚峡云归④，高阳人散⑤，寂寞狂踪迹。望京国⑥，空目断、远峰凝碧。

[注释]

①鹜（wù）：野鸭。《禽经》："水鹜泽则群，扰则逐。"张华注云："鹜，野鸭也。"霜洲：落满秋霜的洲渚。②羌笛：古代管乐器。长二尺四寸，三孔或四孔。因出于西羌地区，故名。王之涣《凉州词》之一："羌笛何须怨杨柳，春风不度玉门关。"沈括《梦溪笔谈·乐律》："笛有雅笛，有羌笛，其形制所始，旧说皆不同。"③鳞翼：古称能够传递书信的鱼和雁。参《倾杯·离宴殷勤》注⑨。④楚峡云归：此暗用"巫山云雨"的典故，喻男女欢爱的事已经结束。参《雪梅香·景萧索》注⑥。⑤高阳人散：喻饮酒欢宴也已成为往事。高阳，高阳酒徒的省称。《史记·郦生陆贾列传》："初，沛公引兵过陈留，郦生踵军门上谒。……使者出谢曰：'沛公敬谢先生，方以天下为事，未暇见儒人也。'郦生瞋目案剑叱使者曰：'走！复入言沛公，吾高阳酒徒也，非儒人也。'"⑥京国：京城。唐牟融《赠韩翃》诗："京国久知名，江河近识荆。"此处特指所恋的汴京女子。

[评析]

　　这是一首怀人词,内容重复而陈旧。这个话题,作者不知道已经用了多少笔墨,反复吟咏。本词的情感表述还算细腻,上阕用铺排的手法反复叙写秋天的景色,又适时地在静物"霜洲"、"烟渚"、"苇村山驿"间,突然间"起一声羌笛",形成了声画合一的完美意境,很符合传统审美的取向,且极大地增强了作品的感染力,使读者也随之进入了一个意态横生又凄清无比的境界。下阕转向写人的低落情绪,"楚峡云归,高阳人散"八个字烘染作者近乎死灰般的失落,结尾处却又转活:作者还是睁开眼睛遥望京国,尽管他明知望也是白望,"空目断"是必然,他依旧不愿把这唯一的一缕真情抛撒干净——他希望留点爱给自己!

鹤冲天（黄金榜上）

　　黄金榜①上,偶失龙头望②。明代暂遗贤③,如何向④?未遂风云便⑤,争不恣狂荡⑥。何须论得丧。才子词人,自是白衣卿相⑦。　　烟花巷陌,依约丹青屏障⑧。幸有意中人,堪寻访。且恁偎红翠,风流事、平生畅。青春都一饷。忍把浮名⑨,换了浅斟低唱。

[注释]

　　①黄金榜:即金榜,古代科举考试结束后朝廷张挂的新进士名榜。刘禹锡《送裴处士应制举》诗:"彤庭翠松迎晓日,凤衔金榜云间出。"②偶失龙头望:偶然没有金榜题名。唐、宋时期考中状元者称为龙头,又称龙首,盖由"登龙门"演化而来。宋梁颢《及第》诗:"也知少年登科好,争奈龙头是老成。"③明代:清明的时代。暂遗贤:偶然遗落贤才。④如何向:此句接上句而言,谓圣明朝代尚且遗落贤才,我还能到哪里找寻出路呢?这是抱怨朝廷将

他这个贤人拒之门外。⑤未遂风云便：未能叱咤风云。遂，遂心愿。风云，时势。《史记·老子韩非列传》："至于龙，吾不能知其乘风云而上天。"袁宏《后汉纪·桓帝纪上》："风云豪杰，屈起壮夫。"⑥争不恣狂荡：怎可不恣意狂荡。此句连上句，意谓既然朝廷遗失贤人，我何不纵情肆意，疏泄胸中郁陶。⑦才子词人，自是白衣卿相：意谓像自己这样的才子词人，原本就不比卿相逊色，无非没有官身而已。五代王定保《唐摭言·散序进士》："进士科始于隋大业中，盛于贞观、永徽之际。缙绅虽位极人臣，不由进士者，终不为美，以至岁贡常不减八九百人。其推重谓之'白衣公卿'，又曰'一品白衫'。"⑧依约：隐约。晏殊《少年游》词："风流妙舞，樱桃清唱，依约驻行云。"丹青屏障：绘有图画的屏风。代指妓女所居之处。⑨忍把：甘愿。浮名：仕宦功名。

[评析]

　　这首词在全部柳词中的名气，丝毫不亚于《望海潮·东南形胜》，只不过此词的名气，带有些让人啼笑皆非的滑稽。柳永的前半生，大都流连于秦楼楚馆，是京城尽人皆知的风流才子，甚至连仁宗皇帝都有所耳闻。能把事情做到如此极致，也真是不容易。南宋人吴曾《能改斋漫录》卷十六有段记载，可与此词的背景和作者的情绪相互印证。吴曾说："仁宗留意儒雅，务本理道，深斥浮艳虚薄之文。初，进士柳三变好为淫冶讴歌之曲，传播四方。尝有《鹤冲天》词云：'忍把浮名，换了浅斟低唱。'及临轩放榜，特落之，曰：'且去浅斟低唱，何要浮名？'"词的背景是作者再次名落孙山，那份气恼，那份不服，再也无法按捺，一股脑儿地宣泄出来："偶失龙头"不是我柳永没本事，实在是你朝廷有眼无珠，认不出荆山之璞、明月之珠！自古以来俗世乱朝埋没贤哲也就罢了，难道连当今圣朝也是如此吗？既是这样，我还犯不上在你这儿瞎耽误工夫呢！考进士不就是为做官吗？做官不就是奔卿相吗？做了卿相又有什么了不起？不过是一点浮名而已嘛。人生苦短，何必为了一点浮名，耽误了寻欢作乐。从今以后，柳某日日偎红，朝朝倚翠，享尽人间快乐，岂不比卿相们快活千倍万倍！然而这只是"表面文章"，是柳永气头儿上的话。封建时代的读书人，不把"功名"放在首位的人毕竟不多，柳永内心深处，功名也绝不是可有可无。他后来依旧不断地参加科举考试，终于在景祐元年（1034）中了进士，那份兴奋，丝毫不比当年的孟郊差一星半点。所以说此词的名气带有让人啼笑皆非的滑稽，就是从这个层面上讲的。

木兰花（杏花）

剪裁用尽春工①意，浅蘸朝霞千万蕊②。天然淡泞③好精神，洗尽严妆方见媚④。　风亭月榭闲相倚。紫玉枝梢红蜡蒂⑤。假饶⑥花落未消愁，煮酒怀盘催结子⑦。

[注释]

①春工：春季造化万物之工。唐张碧《游春引》诗之三："万汇俱含造化恩，见我春工无私理。"②浅蘸朝霞千万蕊：意谓杏花粉红色的花蕊如同游春之巨匠蘸上朝霞——点染而成。③淡泞（zhù）：清新明净。五代前蜀贯休《和韦相公见示闲卧》："宽平开义路，淡泞润清田。"④洗尽严妆方见媚：谓杏花历经春雨将原来的妆梳洗刷干净，方露出娇媚本色。严妆，指杏花未开之时的状态。⑤紫玉枝梢：谓杏树的枝干光滑如紫色的美玉。红蜡蒂：谓杏花花苞下端的花蒂，宛如红蜡塑就的一般莹润可爱。⑥假饶：假若，即使。宋徐铉《柳枝词》："假饶叶落枝空后，更有梨园笛里吹。"⑦煮酒怀盘催结子：谓到了青梅熟时，可以一边煮酒一边怀揣银盘催促其快快结子。

[评析]

这是一首咏物词。作者大量运用了拟人的笔法，首先将天公比做能运筹工作的"天工"，赋予了大自然以鲜活的生命。在这位"天工"的精心裁制下，原本白色的杏花花蕊被无形的大手点上了霞的红色，其间场场春雨，也像是天工应时而作的工作，而且更像是专为洗刷杏花使之绚烂而降。下阕又赋予杏花以灵秀的生命：它悠闲地倚在风亭月榭之间，展示着自己艳丽的容颜：紫玉般的枝条、粉面般的花瓣、红蜡般的花蒂，引惹人们驻足欣赏，是它最大的满足——花开本来就是给人欣赏的！到此为止，作者的描述一直是轻松快乐的，读者也随之享受着他所展现的快乐，然而此后，却出现了"愁"。细想不是没道理：花儿有开必有落，落花给人的感受当然是愁。不过作者又换了角度：没有花落，哪有结果？只有结了果，来年的花才会开得更加艳丽！

木兰花（柳枝）

黄金万缕风牵细①。寒食初头②春有味。殢烟尤雨索春饶③，一日三眠④夸得意。　　章街隋岸⑤欢游地。高拂楼台低映水。楚王空待学风流，饿损宫腰终不似⑥。

[注释]

①黄金万缕：柳条初生时，其色金黄，故云。②寒食：古代清明节前一两天的一个民俗节日。《荆楚岁时记》云："去冬节一百五日，即有疾风甚雨，谓之寒食，禁火三日。"初头：月份的初始。③殢（tì）烟尤雨：沉湎于烟霭之间，缠绵于春雨之中。索春饶：寻觅邀索春天的丽景。饶，富。④一日三眠：这是作者想象之辞，柳条随风摇摆时，他认为柳在醒着。无风时柳丝垂下不动，他认为是睡着。⑤章街：即章台。旧有"章台柳"之说，参《柳腰轻·英英妙舞腰肢软》注②。隋岸：隋炀帝开凿大运河的堤岸。其上植柳，称为"隋堤柳"。唐罗隐《隋堤柳》诗："夹路依依千里遥，路人回首认隋朝。春风未借宣华意，犹费工夫长绿条。"⑥楚王空待学风流，饿损宫腰终不似：《韩非子·二柄》："楚灵王好细腰，而国中多饿人。"此句为反喻，谓楚王白白喜欢细腰，宫中女子饿得将死，也断不如这些柳条来得纤细。

[评析]

　　这是一首就柳枝而发感慨的咏物词,题材并不新巧,写作上的技巧也不突出,但也并不输给同类作品,其中堪称妙句的,第一是"殢烟尤雨索春饶",第二是"一日三眠夸得意"。先来欣赏第一句,其实"殢烟尤雨"是作者对"殢雨尤云"的改造,而"殢雨尤云"则是写男女欢情云雨最常用的词语。作者实在是太具匠心了:把男女亲昵无间之态移花接木到柳枝,则柳枝旖旎柔媚之"属性"几乎是自然天成,无须再用任何笔墨。"索春饶"也是作者丰富想象的结果:前头已有"殢雨尤云"的克隆体,则"春色"之饶当然不待多言。再看第二句,虽然用语极为普通,但因为有了前一句,此句的内涵肯定也是有延续性的:古人经常把女子慵懒之态当做最柔媚的状态,这细细的柳条,不正像少女的纤腰吗(为了提醒读者,他还特地在词的最后用了"楚王好细腰"的典故)?慵懒无力的少女,动辄春困,一日三眠,则柳条与少女两个本无牵涉的概念,就这样被柳七联系到一起了。

倾杯乐（楼锁轻烟）

　　楼锁轻烟,水横斜照,遥山半隐愁碧。片帆岸远,行客路杳,簇一天寒色。楚梅映雪数枝艳,报青春消息[①]。年华梦促[②],音信断、声远飞鸿南北。　　算伊别来无绪,翠消红减,双带长抛掷[③]。但泪眼沉迷,看朱成碧[④]。惹闲愁堆积。雨意云情,酒心花态,孤负高阳客[⑤]。梦难极[⑥]。和梦也、多时间隔[⑦]。

[注释]

　　①青春消息:即春天的信息。青春,指春天。春季草木茂盛,其色青绿,故称。《楚辞·大招》:"青春受谢,白日昭只。"王逸注解说:"青,东方春

位,其色青也。"②年华梦促:谓人的年华像做梦一样说老就老,生命十分短促。③双带:年轻女子所系的双幅罗带。晏几道《诉衷情》词:"越罗双带宫样,飞鹭碧波纹。"长抛掷:久久不系。此乃想象女子无情无绪之态。④看朱成碧:把红的看成绿的。形容眼花,不辨五色。南朝梁王僧孺《夜愁》诗:"谁知心眼乱,看朱忽成碧。"⑤孤负:同"辜负"。高阳客:酒徒。此处为作者自指之辞。⑥梦难极:意谓想念女子,做个梦就算很不容易了。⑦和梦也、多时间隔:意谓如今心力交瘁,连梦都很久不做了。宋徽宗《燕山亭》词:"除梦里、有时曾去。无据。和梦也、有时不做。"与柳词用法相同。

[评析]

  这是一首怀人词。意绪相当浓重深沉,大概是与女子分别太久,思念太苦,以致连梦都很少做了。这并不是说对女子不再思念,恰恰相反,是说思念得心力交瘁,或者毋宁说,二人的深情,已经不是靠思念就能缓解的了。笔者在本词注中特地引用了宋徽宗的词,说他在被押解到金国的途中,多少次梦见汴京的繁华壮丽,想得太苦,最近连梦都不再梦见。这种情绪,与柳永对情侣的思念是如出一辙的。柳永在写这类词时,经常设想出对方可能出现的状态,这样处理很能增强词的互动感。此词作者想象女子与自己分别之后,肯定是没情没绪,懒于梳妆,甚至连罗带都未必拴系;她会一天到晚地垂泪,以至到了看朱成碧的地步。作者之所以常这么写,是基于对自身的自负,他相信常在青楼的男子,不会有比他才情更高的。女儿心性,当然喜欢佳人配才子。"郎才女貌",这话不仅适用于夫妻,同样适用于萍水相逢的寻欢男女。正是因为他有这样的自信,才值得为她们魂牵梦绕。在作者的心里,这就是最美丽的情愫和最美丽的人生。

鹧鸪天（吹破残烟入夜风）

  吹破残烟入夜风。一轩明月上帘栊①。因惊路远人还远②,

纵得心同寝未同③。　　情脉脉,意忡忡④。碧云归去认无踪⑤。只应会向前生里,爱把鸳鸯两处笼。

[注释]

①帘栊:又作"帘笼",窗帘和窗牖。泛指门窗的帘。江淹《杂体诗·效张华离情》:"秋月映帘笼,悬光入丹墀。"②路远人还远:谓到汴京的路途很远,与渴思的佳人之间,似乎比路途更远。③心同:谓两地相思的心情是相同的。寝未同:谓睡觉的地方却大不相同。指一个在京城,一个在南方。④忡(chōng)忡:忧愁之貌。《诗经·召南·草虫》:"未见君子,忧心忡忡。"⑤碧云归去认无踪:喻身在天边,望碧云归去,一切皆无。唐韦应物《寄皎然上人》诗:"愿以碧云思,方君怨别余。"

[评析]

这是一首怀人词。入夜后的一阵风,把浮动的烟雾吹散,月亮显得格外皎洁,射进窗内。这本是个良宵,可惜作者独在天涯,不由勾起对所恋之人深深的思念。全词一唱三叹,把内心的忧闷和盘托出。最末一句,表达了对人生聚散的万般无奈:本可以是交颈鸳鸯,却无端远隔千里,使相爱的人无法欢聚,难道是前生已定?这种写法,最能触动有着类似情况的相恋男女那片浓情,用今天的话说,此词虽然语言朴素,却很能"煽情"。

燕归梁(轻蹑罗鞋掩绛绡)

轻蹑罗鞋掩绛绡①。传音耗②、苦相招。语声犹颤不成娇③。乍得见、两魂消④。　　匆匆草草难留恋⑤、还归去、又无聊⑥。若谐雨夕与云朝⑦。得似个⑧、有嚣嚣⑨。

[注释]

①罗鞋:女子所穿的绫罗绣鞋。绛绡:红色绡绢。绡,生丝织成的薄纱。

李清照《采桑子》词:"绛绡缕薄冰肌莹,雪腻酥香。"②传音耗:传递音讯。③语声犹颤不成娇:谓女子低声呼唤,由于激动而声音颤抖,没有了原来的娇声。④乍得见、两魂消:谓两人初见,彼此神魂飞荡。⑤匆匆草草难留恋:谓初次相会匆匆忙忙,一切草草,不敢任情绸缪,很快分手离开。⑥还归去、又无聊:谓等到与女子分别后,又是百般的无聊。⑦雨夕与云朝:即男女云雨之事。⑧得似个:宋元时期俗语,相当于今言"如果真的如此这般"。⑨有嚣嚣:谓会发出欢快的叫声。嚣嚣,声响。《乐章集校注》释为"众多貌",误。

[评析]

这是一首恋情词,写得即真切又俏皮,因为词中的女主人公不是青楼红粉,而是一位良家女子。上阕写女子热恋男子,好不容易寻到一个欢会的机会,却像怀揣小鹿,心在怦怦乱跳,甚至连声调都变了。得见之后,两处销魂。下阕继续描述二人偷欢的惊恐与狼狈,以致很短时间便分开了。静下来的男子回味着刚才的激荡,突然感到后悔与无聊。不过他还是庆幸:虽然没有云雨相谐,毕竟有了一份值得珍藏的爱恋。那种气氛里如果不能自持,真不知道要弄出多大动静呢。说它真切,就在于词中的描写相当真实地展示了男女初欢且喜且惧的情态。说它俏皮,则在于二人的喜悦与惊惧刻画得格外传神。读了此词,不由令人想到南唐后主李煜那首《菩萨蛮》:"花明月黯笼轻雾,今宵好向郎边去,刬袜步香阶,手提金缕鞋。画堂南畔见,一向偎人颤。奴为出来难,教郎恣意怜。"看来本词里的女子,到底不如人小鬼大的小周后那样有胆有识。

爪茉莉（秋夜）

每到秋来,转添甚况味。金风①动、冷清清地。残蝉噪晚,其聒得、人心欲碎,更休道、宋玉多悲②,石人、也须下泪。

衾寒枕冷，夜迢迢、更无寐。深院静、月明风细。巴巴③望晓，怎生捱、更迢递。料我儿④、只在枕头根底，等人来、睡梦里。

[注释]

①金风：秋风。《文选》张协《杂诗》："金风扇素节，丹霞启阴期。"李善注解说："西方为秋而主金，故秋风曰金风也。"②宋玉多悲：战国时辞赋家宋玉曾写过一篇《九辩》："悲哉，秋之为气也！萧瑟兮，草木摇落而变衰。憭栗兮，若在远行，登山临水兮，送将归。"后称这种情绪为悲秋。③巴巴：宋元时期俗语，与今言"眼巴巴"、"巴巴儿地"等义相同。④我儿：即"我"。"儿"字在这里没有实际词义，仅作为歌词语句的后缀。

[评析]

这是一首怀人词。以词中"每到秋来"揣之，此词之作，已经不是离开京城的当年；此时的作者，已被情思折磨得心力交瘁了。又是一年秋将晚，黄昏时节，树上的蝉有气无力地鸣叫着，似乎在哀告着一个个小生命即将结束，这样的叫声，实在令人感到心碎。这令人凄凉的秋季，莫说宋玉，就是石头聚成的人，也会潸然落泪。下阕写入夜，然而孤枕难眠，情思万缕，真希望赶快天亮，也好离开这恼人的床，到屋外散散烦心。可惜越是盼望天明，就越是感觉长夜漫漫，似乎永远都不会再见光明。无奈之下，他强迫自己必须入睡。读到这里，我们唯一感觉到的，只有愁思，没想到作者在全词结尾处着实轻松了一把：单纯的入睡多么乏味，最好还是做个美梦，期待佳人一同入梦，也不失白白"入睡"一场。

女冠子（夏景）

火云初布①，迟迟永日炎暑。浓阴高树。黄鹂叶底，羽毛学整，方调娇语。薰风②时渐劲，峻阁③池塘，芰荷争吐④。画梁紫燕,对对衔泥,飞来又去。　　想佳期、容易成辜负。共人人⑤、同上画楼斟香醑⑥。恨花无主。卧象床犀枕⑦,成何情绪。有时魂梦断,半窗残月,透帘穿户。去年今夜,扇儿搧我,情人何处。

[注释]

①火云:红云。多指炎夏的红云或红霞。南朝梁萧统《锦带书十二月启·蕤宾五月》:"冻雨洗梅树之中,火云烧桂林之上。"杜甫《贻华阳柳少府》诗:"火云洗月露,绝壁上朝暾。"仇兆鳌注解说:"火云,朝霞也。"②薰风:夏季和暖的东南风。《吕氏春秋·有始》:"东南曰薰风。"白居易《首夏南池独酌》诗:"薰风自南至,吹我池上林。"③峻阁:高峻的楼阁。④芰荷:菱与荷。《楚辞·离骚》:"制芰荷以为衣兮,集芙蓉以为裳。"争吐:争相吐蕊。⑤共人人:和那个人儿一起。人人,唐宋时期俗语,对心爱人的昵称。⑥香醑(xǔ):美酒。醑,滤去渣滓的香酒。唐皎然《送李丞使宣州》诗:"聊持剡山茗,以代宜城醑。"⑦象床:象牙装饰的床。《战国策·齐策三》:"孟尝君出行国,至楚,献象床。"鲍彪注解说:"象齿为床。"犀枕:犀牛角装饰的枕头。

[评析]

这是一首写景兼怀人的词,与作者其他同类词一样,上阕写景,下阕怀人。柳词很注意交代时间,这首词更是在副标题上便明确告诉读者写于夏天。据本词末句"去年今夜,扇儿搧我"可知,此词作于作者到杭州的第二年夏。写夏季用"火云",再恰当不过:夏天的红霞是最美的。朝霞散去后,继之而来的则是"永日炎暑",这个过渡也非常自然。接着出现的是"浓阴高树",也准确地将夏季树木的茂密状态展现给读者。由于天气炎热,聪明的黄鹂躲到浓荫之下修整它们的羽毛,不时地鸣啭几声,让人感到这样的描写相当传神。再看高阁之下的池塘里,菱花荷花争相吐艳,一片勃勃生机。诗情画意之中,作者还没忘记用两只"紫燕"(而不是雏燕)的穿飞使画面更增加灵动之气。下阕叙述去年之前在京城与心上人浅斟低唱的美妙情景。结句"去年今夜,扇儿搧我,情人何处"三个小句,再现传神之笔:想起去年今夜,也是如此炎热,与心爱之人待在一起,她却用扇子给我扇风,那是多么温馨的一幕。读罢此句,很容易体会到美人团扇的雅趣,大有"麻姑痒处搔"的沁脾之感:词语很寻常,表现出来的柔情蜜意却不同寻常,这也是柳词中时不时显现出的高手段。

十二时（秋夜）

晚晴初,淡烟笼月,风透蟾光①如洗。觉翠帐、凉生秋思。渐入微寒天气。败叶敲窗,西风满院,睡不成还起。更漏咽②、滴破忧心,万感并生,都在离人愁耳。　　天怎知、当时一句,做得十分萦系③。夜永有时,分明枕上,觑着孜孜地④。烛暗时酒醒,元来⑤又是梦里。　　睡觉来、披衣独坐,万种无憀⑥情意。怎得伊来,重谐云雨,再整余香被。祝告天发愿,从今永无抛弃。

[注释]

①蟾光:月光。古称月中有蟾蜍,故云。唐皎然《溪上月》诗:"蟾光散浦溆,素影动沧涟。"②更漏咽:谓滴漏的声响像是呜咽般凄凉。③萦系:萦绕牵系。谓当初那句永不分开的誓言,至今萦绕在心里不能淡忘。④觑(qù):注视。孜孜地:凝神之貌。亦可理解为"喜孜孜地"。⑤元来:宋元时期俗语,相当于今言"原来"。⑥无憀(liáo):空闲而郁闷。范成大《枕上二绝效杨廷秀》之一:"藤枕频移触画屏,无憀滋味厌残更。"

[评析]

这首词一说为周邦彦作。唐圭璋《全宋词》辨正,认为确属柳永之作。这是一首长篇叙事词,全词分为三阕,在宋词里属于长调。从写作上看，也颇有散文叙事的特征。上阕写了两个时间，一是在晚上，二是在秋天刚刚觉寒的季节。全阕尽在言秋晚的寒意，与作者羁旅秋思的内心感受相表里。作者很善于制造气氛，比如滴漏的滴答声，原本四时相同，然而在作者笔下，却如同呜咽之声，与晚秋的寒意亦有相得益彰的效果。由于一切都显得凄凉没有生气，激发出作者的"万感"，且都进入了他的耳朵。到这一步，已经把该铺垫的都做了充分的铺垫。进入中阕，话题转到作者自身的感受：他回想着与恋人分别时那句信誓旦旦的话，坚信恋人也在用同样的心情盼着他们的重逢。想到重逢，自然联想起当时如鱼似水的欢快，他真真切切地感到：自己又回到了与恋人并枕而眠的那一刻，他贪婪地望着女子的笑面，过了一把"贪欢"的瘾。然而当红烛暗下时，他一觉醒来，才明白刚才那一切不过又是一场春梦。下阕写经历了这场美梦，再也无法入睡，索性披衣起身，独坐在冷冷的床上，依旧重复着那句"永无抛弃"的誓言。全词情意真挚，把旧时代男女离别的绵绵情思叙写得十分感人。